MÄRCHEN

Winfried Freund ist Professor für neuere deutsche Literatur an der Universität Paderborn. Er veröffentlichte zahlreiche Monografien und Beiträge zur Gattungsgeschichte, zur literarischen Phantastik, zur Regionalliteratur und zur Kinder- und Jugendliteratur sowie zu Annette von Droste-Hülshoff, Friedrich Spee, Matthias Claudius, Christian Dietrich Grabbe, Theodor Storm, Carl Sternheim und anderen.

DuMont Schnellkurs

MÄRCHEN

Winfried Freund

DUMONT

Impressum

Umschlagvorderseite von links nach rechts und von oben nach unten:
Die Prinzessin im Märchen *Der Froschkönig oder Der eiserne Heinrich* / Illustration zu *Rotkäppchen* von Tatjana Hauptman (in: Das große Märchenbuch, Diogenes Verlag, Zürich 1987) / Zeichnung von Carl Hollander zu *Der Riese und der Drache* (in: Annie M. G. Schmidt: *Hexen und so ...* © Friedrich Oetinger Verlag, Hamburg) / Die sieben Zwerge aus dem Zeichentrickfilm *Schneewittchen und die sieben Zwerge* von Walt Disney (Foto picture-alliance/KPA) / Ludwig Richter, Illustration zu *Hänsel und Gretel* (Foto picture-alliance)

Umschlagrückseite von links nach rechts und von oben nach unten:
Illustration von Renate Seelig zu *Der Wolf und die sieben Geißlein* (© Büchergilde Gutenberg, Frankfurt am Main, Wien) / Farbige Federzeichnung zu *Tischleindeckdich* von Erik Richter

Frontispiz:
Julius Schnorr von Carolsfeld, Bildnis der Clara Bianca von Quandt, 1820, Staatliche Museen zu Berlin, Preußischer Kulturbesitz, Alte Nationalgalerie (Foto Jörg P. Anders)

Bibliographische Information der Deutschen Bibliothek:
Die Deutsche Bibliothek verzeichnet diese Publikation in der Deutschen Nationalbibliographie; detaillierte bibliographische Angaben sind im Internet über http://dnb.ddb.de abrufbar.

Originalausgabe

Druck: Rasch, Bramsche
Buchbinderische Verarbeitung: Bramscher Buchbinder Betriebe
Printed in Germany
ISBN 3-8321-7626-8

Inhalt

Inhalt

Vorwort

Das Märchen ist eine Urform der Literatur, Ausdruck fundamentaler Menschheitserfahrungen. Märchen sind zentral befasst mit dem ganzen Spektrum menschlicher Existenz und mit dem ursprünglichen Erleben von Wirklichkeit, in die das Mögliche wie selbstverständlich miteinbezogen ist. Die Grenzen zwischen dem, was ist, und dem, was sein könnte oder sollte, sind fließend. Beharrlich, scheinbar naiv fragt das Märchen nach den Lebens- und Glücksmöglichkeiten in einer Welt, die voller Chancen, aber auch voller Herausforderungen steckt.

Das Märchen ist so alt, wie der Mensch das Abenteuer des Lebens zu bestehen hat und ihm die Sprache gegeben ist, sein Erleben in Worte und Sinnbilder beispielgebend für die Nachwelt zu kleiden. Die Motive und Strukturen sind das Ergebnis einer fortlaufenden Sensibilisierung des Bewusstseins.

Das Märchen war, ist und wird sein, solange die Menschen darauf vertrauen, erzählend sich der wesentlichen Gründe und Bedingungen ihres Daseins zu vergewissern, erzählend Antworten zu geben auf die Fragen nach dem Glück hier und jetzt.

Motive und Strukturen sind nicht regional oder national beschränkt. Sie gehen die Menschen überall an und entstehen unabhängig voneinander, da ja die *conditio humana* an allen Orten und zu allen Zeiten im Wesentlichen die gleiche ist. Daher sind Märchen Teil einer internationalen Kommunikation, regen dazu an, einen Dialog zwischen den Völkern zu stiften.

Die Überlieferung der Märchen und ihre Kenntnis sind ausschließlich gebunden an ihre Niederschriften. Diese aber setzen vergleichsweise spät ein, so dass von einem nicht unerheblichen Verlust auszugehen ist. Motivspuren vor den schriftlich festgehaltenen Sammlungen deuten indes auf die ungebrochene Lebendigkeit eines urtümlichen Genres, mit dem die Menschen seit jeher in besonderer Weise vertraut waren.

Beschäftigung mit dem Märchen bedeutet immer auch Spurensuche, Suche nach dem Menschen und was ihn im Kern ausmacht, ausgedrückt in den Sinnbildern seiner Märchen.

... das alte Volksmärchen ist nichts kunstvoll Ausgedachtes und Gemachtes, es ist gewachsen, und es wuchs aus der Seele der Menschheit, aus ihren Regungen, ihrem Verlangen und Streben, aus Erfahrungen sowohl wie aus Träumen und Wünschen.
Lisa Tetzner, in: *Die schönsten Märchen der Welt*. Arau (Schweiz) 1979.

Herkunft und Name des Märchens

Das Märchen gehört zu den ältesten literarischen Ausdrucksformen. Seine Entstehung verdankt es einem zunehmenden kulturellen Selbstverständnis, verbunden mit der Entwicklung einer Erzähl- und Schreibkultur. Es verwundert daher nicht, wenn erste Spuren im alten Orient, in Sumer, Ägypten und Indien erkennbar werden. Die Begegnung mit der arabischen Kultur zur Zeit der Kreuzzüge ließ orientalische Märchenmotive und Märchenstrukturen verstärkt in die mittelalterliche Erzählliteratur Europas eindringen. Daneben überlebt gerade in den Artusromanen die keltische Neigung zum Wunderbaren.

Das Märchen entwirft Grundzüge eines elementaren Selbst- und Weltverständnisses. Wo immer Menschen nachzudenken beginnen über ihr kreatürliches Schicksal, über ihre Gefühlswelt, ihre sozialen Bindungen und über ihre Wünsche, legt sich das Märchen nahe, die bündige Gestaltung dessen, was den Menschen im Kern angeht. Geburt und Tod, Leben und Sterben, Lieben und Hassen, Aufbauen und Zerstören, Egoismus und Gemeinschaftsgefühl, aber auch Angst und Verzweiflung, Hoffnung und Erlösung, der unbändige Wunsch, hier und jetzt glücklich zu werden, getragen von der eigendynamischen Motorik des Wunders, das alles hat Platz im Märchen.

In seinem Spektrum erstrahlen die dunklen wie die hellen Farben des Lebens. Unerschütterlich aber ist das Vertrauen auf den letztlichen Triumph des Hellen über das Dunkle. Noch dort, wo der Tod unausweichlich ist,

Die Karawane. Illustration von Emil Zbinden zur Rahmenerzählung von Wilhelm Hauffs erstem Märchenalmanach.

nimmt der Einzelne ihm den Stachel, indem er sein existenzielles Schicksal akzeptiert und als Vollendung bejaht. Das Märchen ist elementare Menschenkunde zwischen dem, was ist, und dem, was sein könnte, immer im dynamischen Gleichgewicht von Wirklichkeit und Utopie. Es erzählt keine Geschichten von Helden und Heldentaten. Der Mensch im Märchen ist eingebunden in die Gesetze des Daseins, die er aushalten und erfüllen muss. Nicht der Held steht im Mittelpunkt, sondern der Mensch.

Kurz vor 1450 taucht in einer in Leipzig erschienenen Erzählsammlung die Bezeichnung *merechyn* für kurze Geschichten auf, in denen sich häufig Wunderbares ereignet. Märchen ist eine Diminutivbildung zur

Uns ist in alten maeren wunders vil geseit
von helden lobebern von grozer arebeit.
von froden hochgeziten von weinen und von klagen
von chuner recken strite muget ir nu wunder horen sagen
Ez wuhs in Burgonden ein schone magedin.
Daz in allen landen niht schoners mohte sin.
Criemhilt was si geheizen. sit wart ein schone wip.
Darumbe musen degene vil verliesen den lip.

Der Anfang des Nibelungenliedes in der Hohenems-Münchener Handschrift mit dem ausdrücklichen Hinweis auf *maere* in der ersten Zeile.

maere, jener Erzählform, die vorgibt, Wirkliches darzustellen und von herausragenden Menschen und als wirklich vorgestellten Ereignissen zu berichten. Im berühmten *Nibelungenlied* entfaltet sich die *maere* als Geschichtserzählung. Die Verkleinerungsform bezeichnet demgegenüber sowohl den Verzicht auf spektakulär Geschichtliches und Heldisches als auch die Ausweitung des als wirklich Vorgestellten zum Wunderbaren. Vor allem aber verdeutlicht die Diminutivbildung die Reduktion auf Elementares und Wesentliches. Während man im Italienischen an *cunto (racconto)*, im Französischen an *conte* und im Englischen an *tale* festhält, allesamt nicht weiter spezifizierte Bezeichnungen für die Erzählung, entwickelt man im Deutschen einen eigenen charakteristischen

Gattungsnamen, der sich seit Mitte des 15. Jahrhunderts durchsetzt. Märchenhafte Motive und Strukturen aber sind wesentlich älter. Dabei taucht Märchenhaftes noch häufiger als Eingeschobenes und als besonderen Sinn tragende Episode auf.

Tontafel aus Uruk mit sumerischen Bild- und Symbolzeichen. Ende 4. Jahrtausend v. Chr.

Früheste und frühe Märchenspuren begegnen ausnahmslos in den überlieferten Texten der Hochkulturen. Die ursprünglich sumerischen *Gilgamesch*-Dichtungen um den König von Uruk stellen in ihrer Ende des 2. Jahrhunderts v. Chr. auf zwölf Tontafeln in akkadischer Sprache niedergeschriebenen babylonischen Fassung das erste Großepos der Weltliteratur dar. In sagenhaften und mythischen Erzählungen ist die Rede von menschlichen Heldentaten und den Auseinandersetzungen der Helden mit den Göttern. Bewegendes Motiv des Epos aber ist die Suche von Gilgamesch nach der Unsterblichkeit. Zum Schluss macht er sich auf zu seinem Vorfahren Utnapischtim, dem sumerischen Noah, der, nachdem er die Sintflut überlebt hat, in den Kreis der unsterblichen Götter aufgenommen worden ist. Fern an der Mündung der Ströme bittet ihn Gilgamesch, ihm Wege zur ewigen Jugend zu weisen. In der Hoffnung auf eine mögliche Überwindung des Todes öffnet sich das Epos zum Märchen. Utnapischtim unterwirft den Bittenden einer Probe, wie sie die späteren Märchenhelden immer wieder zu bestehen haben. Er soll sechs Tage und sechs Nächte versuchen, dem Bedürfnis einzuschlafen zu widerstehen. Der Schlaf vertritt wie im Brüderpaar Hypnos und Thanatos in der griechischen Mythologie bereits hier einen mit dem Tod verwandten Zustand. Wer nicht einschläft, stirbt auch nicht. Doch Gilgamesch scheitert. Utnapischtim verweist ihn daraufhin aus Mitleid auf ein Kraut auf dem Grund des Meeres, das die Kraft

»Verborgenes will, Gilgamesch, ich künden,
Werd' ein Geheimnis dir der Götter sagen:
Da gibt es eine Pflanze, stechdornähnlich ...,
Sie sticht dich gleich wie eine Rose in die Hand.
Wenn deine Hände diese Pflanze heben,
so findest du durch sie ein neues Leben!«
Kaum hatte Gilgamesch dies Wort vernommen,
Band schwere Steine er an seine Füße,
Und als sie in die Tiefe ihn gezogen,
Sah er das Kraut und griff es, ob's auch stach.
Er löst' die schweren Steine von den Füßen,
Und an den Strand warf ihn der Wellenschlag.
Aus dem *Gilgamesch*-Epos. Übertragen von
Hartmut Schmökel. München 1995.

August Ohm: Illustration zum Gilgamesch-Epos. München 1995. Gilgamesch fordert den Totenengel Enkides auf: »Nenn mir des Hades Ordnung, die du schautest!«

habe, ewige Jugend zu verleihen. Tatsächlich findet Gilgamesch das Verheißene in der Tiefe des Meeres und macht sich auf den Rückweg nach Uruk. Der Wunsch aller Wünsche scheint erfüllt und das Märchen am Ziel. Während eines erfrischenden Bades aber stiehlt eine Schlange das Wunderkraut, verschlingt es und bezeugt dessen tatsächliche Wirksamkeit, indem sie sich zu häuten beginnt. Gilgamesch indes kehrt als Sterblicher zu den sterblichen Menschen zurück. Die ewige Jugend bleibt ein unerfüllbarer Märchentraum. Allerdings ist im Schicksal Utnapischtims ein Weg angedeutet, dem ehernen Gesetz des Todes zu entkommen. Jenseits von Zeit und Raum, wo alle Flüsse in die Ewigkeit einzumünden scheinen, hat er erreicht, wovon alle anderen nur träumen können.

Die erste Märchenepisode der Weltliteratur ist Ausdruck der Sehnsucht nach einem nie endenden Lebensglück. Weit entrückt, aber nicht grundsätzlich unerreichbar, ist das Kraut auf dem Grunde des Meeres, im Schoß der immer wieder neues Leben gebärenden Urkraft. Das von zwei Fehlschlägen durchkreuzte Happyend ist verschoben in eine ungewisse Zukunft. Die Wirklichkeit des Todes triumphiert über die Utopie der Unsterblichkeit. Das Gilgamesch-Epos, dessen Kenntnis die Nachwelt vor allem der vom assyrischen König Assurbanipal (668–626 v. Chr.) veranlassten Niederschrift verdankt, die in der Bibliothek in Ninive wieder aufgefunden wurde, ist einschließlich der Märchenepisode Dichtung für die Gebildeten gewesen.

Das Gleiche gilt für die auf Papyrusrollen aufgefundenen Erzählungen und Märchen aus Altägypten. Ein Papyrus aus dem Alten Reich (2009–2360 v. Chr.) erzählt von dem Pharao Cheops, der sich aus Langeweile Geschichten mit wunderbaren Ereignissen wünscht. Erzählt wird u. a. von einem zum Leben erweckten Krokodil aus Wachs, das den Pagen, der die Frau des

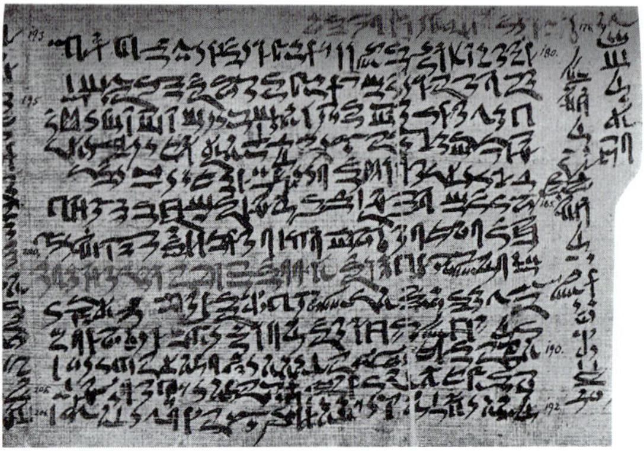

Hieratisch geschriebener Papyrus mit der Erzählung von *Sinuhe*.

Pharaos verführt hatte, verschlingt und sich dann wieder in lebloses Wachs zurückverwandelt. In einer anderen Geschichte ist die Rede von einem Zauberer, der eine im Wasser versunkene kostbare Haarnadel wieder zutage fördert, indem er einfach die untere Wasserschicht zuoberst kehrt.

Aus dem Mittleren Reich (2100–1780 v. Chr.) sind zwei Geschichten überliefert, die beide von der wunderbar glücklichen Rückkehr in die schon verloren geglaubte Heimat erzählen. In der Geschichte *Der Schiffbrüchige auf der Dracheninsel* findet sich der einzige Überlebende des Unglücks auf einer paradiesischen Insel wieder. Ein riesiger, bärtiger Drache entpuppt sich als der gute Geist, der dem Schiffbrüchigen die baldige Heimkehr in die Heimat prophezeit. Märchenhaft ist neben der zukunftsgewissen Vorhersage vor allem die ans Wunderbare grenzende Erfüllung des Wunsches nach glücklicher Heimkehr.

Illustration zu *Die beiden Brüder*.

Auch die Erzählung von dem hohen Beamten *Sinuhe* ist eine Heimkehrergeschichte. Nach dem Tode seines Pharaos flüchtet er nach Syrien, weil er fürchtet, man könne ihn mit der Ermordung des Königs in Verbindung bringen. Als ihn nach Jahren das Heimweh ergreift, erlaubt ihm der junge Pharao in wunderbarer Fügung die Rückkehr in die Heimat. Beide Geschichten erzählen in einem auf das Happyend zulaufenden Zweierrhythmus von dem Verlust und dem Wiedergewinn des Glücks, von dem Unbehaustsein in der Fremde und der heimatlichen Geborgenheit. Das Märchen erfüllt sich als Glücksutopie.

Die zwei Märchen von den beiden Brüdern und dem verwunschenen Prinzen stammen aus dem Neuen Reich (1600–745 v. Chr.). Im Zentrum des Brüdermärchens steht das Bekenntnis zur Unsterblichkeit des Lebens, das über alle Todesdrohungen triumphiert. Bata, der Jüngere, bei seinem Bruder Anup in bäuerlicher Umgebung wohnend, wird von dessen Frau, deren erotisches Angebot er zurückgewiesen hat, verleumdet. Vor seinem Bruder, der ihn töten will, flieht er in das Tal der Zedern. Der immergrüne Baum ist ein Sinnbild der Unsterblichkeit. Auf eine Blüte der Zeder legt Bata sein verzaubertes Herz nieder und trägt seinem Bruder, der die Unschuld des Jüngeren erkannt hat, auf, nach seinem Herzen zu suchen, wenn ihm etwas zugestoßen sein sollte. Als die von den Göttern geschaffene Lebensgefährtin Batas von den Soldaten des Pharaos entführt worden ist, wird die Zeder gefällt, und Bata stirbt. Sein Bruder aber findet das Herz in einer Zedernbeere und erweckt den Jüngeren zum Leben.

In Gestalt eines Stiers erscheint Bata, der den Namen des Leben stiftenden Stiergottes mit der Sonnenscheibe (Aton) zwischen den Hörnern trägt, am Hof des Pharaos. Als man ihn opfern will, entstehen aus zwei seiner Blutstropfen zwei Lebensbäume. Während des Fällens dringt ein Holzsplitter in die Frau des Pharaos, die ehemalige Lebensgefährtin Batas, und sie wird schwanger. Sie gebiert einen Sohn, der nach dem Tode des alten Pharaos diesem nachfolgt.

Nachdem es nun Nacht geworden war, hatte sein Herz das Wasser in sich aufgesogen. Bata zitterte an allen Gliedern, und er blickte auf seinen älteren Bruder, weil sein Herz schwach war. Anup, sein älterer Bruder, ergriff den Krug mit dem frischen Wasser, in dem das Herz seines jüngeren Bruders lag, und er ließ ihn trinken, so daß sein Herz an seine richtige Stelle gelangte. Er wurde wieder, wie er gewesen war. Einer von ihnen umschlang den anderen, und jeder von ihnen plauderte mit seinem Genossen.
Aus: *Die beiden Brüder.* Altägyptische Märchen. Jena 1927.

Heiliger Stier mit Sonnenscheibe (Aton) zwischen den Hörnern.

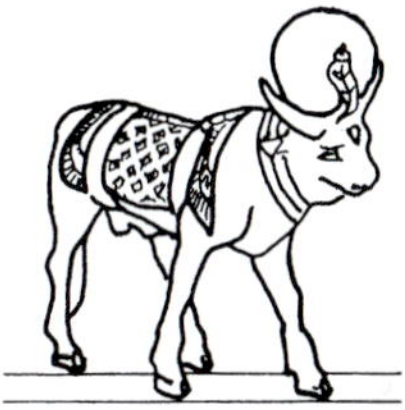

In den ewigen Metamorphosen von Mensch, Pflanze und Tier und den Zeugungs- und Gebärvorgängen erweist sich das Leben in seiner unerschöpflichen Vielfalt als unsterblich. Das Märchen von den zwei Brüdern ist in seiner elementaren Aussage und der Geschlossenheit seiner Darstellung das wohl überzeugendste unter den überlieferten altägyptischen Märchen.

Das Märchen vom verwunschenen Prinzen ist eine Art dialektisches Gegenstück. Ging es dort um die Unsterblichkeit des Lebens, so hier um dessen Bestimmung zum Tode. Das Leben, die Geburt des lang ersehnten männlichen Nachwuchses am Hof des Pharaos ist ein Geschenk der Götter. Die sieben Hathoren, die Bestimmerinnen des Schicksals, prophezeien den gewaltsamen Tod des Neugeborenen, der sich trotz ausgeklügelter Gegenmaßnahmen vollendet. Auf dem Höhepunkt seines Lebens, nachdem der Prinz durch eine wagemutige Probe die Prinzessin von Mesopotamien gewonnen hat, erfüllt sich der Schicksalsspruch an ihm. Schon früh offenbart sich in den beiden altägyptischen Stücken die charakteristische Ambivalenz des Märchens. Unsterblichkeit und Verfallenheit an den Tod, Utopie und Wirklichkeit liegen in ihnen nahe beieinander.

Alessandro Allori: *Odysseus und Kirke.* 1580. Fresko.

Vereinzelt taucht das Märchen auch in antiker Zeit auf. Homer erzählt in seiner *Odyssee* das Märchen von der Zauberin Kirke, der Tochter des Helios, auf der

Jetzo nähert' ich mich, die heiligen Tale durchwandelnd,
Schon dem hohen Palaste der furchtbaren Zauberin Kirke;
Da begegnete mir Hermeias mit goldenem Stabe
Auf dem Weg zur Burg, an Gestalt ein blühender Jüngling,
Dessen Wange sich bräunt, im holdesten Reize der Jugend.
Dieser gab mir die Hand und sagte mit freundlicher Stimme:
»Armer, wie gehst du hier so allein durch die bergichte Waldung,
Da du die Gegend nicht kennst? Bei Kirke sind deine Gefährten
Eingesperrt wie Schweine in dichtverschlossenen Ställen.
Gehst du etwa dahin, sie zu retten? Ich fürchte du kehrest
Nicht von dannen zurück, du bleibest selbst bei den andern.
Aber wohlan! Ich will dich vor allem Übel bewahren.«
Aus Homer: *Odyssee.* 10. Gesang.

Insel Aiaia vor der Westküste Italiens. Ihre verhängnisvolle Gabe war es, Menschen in Tiere zu verwandeln. Als Picus, der Sohn Saturns, ihre Liebe nicht erwiderte, verzauberte sie ihn in einen Specht. Vor allem aber ist ihr Name verbunden mit der Verwandlung der Hälfte von Odysseus' Gefolge in Schweine. Nur ein von Hermes überreichtes Gegengift bewahrt Odysseus selbst davor, dieses Schicksal zu teilen. Kirke verliebt sich in ihn, und da er bereit ist, ein Jahr mit ihr zu leben, verwandelt sie seine Gefährten zurück in Menschen. Wie in vielen späteren Märchen ist auch hier schon die Rede von der elementaren Bedrohung des Menschen, durch einen bösen Zauber seine Gestalt und seine Identität zu verlieren. Das Überleben fordert angesichts lauernder Gefahren den ganzen persönlichen Einsatz heraus. In der Zauberin Kirke treten Züge der Hexe hervor, Verkörperung lebensfeindlicher Kräfte. Märchenhaft ist sowohl die eingängige phantastische Figuration als auch der Triumph über den drohenden personalen Verlust.

Von der Würde der menschlichen Person handelt auch das Märchen von Gyges und dem Ring. Kandaules, der König von Lydien, rühmt vor seinem Freund Gyges die Schönheit seiner Frau. Zum Beweis bietet er ihm an, sich in ihrem Schlafzimmer zu verstecken, um sich selbst ein Bild zu machen. Die Königin aber entdeckt ihn und stellt ihn vor die Wahl,

Jetzt winkt er, und Merkur verschwindet, holt Psyche und führt sie in den Himmel ein. Der Gott der Götter reicht ihr selbst den Becher der Unsterblichkeit dar, »Nimm, Psyche«, spricht er, »und sei unsterblich! Niemals wird Cupido wieder von dir weichen, denn euch verknüpft von nun an ein ewiges Band!«
Aus Apuleius: *Amor und Psyche.*

entweder Kandaules zu töten oder selbst zu sterben. Mit Hilfe eines unsichtbar machenden Rings, den Gyges in einer Hirtenhöhle findet, tötet er Kandaules, heiratet die Königin und tritt die Nachfolge seines Freundes an. Der Märchenzauber stellt in radikaler Zuspitzung die verletzte Würde des Menschen wieder her.

Schönheit und Liebe als die höchsten dem Menschen beschiedenen Glücksgaben bilden den eigentlichen Erzählkern im Märchen von *Amor und Psyche,* eingefügt in den antiken Roman *Der goldene Esel* (um 150 n. Chr.) von Lucius Apuleius. Das schöne Mädchen Psyche, schöner noch als Venus, erzürnt die Göttin. Ihr Sohn Cupido (Amor) soll das Mädchen dazu bringen, einen ganz gewöhnlichen Mann zu heiraten. Doch Cupido verliebt sich in Psyche und zeugt mit ihr ein Kind. Venus unterwirft daraufhin das Mädchen aus Rache einer Reihe von Prüfungen, die es am Ende vernichten sollen. Doch alles ist mit der Schönen im Bunde. Am Schluss erhebt Zeus Psyche unter die Unsterblichen und willigt in eine Heirat mit Cupido ein.

Vor der Schönheit und der Liebe müssen selbst die Götter kapitulieren. Das Happyend ist ein Bekenntnis zum Lebens- und Liebesgenuss. Sinnigerweise trägt die Tochter aus der Verbindung von Cupido und Psyche den Namen Voluptas, was soviel wie Vergnügen, Freude, Genuss und Lust bedeutet. Das Märchen entwirft in sinnenfroher Darstellung die Erfüllung des Lebens in Schönheit und Liebe.

François Gérard: *Amor und Psyche.* 1798. Öl auf Leinwand.

Rückverwandlung der Schwäne. Aus dem französischen Manuskript des Schwanenmärchens (Anfang des 13. Jahrhunderts).

Es ist davon auszugehen, dass die Aussage- und Darstellungsweisen des Märchens auch in der Zeit der Völkerwanderung eine Rolle gespielt haben. Allerdings sind wegen des Fehlens schriftlicher Überlieferung keine Spuren geblieben. Abseits der Wirren der Wanderungszeiten entwickelte sich nach dem Untergang Roms zuerst bei den Iren ein einheimisches Schrifttum in Europa. In die Zeit um 1100 weist das Märchen *Der König mit den Pferdeohren* zurück. Deutlich spielt das Motiv auf Ovids Midaserzählung an, Beleg für die klassische Bildung der irischen Autoren und für die Verbindung mit der antiken Überlieferung. Erzählt wird, wie der König sich zu seinem sorgfältig verdeckten Schandmal öffentlich bekennt, nachdem die Natur selbst das Geheimnis ausgeplaudert hat. Im Rahmen eines Erlösungsmärchens bejaht der Einzelne alle Mängel und wird innerlich frei.

Außerhalb Irlands wird das Märchen in Frankreich und unter den keltischen Bretonen gepflegt. Märchenstoffe werden aufgegriffen in den *chansons de geste* und in kürzeren Versnovellen (Lais). Die älteste schriftliche Fassung des berühmten Schwanenmärchens entstand um 1190 im lothringischen Kloster Alta Silva. Als Sinnbild der Reinheit und des Lichts steht der Schwan für die lautere menschliche Seele, die jedoch der Gestaltwerdung bedarf, um sich im Leben zu erfüllen. Nachdem

> Die Schwäne konnten sich ohne Ketten nicht mehr zurückverwandeln und ließen, traurig über ihr Los, lange Tage süßen Klagegesang ertönen; dann schwangen sie sich hoch in die Luft, nahmen die Schwester mit und suchten ein Wasser zum geeigneten Aufenthalt. Da sie lange geflogen waren, sahen sie eines Morgens unter sich einen wunderbar schön ausgemessenen Schloßteich, der gefiel ihnen so ausnehmend, daß sie sich niederließen und dort blieben.
> Aus dem *Schwanenmärchen*.

den Schwänen die goldenen Ketten geraubt worden sind, scheinen sie zu einem Leben außerhalb der menschlichen Gesellschaft verurteilt. Am Ende jedoch werden die dunklen, übel wollenden Gegenkräfte zur Rechenschaft gezogen, so dass mit den rückverwandelten Schwänen auch Reinheit und Licht zurückkehren können in eine seelisch erfüllte menschliche Welt.

Weniger in den um 1300 am Bodensee entstandenen *Gesta Romanorum*, einer Sammlung von anekdotisch moralisierenden Erzählungen, als in der ungefähr zur gleichen Zeit niedergeschriebenen isländischen *aeventyri* finden sich Märchenstoffe. Hier ist die erste bekannte Fassung des Märchens vom Gevatter Tod bezeugt. Der Tod ist der eigentliche Lehrmeister des Menschen. Ihm lebt er unweigerlich zu, auch wenn sein irdisches Dasein noch so lange währt. Im Märchen aber ist der Tod kein Übel, sondern die vom Menschen von innen heraus bejahte Vollendung einer lebenslangen Entwicklung. Einmal mehr umkreist das Märchen elementare Existenzfragen und gibt ebenso schlichte wie einleuchtende Antworten. Nicht die Weisen und Philosophen sind die letzten Ratgeber, vielmehr ist es das kreatürliche Bekenntnis zur eigenen Sterblichkeit, das den Menschen reifen lässt.

Neben den wenigen überlieferten, in sich geschlossenen Märchenerzählungen tauchen in der mittelalterlichen Literatur Märchenspuren in großen Erzählzusammenhängen auf. In der epischen Dichtung *Herzog Ernst* (um 1170) etwa entfaltet sich die exotische Welt des Orients als fabulöses Abenteuer.

Riesen und Zwerge bevölkern aus der Sicht der Kreuzfahrer eine abenteuerlich fabelhafte Welt. Ulrich von Zatzikhoven vermischt in seinem *Lanzelet* (um 1195–1200) Artussage und Feenmärchen, wie denn überhaupt der aus dem keltischen Kulturraum stammende Artusroman eine ausgesprochene Neigung zum Wunderbaren zeigt. Lanzelet sieht sich nach dem Tode seiner Eltern in ein Märchenreich versetzt, in dem es keine Trauer gibt. Eine Meerfee erzieht ihn zum höfischen Ritter. Hartmann von Aues *Iwein* (um 1200) erzählt in Adaption des französischen Artusromans von Chrétien de Troyes von einem Zauberbrunnen. Wasser, das man in ihn hineinschüttet, löst verheerende Unwetter aus.

Im Grunde handelt es sich auch beim Gral in Wolfram von Eschenbachs *Parzival* (um 1200–1210) um ein wunderbares Requisit, das die geheimnisvolle Kraft in sich trägt, den Menschen zu erlösen. Un-heilvoll wirkt sich der Zaubertrank in Gottfried von Straßburgs *Tristan und Isolde* (um 1200) aus. Ursprünglich für die Hochzeitsnacht von Isolde und Marke bestimmt, trinken Isolde und der Brautwerber Tristan davon und sehen sich fortan in tragischer Leidenschaft an einander gebunden. *Perceforest* (14. Jahrhundert), ein später französischer Artusroman, spielt in einer Episode auf das Märchen von Dornröschen an. Das Märchen bleibt im Mittelalter als kurze Erzählform und als Motivrepertoire durchaus lebendig, ohne allerdings schon umfassendere Sammlungen auszubilden. Dies sollte in Europa der Renaissance und der Romantik vorbehalten bleiben.

Aus Wolfram von Eschenbachs *Parzival*: Taufe des Feirefiz, der den erhobenen Gral zu sehen vermag.

Das Volksmärchen ist das Ergebnis eines langfristigen Erzählprozesses, in dessen Verlauf mehrere nicht genannte Erzähler die jeweilige Erzählsubstanz modellieren, indem sie verändern, hinzufügen oder mehrere Teile miteinander verschmelzen. Den letztgenannten Vorgang nennt man Kontamination. Was letztlich dabei herauskommt, ist eine im Grunde von mehreren Erzählergenerationen erbrachte Gemeinschaftsleistung, so dass man auch vom Kollektivmärchen sprechen könnte.

Der Orient

Die älteste bekannte Sammlung stellen die über dreihundert Märchen unter dem Titel *Tausendundeine Nacht* dar. Den Grundbestand bildet die aus dem 8. Jahrhundert stammende persische Märchenanthologie *Tausend Nächte,* die man im 10. Jahrhundert ins Arabische übertrug. Bis ins 16. Jahrhundert hinein wurde die Sammlung ständig erweitert und mit den jeweiligen geschichtlichen Erfahrungen verbunden. Bereits dieses frühe Beispiel belegt die Tendenz des Volksmärchens zur Bündelung ähnlicher Stücke. *Tausendundeine Nacht* stellt unter den Märchensammlungen ein besonders kunstvoll gestaltetes Beispiel dar. Alle Märchen sind eingebunden in eine Rahmenerzählung. Der König Schehrijar von Samarkand nimmt, nachdem seine Frau ihn mit einem schwarzen Sklaven betrogen hat, Rache am ganzen weiblichen Geschlecht, indem er jeden Tag eine andere

Scheherezade. Illustration von Juri Trnka.

Märchen aus Tausendundeinernacht
Die Geschichte von dem Prinzen Ahmed und der Fee Peri Bano
Die Geschichte von Harun Erraschid und dem falschen Kalifen
Die Geschichte von der Messingstadt
Die Geschichte von dem Fischer Chalifa
Die Geschichte von dem nächtlichen Abenteuer des Kalifen
Die Geschichte von dem Schuhflicker Maruf
Die Geschichte vom Zauberpferd
Die Geschichte von Abdullah der Erde und von Abdullah der Meere

Der Vogel Greif aus dem Sindbad-Märchen. Illustration von Juri Trnka.

heiratet und sie nach der Hochzeitsnacht hinrichten lässt. Erst Scheherezade, der klugen Tochter des königlichen Wesirs, gelingt es, den König durch ihre Erzählungen derart zu fesseln, dass er am Ende seinen Racheplänen entsagt.

Das orientalische Märchen teilt mit allen anderen Ausprägungen der Gattung die Flucht aus einer oft entbehrungsreichen Wirklichkeit in eine wunderbare Welt der Erfüllung. Dabei spielt die Frage nach Verdienst und Schuld kaum eine Rolle, vielmehr ist es in aller Regel ein Glück ohne Verdienst, das den Helden zuteil wird. Der Mensch ist schicksalhaft bestimmt durch den Willen Allahs, durch das Kismet, das arabische Wort für Zuteilung, das jedem zukommen lässt, was in der Vorsehung für ihn bestimmt ist. Stärker als das europäische ist das orientalische Märchen fatalistisch orientiert.

Aladin und der Geist.
Illustration von Juri Trnka.

In Europa ist die arabische Märchensammlung nur langsam und dann auch nur sehr lückenhaft zur Kenntnis genommen worden. Besondere Verdienste erwarb sich der Orientalist Jean-Antoine Galland, der zwischen 1704 und 1717 eine französische Übersetzung vorlegte, die mehr als ein Jahrhundert die einzige Version in einer europäischen Sprache war. Erst 1823 folgte die erste deutsche Übersetzung. Die maßgebliche deutsche Ausgabe ist heute die von Enno Littmann vorgelegte Übertragung von 1923/28 nach dem arabischen Urtext der Kalkuttaer Edition. In seinem Vorwort schreibt Hugo von Hofmannsthal: »Unvergleichlich ist diese Lebenswelt und durchsetzt von einer unendlichen Heiterkeit, einer leidenschaftlichen, kindlichen, unauslöschlichen Heiterkeit, die alles durcheinanderschlingt, alles zueinander bringt, den Kalifen zum armen Fischer, den Dämon zum Hökerweib, die Schönste der Schönen zum buckligen Bettler, Leib zu Leib und Seele zu Seele.«

Bekannter geworden sind in Deutschland nur die Märchen von *Ala ed-Din und der Wunderlampe,* von *Ali Baba und den vierzig Räubern* und von *Sindbad dem Seefahrer*. In allen genannten Märchen geht es um das Glück des Einzelnen, der zu Reichtum und zur Erfüllung all seiner Wünsche gelangt, ohne dass er sich ein besonderes Verdienst erworben hat. Ala ed-Din holt für einen Zauberer eine Lampe aus einem Brunnen. Wenn man an ihr reibt, erscheint ein Geist, der jeden Wunsch erfüllt. Nachdem er dieses Geheimnis entdeckt hat, behält er die Lampe für sich, entledigt sich des Zauberers und heiratet eine Prinzessin. In *Ali Baba* verschafft sich ein Holzhauer durch das Zauberwort »Sesam, öffne dein Tor!« Zugang zu einer Höhle, in der die Räuber unermessliche Schätze aufbewahren. Es gelingt ihm, die Räuber auszuschalten und sich ganz allein in den Besitz und den Genuss des Reichtums zu bringen, ungeachtet des Umstands, dass es sich ja um Diebesgut handelt. Das Märchen vom

Die Höhle wurde von wunderbaren Kristallampen erleuchtet, die von der Decke herabhingen, und auf dem Boden standen überall vergoldete Tische, die mit gestickten Tüchern bedeckt und mit Speisen und Getränken über und über beladen waren, wie er sie bisher nicht einmal im Traum gesehen hatte. Ali Baba nahm von jeder der Speisen einen Bissen, und als er die Tische abgegangen war, war er satt. Nun interessierte ihn nichts mehr in diesem Raum; er ging also in den nächsten. Dort war eine Unmenge kostbarer Gewänder gelagert, Ballen aus Brokatstoffen und Teppiche lagen auf dem Boden. So zahlreich waren diese Gegenstände, daß man mit ihnen tausend Würdenträger hätte kleiden und hundert Königspaläste hätte schmücken können.
Als sich Ali Baba all dies angesehen hatte, betrat er den dritten Raum. Dieser war angefüllt mit Schätzen; Perlen und Diamanten lagen hier haufenweise herum als wären es gewöhnliche Kieselsteine; Truhen gab es hier, so angefüllt mit Golddukaten, daß man sie gar nicht schließen konnte, und aus den Säcken fielen Ohrgehänge und Ringe heraus. An den Wänden aber blitzen goldene Rüstungen.
Aus: *Ali Baba und die vierzig Räuber.*

Seefahrer Sindbad zeigt beispielhaft den vom Schicksal Getriebenen, der auf seinen Handelsfahrten alle Höhen und Tiefen des Lebens erfährt und am Ende, nach der siebten Reise, als gemachter Mann in die Heimat zurückkehrt. Was die Leser bis heute fasziniert, sind die unerschöpflichen Wunschphantasien, die Farbenpracht und die Kostbarkeit des Ambientes wie die Sinnlichkeit der Darstellung. Wie Sindbad erhebt sich der Leser mit dem Vogel Greif in die Lüfte und dringt mit Ala ed-Din tief in die Erde ein. Wunderbar weiten sich die Perspektiven aus, alle Enge und Beschränktheit entgrenzend.

Italien und Frankreich

Auf die orientalischen Märchen greift der Italiener Giovan Francesco Straparola (gest. nach 1557), der erste europäische Märchensammler von Rang, zurück. Nach Erzählungen venezianischer Seeleute schrieb er das Gehörte in seinem eigenen Stil nieder und veröffentlichte die Märchen zusammen mit erotischen Novellen 1550 und 1553 unter dem Titel *Ergötzliche Nächte (Le piacevoli notti)* in zwei Bänden. Ähnlich wie Giovanni Boccaccio in seinem *Dekameron* verbindet Straparola die Stücke durch eine Rahmen-

Es lebte einmal in Böhmen eine alte, sehr arme Frau, Soriana genannt, die Mutter von drei Söhnen war. Die hatte nichts auf der Welt weiter im Vermögen als einen Backtrog, einen Brotkorb und eine Katze. Da sie nun sterben sollte, vermachte sie in ihrem letzten Willen ihrem ältesten Sohne Dusolino den Backtrog, dem zweiten, Tedifone, den Brotkorb, und dem dritten, Constantino Fortunato, die Katze.
Da aßen denn Dusolino und Tesifone wacker darauf los und ließen ihren jüngeren Bruder zusehen. Bat er sie um etwas, so hieß es gleich: »Geh Du zu Deiner Katze, die wird Dir schon geben.« Und so litt unser armer Constantino mit seiner Katze große Not.
Die Katze, welche gefeit war, hatte Mitleid mit ihrem Herrn und ärgerte sich über die beiden Brüder, die so hartherzig gegen ihn waren. »Constantino«, sprach sie, »gräme Dich nicht, ich werde schon für Deinen und meinen Unterhalt sorgen.«
Aus: G. F. Straparola: *Die Katze.*

handlung. Im Palast des Bischofs Sforza auf der Laguneninsel Murano erzählen sich die Mägde und Besucher des Bischofs in 13 Karnevalsnächten die einzelnen Geschichten, unter ihnen echte Märchen, die man bereits 1608 in einer in Venedig erschienenen Ausgabe separat veröffentlichte, u. a. *Das Zauberpferd, Die drei Königskinder, Das Geschenk der drei Tiere, Der Thunfisch, König Igel, Von den drei Brüdern, die in die Welt gehen.* Die Geschichte *Die Katze* ist die Urform des *Gestiefelten Katers.* Als Quelle für deutsche Märchensammler diente vor allem die erste 1817 in Deutschland gedruckte Ausgabe von Friedrich Wilhelm Valentin Schmidt. Ähnlich wie in den orientalischen Märchen kommt es weniger auf die Moral als auf den Erfolg an. Durch geschicktes Antichambrieren, gezielte Verunsicherungen und effektvolle Vortäuschungen gelingt es der findigen Katze, aus ihrem Herrn, einem armen Schlucker, einen reichen, angesehenen Mann zu machen. Verschlagenheit lässt den Traum des armen Mannes, einmal unermesslich reich zu sein und in der Welt etwas zu gelten, Wahrheit werden. Das Märchen bei Straparola ist die Poesie der Habenichtse.

Der gestiefelte Kater. Federzeichnung von Josef Hegenbarth zu Basiles Märchen *Gagliuso.*

Als noch einflussreicher erwiesen sich im 19. Jahrhundert *Die Erzählung der Erzählungen oder Unterhaltungen für die Jugend* des Neapolitaners Giambattista Basile (1515–1632). Die Sammlung, erst 1634 bis 1636 nach dem Tode Basiles erschienen, erhielt in der Neuausgabe von 1674 den Namen *Pentamerone.* In Anlehnung an Boccaccios *Dekameron* erzählt man sich an fünf verschiedenen Tagen fünfzig Geschichten. In der Rahmenerzählung verbinden sich novellistische Erzählweisen mit den Erzählweisen des Märchens im Stil von *Tausendundeinernacht.*

Vorgebildet sind hier bereits die Märchen *Die sieben Raben, Dornröschen* und *Aschenputtel.* In Deutschland erkannte Jakob Grimm als einer der ersten die Bedeutung von Basiles Märchensammlung. Im kritischen Anhang zu den *Kinder- und Hausmärchen* von 1822 hebt er ausdrücklich die Originalität und den hohen künstlerischen Wert der altitalienischen Märchen hervor. Grimms Lob veranlasste Friedrich Liebknecht zur ersten, 1846 erschienenen deutschen Übersetzung. In seiner Märchensammlung *Lo cunto de li cunti (Die Erzählung der Erzählungen)* nimmt Basile vor allem Märchen aus seiner neapolitanischen Heimat auf. Anders als Straparola stilisiert er die wiedererzählten Märchen in der zeitgenössischen Kunstsprache des Barock und überschreitet dabei zumin-dest sprachlich die Grenzen zum Kunstmärchen.

Auch Basile erzählt Geschichten vom schließlichen Glück der scheinbar Glücklosen und Unglücklichen. Die Prinzessin Zezolla, wie sein Aschenputtel heißt, tötet auf Betreiben der Hofmeisterin ihre Stiefmutter in der Hoffnung, sie würde besser behandelt, wenn die Hofmeisterin erst einmal die Frau ihres Vaters geworden sei. Doch als plötzlich sechs Töchter ihrer neuen Stiefmutter auftauchen, bleibt für Zezolla nur ein Platz in der Küche. Erst die Zuwendung der Feen begründet am Ende ihr Glück. Eine Feentaube und ein

Holzschnitt von Gustave Doré zu Perraults *La Belle au bois dormant* (Dornröschen).

Dattelbaum erfüllen ihr jeden Wunsch und führen sie in die Arme des geliebten Prinzen, der an einem zurückgelassenen Schuh die Richtige erkennt, während die Töchter der Hofmeisterin leer ausgehen. Nicht das Handeln des Einzelnen führt zum Ziel, sondern geheimnisvolle, wohlwollende Kräfte, die mit denen im Bunde sind, die von allem Glück verlassen scheinen. Das Märchen erzählt von Verlust und Mangel, die in poetischer Gerechtigkeit den Ausgleich herausfordern. Dabei erweist sich das Feenmärchen vorzugsweise als eine Hommage an die liebende Frau.

Gut vertraut mit Basiles Märchen war der Franzose Charles Perrault (1628–1703). Wie seine Vorgänger in Italien sammelte er Überlieferungen aus dem Volksgut und formulierte sie neu. Im Jahr 1697 erschien eine Auswahl unter dem Titel *Geschichten oder Märchen aus vergangener Zeit (Histoires ou contes du temps passé)*. Auffällig ist die Nähe zu den volkstümlichen Quellen. Auf dem Titelblatt der Erstausgabe steht die Inschrift »Contes de ma mère l'Oye«. Die »Märchen meiner Mutter Gans« sollen an die Zeit der sagenhaften Königin Bertha mit dem Gänsefuß erinnern, Hinweis auf das hohe Alter und zugleich auf die Volkstümlichkeit der Gattung. Gemeint ist Bertiada, die Mutter Karls des Großen (gest. 783), die im karolingischen Sagenkreis mit der Göttin Berchta verschmolz. Schon die Brüder Grimm lobten Perraults Verdienst, dass er so gut wie nichts hinzugesetzt und das Überlieferte weitgehend unverändert übernommen habe. In der Sammlung tauchen bereits Märchenversionen von *Geschichten oder Märchen aus vergangener Zeit (Histoires ou contes du temps passé)* auf. Doch die Feengeschichte, die oft mit dem Märchen gleichgesetzt wird – man denke an das englische *fairy tale* –, konnte in Deutschland nur schwer Fuß fassen.

Perrault formte seine Märchen in Geist und Stil des Frankreich des 17. Jahrhunderts mit Blick auf die gehobenen höfischen Erwartungen. Charakteristisch ist die raffinierte Verbindung des naiven Volksmär-

> Die Geigen und die Oboen spielten alte Stücke, die ausgezeichnet klangen, obwohl sie schon seit fast hundert Jahren nicht gespielt wurden, und nach dem Nachtessen vermählte der Hofgeistliche, ohne Zeit zu verlieren, die beiden in der Schloßkapelle, und die Ehrendame zog den Vorhang zu. Sie schliefen allerdings nicht viel; denn die Prinzessin bedurfte dessen nicht so sehr, und der Prinz verließ sie schon am Morgen.
> Aus: Perrault: *Die Schöne, die im Walde schlief.*

chentons mit dem geistreichen Stil der anspruchsvollen zeitgenössischen Literatur, insbesondere der beliebten galanten Erzählung. Das Märchen von der *Schönen, die im Walde schlief (La Belle au bois dormant)*, eine Dornröschen-Variante, gestaltet die Begegnungen des Prinzen mit dem aus dem Zauberschlaf erwachten Mädchen als erotische Liebesabenteuer. Im Wald, wo er seine Geliebte vor seiner Mutter, einer Menschenfresserin, versteckt hält, genießen beide die Freuden der Liebe, bis schließlich der Prinz König wird, seine Geliebte mit den inzwischen geborenen Kindern in die Residenz einführt und die Menschenfresserin sich selbst in den Tod stürzt. Am Ende steht der Triumph der Liebe über Gewalt und Tod. Jeder seiner acht Märchenerzählungen fügt Perrault eine moralische Erläuterung in Versform an, gedacht für die zeitgenössische Hofgesellschaft. Die Erläuterungen verloren allerdings im Laufe der Überlieferung an Bedeutung und wurden häufig ausgespart.

Die *Feenmärchen* der Gräfin Marie Catherine d'Aulnoy (1650–1705), die 1697/98 in vier Bänden vorlagen, sind in der Regel eleganter stilisiert als die Märchen Perraults, der die Feengeschichte hoffähig gemacht hatte. Märchen wie *Der goldne Zweig, Der blaue Vogel* oder *Die weiße Katze* erzählen von dem Triumph feenhafter Frauenschönheit und Frauenvernunft über den Einfluss von Königen, Prinzen und bösen Zauberern.

Am Hofe Ludwigs XIV. entwickelte sich das Feenmärchen schon bald zu einer Modegattung, einerseits, um der gähnenden Langeweile entgegenzuwirken, andrerseits, um die belebende gesellschaftliche Rolle der Frau hervorzuheben. Stofflich schöpfte man vor allem aus Straparola, Basile, den französischen Volksbüchern und den Ritter- und Abenteuerromanen. Zwischen 1785 und 1789 erschien in 41 Bänden das *Cabinet des Fées et autres contes merveilleux.*

Die Märchen der Henriette-Julie de Murat (1670–1746) sind Schäfergeschichten mit galanten Liebesgesprächen. Selbst die Feen und Zauberer, ganz nach der neuesten Mode gekleidet, können der Macht der irdischen Liebe nicht widerstehen. Im Märchen *Der Palast der Rache* hält die Macht der Fee Céorée nur solange an, wie ihre Liebe zum Prinzen Orizée währt. Die Liebe ist die wahre Zaubermacht. In der Geschichte *Die Schöne und das Tier* von Gabrielle-Suzanne de Villeneuve (gest. 1755) wächst die liebende Frau in die Rolle der Fee hinein. Das ungeschlachte Tier muss erst durch die Frau veredelt werden, indem sie den unkontrollierten Naturtrieb in Einklang bringt mit den gesellschaftlichen Erwartungen. Wieder bekannt geworden ist das Märchen durch Jean Cocteaus Film *La belle et la bête* aus dem Jahr 1945/46. Jeanne-Marie Le Prince de Beaumont (1711–1770) schränkt die Macht der Feen empfindlich ein. Zwar können sie weiterhin mit Schönheit, Reichtum und Macht begaben, doch das Gute bedarf der ausdrücklichen Belehrung. Wichtiger als das Wunderbare wird das Pädagogische.

Farbiger Titelholzstich zu *Französische Feenmärchen des 18. Jahrhunderts* von Karl-Georg Hirsch.

Illustration von Tatjana Hauptmann zu *La belle et la bête* (Die Schöne und das Tier).

Dornenblüt ist das einzige vollständig überlieferte Märchen von Antoine Hamilton (1646–1730). Ausgegeben wird es als die letzte Geschichte aus *Tausendundeinernacht,* erzählt von Dinarzarde, der Schwester Scheherezades. Zusammen mit dem Wunderbaren wird das ewige Geschichtenerzählen parodiert. Ähnlich verspottet auch Jacques Cazotte (1719–1792), der letzte bedeutende Vertreter der Gattung, den Feenglauben.

Deutschland

Renaissance und Humanismus lösten auch in Deutschland ein stärkeres Interesse an der volkssprachlichen Überlieferung aus. In dem um 1559 erschienenen *Ander theyl der Gartengesellschaft* von dem Straßburger Humanisten Martin Montanus findet sich die älteste bekannte Version des Aschenbrödel-Märchens. Goethe war es, der das Märchen vom *Erdkühlein* wiederentdeckte. Nach der ersten Nacht in seinem Weimarer Gartenhaus in der Ilmenau, am 19. Mai 1776, schreibt er: »Zum erstenmal im Garten geschlafen, und nun *Erdkülin* für ewig.« Im Märchen gelingt es der missgünstigen Stiefmutter und der ältesten Schwester, das Margretlein im Wald auszusetzen, wo es in großer Angst schließlich Zuflucht findet bei einem Erdkühlein, das das Mädchen mit den schönsten Kleidern versorgt. Als die ältere Schwester die beiden entdeckt, muss das hilfreiche Tier sterben, doch vor seinem Tod lässt es das Margretlein wissen, wie es im Leben erfolgreich werden kann. Ein Baum

Federzeichnung zum *Erdkühlein* von Fritz Kredel.

Illustration zu den Rübezahllegenden von Emil Zbinden.

mit wunderbaren, heilkräftigen Äpfeln, die nur das Margretlein zu pflücken imstande ist, erfüllt am Ende alle seine Wünsche. Die Natur nimmt sich des verlassenen und von den andern bedrohten Menschen an und lässt ihn glücklich werden. Neben der *Gartengesellschaft* enthält auch der 1557 erschienene *Wegkürtzer* von Montanus echte Märchen, darunter *Vom tapfern Schneider, Vom Schwaben, der das Leberlein gefressen* und *Von einem Burschen, der die Königstochter zum Lachen bringt*.

Montanus blieb lange Zeit der Einzige, der Märchen aus dem Volk sammelte und nacherzählte. Fassbar werden märchenhafte Erzählungen erst wieder in den *Kinderspielen und Gesprächen* (1777) von Johann Gottlieb Schummel. Unter dem Titel *Das Pfänderspiel* taucht eine Geschichte auf, die den Kern von Grimms *Sechse kommen durch die ganze Welt* bildet.

Die erste, breit angelegte Sammlung bilden die *Volksmärchen der Deutschen*, die Johann Karl August Musäus (1735–1787) zwischen 1782 und 1786 in fünf Bänden vorlegte. Musäus stellt echte Märchen, Sagen, Legenden sowie Spukgeschichten noch bedenkenlos nebeneinander. Beachtenswert sind die Legenden von Rübezahl, in denen der Berggeist des Riesengebirges seine endgültige Gestalt erhält. Märchenhaft im engeren Sinne sind die Geschichten *Die Nymphe des Brunnens, Der geraubte Schleier, Liebestreue, Stumme Liebe* und *Der Schatzgräber*. Als Quellen verwendete Musäus die mündliche Überlieferung, alte Chroniken und gelegentlich auch französische Feenmärchen.

Anders als später die Brüder Grimm erzählt Musäus als Kind der Aufklärung die Geschichten vom Wunderbaren mit leiser Ironie und spielt dabei immer wieder auf den Zeitgeist und die Zeitgenossen an. In seinem Vorbericht zur ersten Ausgabe führt er aus: »Der Hang

Holzschnitt von Ludwig Richter zum *Schatzgräber* nach J. A. Musäus.

zum Wunderbaren und Außerordentlichen liegt so tief in unsrer Seele, dass er sich niemals auswurzeln lässt ... Der menschliche Geist ist also geartet, daß ihm nicht immer an Realitäten genügt; seine grenzenlose Tätigkeit wirkt in das Reich hypothetischer Möglichkeiten hinüber.« Entschieden hebt er hervor: »Volksmärchen sind aber auch keine Kindermärchen«. Er habe alles getan, »den Ton der Erzählung so viel als möglich nach Beschaffenheit der Sache und dem Ohr des Zuhörers, das heißt einer gemischten Gesellschaft aus groß und klein zu bequemen«.

Beachtung fanden daneben die 1801 herausgegebenen so genannten Braunschweiger *Feen-Märchen,* Beleg für das Interesse an der Feenwelt auch im deutschen Sprachraum. Die Sammlung wendet sich ausdrücklich an die Frauen, die es angesichts der Vielfalt und Schwere der häuslichen Arbeit zu entlasten gilt. Der Herausgeber bleibt anonym. Manche Märchen wie *Der Riesenwald* sind Bearbeitungen bekannter Stücke, wie in diesem Fall des bekannten Feenmärchens von Madame d'Aulnoy, andere, wie *Die sieben Schwäne,* greifen auf ältere Vorlagen zurück. Eine echte Bereicherung bilden *Das singende, klingende Bäumchen* und insbesondere *Die drei Gürtel.* Mit Hilfe von drei silbernen Feengürteln findet die Königin Adelheid ihren untreuen Mann wieder, der in den Krieg gezogen war, nun im Begriff, eine andere zu heiraten. Erst jetzt wird der Untreue seiner großen Liebe zu seiner Frau inne und kehrt mit ihr in sein Reich zurück. Wie in vielen Feenmärchen ist die Liebe die eigentlich bewegende Kraft. Einmal mehr tritt die Fee als Anwältin echter Frauenliebe auf.

Die bedeutendste Märchensammlung vor den Brüdern Grimm legte der junge Pfälzer Lehrer Albert Ludwig Grimm, ein Mitarbeiter an *Des Knaben Wunderhorn,* mit Jakob und Wilhelm nicht verwandt, mit seinen 1809 erschienenen *Kindermärchen* vor. Märchen ist für ihn die Poesie der Kindheit, des poetischen Lebensalters. Dabei schätzt er die erzie-

Endlich näherte sich die Stunde, die Musik schwieg, und in wenigen Augenblicken fühlte sie sich von seinen Armen umfaßt. Er war schon entkleidet und trug das zitternde Weib zum heimlichen Lager; alle Lichter verlöschten, er stammelte: Meine Rose! Und ward glücklich, wie es ein liebender Mann werden kann. Sanft entschlummerte er in ihren Armen.
Aus: *Die drei Gürtel.*

herische Wirkung der Märchenlektüre auf die Heranwachsenden hoch ein. Seine Sammlung eröffnete er mit *Schneewittchen*. Es folgte *Hans Dudeldee,* stofflich weitgehend übereinstimmend mit dem Märchen *Von dem Fischer un syner Fru*. Bekannt geworden ist darüber hinaus die Geschichte *Die drei Königssöhne.* Sein Glück macht der Jüngste, der »Dümmling«, weil er auf die Stimme der Natur hört, allen Geschöpfen in Not beisteht und die Tiere ihm schließlich helfen, Reichtum und Liebe zu finden. Die *Kindermärchen* erfreuten sich großer Beliebtheit und erlebten fünf Auflagen.

Federzeichnung von Fritz Kredel zu *Schneewittchen* nach Albert Ludwig Grimm.

Hans Dudeldee. Aus den *Kindermärchen* von Albert Ludwig Grimm. Heidelberg 1809.

Ein dreiviertel Jahr vor den *Kinder- und Hausmärchen,* im Frühjahr 1812, erschienen die *Volks-Sagen, Märchen und Legenden* von Johann Gustav Büsching, einem Germanisten in Breslau. Hier wurde zum ersten Mal das von dem Wolgaster Maler Otto Runge vermittelte Märchen *Von dem Fischer un syner Fru* in authentischem, unverdorbenem Wortlaut gedruckt. *Der Popanz* zeigt deutliche Anklänge an Grimms Märchen *Von dem Teufel mit den drei goldenen Haaren.*

Zwischen 1812 und 1819 gaben Jakob und Wilhelm Grimm die zumeist auf mündliche Überlieferung zurückgehenden *Kinder- und Hausmärchen* heraus. Mit ihnen war der Typus des Volksmärchens geschaffen, wenn insbesondere auch Wilhelm Grimm in die überkommenen Texte stilistisch und strukturell erheblich eingriff. Durch Verbindung einzelner Überlieferungs-

> Wir wollen in gleichem Sinne diese Märchen nicht rühmen oder gar gegen eine entgegengesetzte Meinung verteidigen: ihr bloßes Dasein reicht hin, sie zu schützen. Was so mannigfach und immer wieder von neuem erfreut, bewegt und belehrt hat, das trägt seine Notwendigkeit in sich und ist gewiß aus jener ewigen Quelle gekommen, die alles Leben betaut, und wenn es auch nur ein einziger Tropfen wäre, den ein kleines zusammenhaltendes Blatt gefaßt hat, so schimmert er doch in dem ersten Morgenrot.
> Aus: Jakob und Wilhelm Grimm: Vorrede zu *Kinder- und Hausmärchen.*

stränge, die dialektische Handlungsführung zwischen Konflikterfahrung und Konfliktlösung und durch vereinheitlichende Stilisierung entstand ein unverwechselbarer Märchentyp, der Schule machte und das Gattungsverständnis bis heute prägt. Volkstümlich sind vor allem die lineare Erzählstruktur, die Neigung zu sinnbildhafter Formulierung, die konsequent durchgehaltene Froschperspektive und schließlich die Glücksfiktion selbst. Unübersehbar ist die Herkunft

Jakob und Wilhelm Grimm. Doppelbildnis nach einem Kupferstich von Ludwig Emil Grimm. 1843.

des Volksmärchens aus der Schicht der Armen und notorisch Glücklosen.

Unter dem Aspekt der Gattung nehmen die Grimmschen Märchen eine Zwischenstellung zwischen dem Volks- und dem Kunstmärchen ein. Auf die Überlieferung verweisen vor allem die Motive, das Personal und der Handlungskern. Überwiegend entstammen auch die meisten Bildsymbole wie der Brunnen, der gläserne Berg, der goldene Ball u. a. m. sowie figurale Sinnträger wie Prinzen, Zwerge und Riesen, aber auch die helfenden und bedrohlichen Tiere der überlieferten Vorstellungswelt. Allerdings hat Wilhelm Grimm zur Abrundung mitunter auch Symbole neu eingefügt. Man denke an den weißen Vogel, der Hänsel und Gretel zum Hexenhaus leitet, oder an die Ente, die die Kinder über den Teich trägt. Vor allem aber hat Wilhelm Grimm durch seine homogene Stilisierung den Kunstcharakter des Märchens geformt. Leitender Gesichtspunkt für die Neustilisierung war das romantische Streben, das, was man für den kreativ schaffenden Volksgeist hielt, erzählerisch und sprachlich zu rekonstruieren.

Viele der bekanntesten Märchen der Grimmschen Sammlung sind von gebildeten jüngeren Frauen beigetragen worden. Bereits seit 1808 sandte die Pfarrerstochter Friederike Mannel (geb. 1783) aus Allendorf Märchenniederschriften an die Brüder Grimm, unter

... in dieser Nichtachtung des besseren poetischen Teiles vom Volke mangelt dem neueren Deutschland großenteils Volkspoesie; nur wo es ungelehrter wird, wenigstens überwiegender in besondrer Bildung der allgemeinen durch Bücher, da entsteht manches Volkslied, das ungedruckt und ungeschrieben zu uns durch die Lüfte dringt wie eine weiße Krähe; wer auch gefesselt vom Geschäfte, dem läßt sie doch den Ring niederfallen des ersten Bundes. Mit wehmütiger Freude überkömmt uns das alte reine Gefühl des Lebens, von dem wir nicht wissen, wo es gelebt, wie es gelebt, was wir der Kindheit gern zuschreiben möchten, was aber früher als Kindheit zu sein scheint und alles, was an uns ist, bindet und löst zu einer Einheit der Freude.
Aus: Achim von Arnim: *Von Volksliedern.*

Adrian Ludwig Richter. *Schneewittchen.* Kupferstich, um 1830.

ihnen *Fitchers Vogel, Die drei Federn* und *Die kluge Gretel.* Wichtig für die ersten Aufzeichnungen waren die Erzählungen von Dorothea Wild (geb. 1752), der Frau eines Kasseler Apothekers. Auf sie gehen u. a. zurück *Marienkind* und *Der Frieder und das Catherlieschen.* Ihre Tochter Dortchen, die 1825 Wilhelm Grimm heiratete, trug u. a. *Frau Holle* bei. Aus dem Kreis der Familie Wild stammt auch *Hänsel und Gretel.*

Entscheidenden Anteil an der Sammlung haben die Geschwister Hassenpflug, die mütterlicherseits einer hugenottischen Familie entstammten. Hervorzuheben sind Marie (Schneewittchen) und Jeanette Hassenpflug, die u. a. *Rotkäppchen* und *Tischlein deck dich* beitrug. Die Märchen, die man nach einem Irrtum Hermann Grimms, des Sohns von Wilhelm mit Marie Müller (geb. 1747), Haushälterin bei den Wilds, der so genannten »alten Marie« verband, stammen von Marie Hassenpflug (geb. 1788). Eine »alte Märchenfrau« hat es wohl nie gegeben. Von den Hassenpflugs wurden u. a. erzählt: *Das tapfere Schneiderlein, Das Mädchen ohne Hände, Bruder Lustig* und *Hans heiratet.*

Zahlreiche Beiträge verdanken die Grimms der Schneidersfrau Katharina Dorothea Viehmann (geb. 1755) aus Niederzwehren bei Kassel. Eine geborene Pierson, war sie die Tochter eines aus Metz eingewanderten Hugenotten. Sie erzählte u. a. die Märchen

Farbige Federzeichnung zu *Tischleindeckdich* von Erik Richter.

Der getreue Johannes, Der Teufel mit den drei goldenen Haaren, Die kluge Else, Doktor Allwissend und *Hans mein Igel.*

In der Vermittlung von Sagen und Märchen kommt dem Bökendorfer Kreis (Bökendorf b. Brakel, Kreis Höxter) eine besondere Bedeutung zu. Nicht unerheblich ist der Anteil der Haxthauser Töchter und von Jenny und Annette von Droste-Hülshoff am zweiten Band der Kinder- und Hausmärchen (1815). Im Einzelnen sind zu nennen: *Die Bremer Stadtmusikanten, Die drei Glückskinder, Die beiden Künigeskinner, Dat Mäken von Brakel* und *Die zertanzten Schuhe.* In einem Brief an seinen Bruder Jakob hebt Wilhelm Grimm, der in Bökendorf die Sammlung von Märchen angeregt hatte, lobend hervor, dass die Droste-Schwestern eine Menge Märchen wüssten, insbesondere Annette.

Annette von Droste-Hülshoff. Bildnis von C. H. N. Oppermann

Zu Lebzeiten der Brüder Grimm erschienen sieben Ausgaben der *Kinder- und Hausmärchen,* und zwar 1812/15, 1819, 1837, 1840, 1843, 1850 und 1857 die Ausgabe letzter Hand. Daneben erschienen 1822 und 1856 zwei Bände mit Anmerkungen zu den einzelnen Märchen. Zwischen 1825 und 1858 lag in zehn Auflagen ein Auswahlband mit 50 Märchen vor.

Heinz Rölleke veröffentlichte 1977 zum ersten Mal *Märchen aus dem Nachlass der Brüder Grimm.* Dabei handelt es sich um 48 kürzere und längere Texte. Viele von ihnen sind nur skizziert und flüchtig ausgeführt und daher wohl nicht in die Sammlung übernommen worden, andere überschneiden sich mit bereits aufgenommenen Texten und wieder andere sahen die Grimms als nicht ursprünglich an. Das derb erotische Märchen *König Eisenhütl* wurde wohl wegen seiner

Dass auch Annette den literarischen Arbeiten der Bökendorfer nicht fremd blieb, bezeugt vor allem ein Brief Wilhelm Grimms vom 7. Dezember 1819. »Ich schicke Ihnen hier«, schreibt er, »die neue Auflage der Kindermärchen. Vieles kennen Sie schon davon; manches verdanke ich Ihnen selbst, doch hoffe ich, daß Sie das Neue darin einmal nicht ungern ansehen.«
Hermann Hüffer: *Annette von Droste-Hülshoff,* Münster, 1887.

Album von Wilhelm Grimm mit einer Einbanddecke von Jenny von Droste-Hülshoff.

Anstößigkeit ausgeschieden. Die allzu große Nähe zu Perraults *Chat botté* war dafür verantwortlich, dass das beliebte Märchen *Der Gestiefelte Kater* seit der Zweitauflage aus der Sammlung herausgenommen wurde.

Ähnlich wie die Grimms sammelte auch Ludwig Bechstein (1801–1860) Märchen, die er der schriftlichen Märchenüberlieferung wie den mündlichen Erzählungen im Volk entnahm. Entschieden wandte er sich gegen Tendenzen, den überlieferten Märchenstoffen etwas hinzuzudichten, schloss jedoch dichterische Bearbeitungen nicht grundsätzlich aus. Das Märchen ist für Bechstein eine Wundererzählung jenseits von Ort und Zeit. Anders als die Grimms, die das Märchen als Lektüre für Jung und Alt verstanden hatten, wendet sich für Bechstein das Märchen vor allem an die Kinder, während die Erwachsenen der Märchen nicht bedürfen. Auffällig ist die pädagogische Tendenz. Konsequent merzte Bechstein alle erotischen Anspielungen aus. Da er die Märchenfiguren vor allem als sittliche Vorbilder für den Heranwachsenden begriff, strich er schließlich auch die Gestalt der bösen Stiefmutter.

Bechsteins *Deutsches Märchenbuch* (1845) und sein *Neues deutsches Märchenbuch* (1856) übertrafen im 19. Jahrhundert an Beliebtheit die *Kinder- und Hausmärchen* der Grimms, an die manches erinnert, ohne dass sie Bechstein an irgendeinem Ort als Quelle erwähnt. Märchen wie *Hänsel und Gretel, Rotkäppchen, Dornröschen* und *Aschenbrödel* tauchen auch bei Bechstein auf, allerdings in einem oft moralisierenden Stil, der an keiner Stelle das poetische Niveau der Grimms erreicht. Bekannt geblieben ist das Märchen vom *Däumling,* das bereits Perrault erzählt.

Wie sehr auch Bechstein das Märchen im Kern mit dem Wünschen verbindet, belegt die Erzählung *Die Wünschdinger*. Ein Prinz stellt auf wunderbare Weise alles, was der Krieg zerstört hat, noch prächtiger wieder her: »Der Prinz warf darauf den Wünschmantel in die Luft, da bedeckte sich das ganze Land mit neuen Schlössern und Palästen, Parken und Seen. Mit dem Wünschtüchlein aber schaffte er dem Lande Nahrung und Wohlstand, mit dem Wünschstabe verlieh er ihm eine starke Macht und zugleich die Achtung der Nachbarn, und mit der Geige förderte er im Lande Lust und Liebe zu Musik und den schönen Künsten.«

Angeregt von der Märchensammlung der Brüder Grimm, fasste der Germanist Friedrich von der Leyen zusammen mit einem Stab von Forschern und Sammlern den Plan, die Märchen der Völker in einer vierzigbändigen Reihe unter dem Titel *Märchen der Weltliteratur* herauszugeben. Gestartet im Jahr 1911, konnte die Reihe Ende der zwanziger Jahre abgeschlossen werden. In einzelnen Bänden erschienen

Illustration von F. Reitz zu Ludwig Bechsteins *Der kleine Däumling.*

Nordische Volksmärchen, Südseemärchen, Buddhistische Märchen, Indianermärchen u. a. m.

Für die deutsche Märchenszene ist vor allem die von Paul Zaunert veranstaltete zweibändige Ausgabe *Deutsche Märchen seit Grimm* (1912/23) bedeutsam. Zaunert denkt vor allem an eine Ergänzung der *Kinder- und Hausmärchen*. Nicht nur vor allem Hessen und Westfalen wie bei den Grimms sollten ihre Beiträge leisten, sondern alle deutschen Landschaften. Dabei wird aber auch deutlich, dass die regionalen Bedingungen nicht ohne Einfluss auf den Charakter einer Sammlung bleiben, die einzelnen Märchen durchaus mit dem Raum, in dem sie entstanden, verbunden sind: »In der Schweiz werden mehr Geschichten von Hirten, an der Wasserkante mehr von Seefahrern und Fischern erzählt« (Zaunert, Vorwort).

Deutsche Märchen seit Grimm. Hg. Paul Zaunert, Jena 1912. Frontispiz von Ernst Schneidler.

Dennoch ist die umfangreiche Sammlung Zeugnis für die Homogenität der Gattung. Vertraute Motive tauchen immer wieder auf: so die treulose Frau des Helden, die das Geheimnis seiner Stärke verrät *(Das blaue Band)*, der Dümmling, an dem sich die Schadenfreude der anderen auslässt und der sich ihnen am Ende doch als überlegen erweist *(Vom dummen Peter)*, die Erlösung eines Menschen, der in ein Tier verwünscht wurde *(Siebenschön, Bruder und Schwester)*, das günstige Schicksal, das sich hilfloser, unschuldiger Kinder annimmt *(Die Goldkinder)*, und schließlich die Belohnung mit dem großen Märchenglück *(Von dem Breikessel)*.

Als nun aber der dumme Peter und seine Frau ihnen alles erzählten, da wurden sie alle zwei rot bis hinter die Ohren, weil sie dumme Peter so schlecht behandelt hatten. Der hatte aber ein gar gutes Herz und lachte darüber, sprach: das täte nichts, er hätte doch all seinen Reichtum einzig dem Hämmerchen zu verdanken, und das hätte seine Mutter ihm gegeben. Er ließ ihnen alsdann ein prachtvolles Haus bauen, gab ihnen so viel Geld, daß sie gut leben konnten, und zog wieder mit seiner Frau nach dem Schlosse zurück, und wenn sie nicht ausgezogen sind, dann wohnen sie noch da.
Aus: *Deutsche Märchen seit Grimm: Der dumme Peter.*

Märchen aus aller Welt

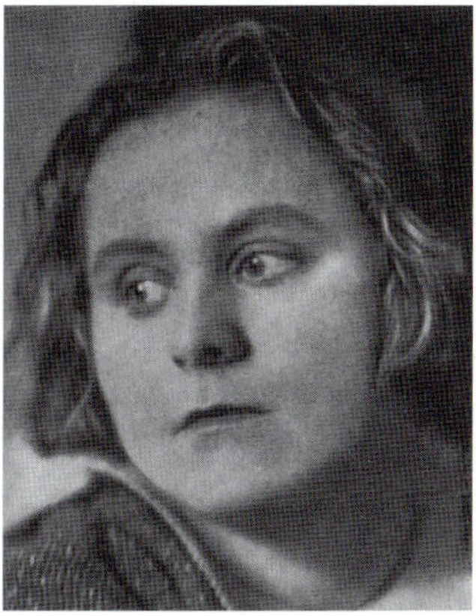

Lisa Tetzner

Lisa Tetzner (1894–1963), der Märchenerzählerin, Kinderbuchautorin und Kinderfunkleiterin, fiel die Aufgabe zu, aus den *Märchen der Weltliteratur,* bereichert um Stücke aus anderen Sammlungen und durch neue Funde, ein Haus- und Familienbuch zusammenzustellen. *Die schönsten Märchen der Welt für 365 und einen Tag* (1926/27), die letzte bedeutende Volksmärchensammlung, bietet für jeden Tag ein Märchen aus wechselnden Kulturkreisen. Der Tag über die wirkliche Anzahl der Jahrestage hinaus betont die unendliche Fortsetzbarkeit des Märchenerzählens und des Märchens selbst. Neben Märchen aus Deutschland stehen u. a. Märchen aus Island, dem Kaukasus, Bulgarien, Frankreich, Japan, China und Java. Doch das bunte internationale Spektrum zeigt auch hier eine erstaunliche Gleichartigkeit und Geschlossenheit. Überall ist »das alte Volksmärchen nichts kunstvoll Ausgedachtes und Gemachtes, es ist gewachsen, und es wuchs aus der Seele der Menschheit, aus ihren Regungen, ihrem Verlangen und Streben, aus Erfahrungen sowohl wie aus Träumen und Wünschen« (Tetzner, Vorwort).

Lisa Tetzner gelingt es, immer wiederkehrende Grundmotive in den Märchen aus allen Ländern herauszustellen. Der Schwache wird stark, indem andere ihm beistehen und helfen, der verlachte Dummkopf gelangt zu Erfolg und Ansehen, der Fleißige wird belohnt, der Niedrige erhöht und der Verwunschene erlöst. Tod und Leben sind im Märchen gleichermaßen gegenwärtig. Das Wasser ist die Quelle, aus der das Leben fließt, um am Ende in den Tod zu münden. Überraschend ist immer wieder die Motivverwandtschaft einzelner Stücke mit bekannten Märchen. So ist *Der Bartlose* eine griechische Variante des *Tapferen Schneiderleins,* das kaukasische *Lause-Hadschi* erinnert an den *Gestiefelten Kater* und das deutsche Märchen von der *Schnellfüßigen Königstochter* bietet auffällige Parallelen zu *Sechse kommen durch die Welt.*

Das Märchen ist wie jener Wunderbaum, von dem das gleichnamige deutsche Märchen *(Der Wunderbaum)* erzählt: Ein armer Junge stößt im Wald auf einen außergewöhnlich hohen Baum, dessen Zweige sich in den Wolken verlieren. Immer höher steigt er hinauf, gelangt zu unbekannten Dörfern und Menschen und begegnet schließlich einer Prinzessin. Nachdem er sie in der Auseinandersetzung mit einem bösen Zauberer endgültig für sich gewonnen hat, leben beide glücklich miteinander im Wipfel des Wunderbaums. Schließlich nach langer Zeit kommen sie überein, wieder herabzusteigen. Das Abenteuer des Lebens und die Liebe hoch oben über dem

Das arme Mädchen schrie vor Schmerz, die Burschen und die Mädchen des Dorfes spotteten und lachten über die Braut mit dem Holznapf auf dem Kopf; aber der Bräutigam sagte: »Ich liebe dich auch mit dem Holznapf«, und ließ sich mit ihr trauen. Dann wurde ein großes Festmahl gehalten. Alle Freunde und Verwandten saßen am Tische und tranken auf das Wohl der Braut, aber in dem Augenblick barst der Holznapf mit lautem Klang auseinander und fiel in Stücken zu Boden, und als man die Stücke aufhob und betrachtete, da waren es lauter Edelsteine und andere Kostbarkeiten, und sie waren der Brautschatz des armen Mädchens. Aber noch mehr als über die Kostbarkeiten staunte man über die große Schönheit Hatschibimes; und nun fing die Freude erst recht an, und das war ein Jubeln und Singen und Lachen bis in den Morgen, und alle lebten glücklich und zufrieden bis zu ihrem Tode.
Aus einem japanischen Märchen.

Die schönsten Märchen der Welt für 365 und einen Tag. Gesammelt und herausgegeben von Lisa Tetzner. Titelblatt zum Monat Januar.

bloß Alltäglichen sind vorbei. Die Zeit holt die poetische Existenz und die Glücklichen ein: »Sie kletterten hinunter, aber als sie unten ankamen, war die ganze Gegend verändert ... Niemand erkannte sie, ihre Angehörigen waren längst gestorben. Erst jetzt sahen sie, dass sie selbst auch alt und grau geworden waren, und es währte nicht lange, so zerfielen sie zu Staub«.

Moritz von Schwind: *Der Traum des Gefangenen.* 1836. Das Gemälde stellt den Märchentraum der Freiheit und Erlösung dar, deren Strahl in das enge und unfreie Dasein des Menschen fällt.

Mit dem Volksmärchen teilen die Kunstmärchen als bewusste individuelle Schöpfungen die Fiktion des Wunderbaren, die aber, von der Wirklichkeit oft eingeschränkt und durchkreuzt, das unerfüllte Dasein entgrenzt und dabei ein skeptisches Verhältnis zur Wirklichkeit artikuliert. Inhalte, Motive und Symbole entspringen in aller Regel individueller Imagination. Der literarische Individualstil der Autoren formt die Sprache. Insofern könnte man auch von Individualmärchen sprechen. Bevorzugt werden komplexe, oft an novellistisches Gestalten angelehnte Erzählstrukturen. Die soziale Orientierung an den unteren Schichten ist untypisch. In der Regel geht es um existenzielle, ethische oder soziale und historische Problemstellungen.

Unter *Kunstmärchen* ist eine Gattung von Märchenerzählungen zu verstehen, die im Unterschied zu *Volksmärchen* nicht in mündlicher Überlieferung anonym tradiert, sondern als individuelle Erfindung eines bestimmten, namentlich bekannten Autors meist schriftlich festgehalten und verbreitet werden.
Jens Tismar: *Kunstmärchen. Realien zur Literatur,* Stuttgart 1977. S. 1.

Johann Wolfgang Goethes »Märchen«

Goethes Rahmenerzählung *Unterhaltungen deutscher Ausgewanderten* aus dem Jahr 1795 ist im Kern ein novellistisches Werk im Gefolge von Boccaccios *Dekameron*. Ausdrücklich aber trägt die abschließende Erzählung die Gattungsbezeichnung »Märchen«.
In der Durchdringung wirklicher und wunderbarer Elemente entwirft Goethe (1749–1832) hier eine Utopie allgemeiner Befriedung und neuer Lebenschancen angesichts des Chaos, in das die Französische Revolution Europa gestürzt hatte. Sanftmut, Weisheit und Liebe sind verkörpert in der Lilie. Sie ist das eigentlich schöpferische Prinzip im äußersten Kontrast zu einem zerstörerischen Geschichtshandeln. Ihr zur Seite steht die Schlange, die sich selbst opfert, um als Brücke über den Fluss den Zeitstrom zu überwinden. Die sich häutende Schlange versinnbildlicht das unendlich sich erneuernde Leben, gespiegelt im Überbrücken der Zeit. Das Wunderbare des Märchens stellt dem revolutionären Geschichtschaos eine heile Welt gegenüber.

Das Kunstmärchen der Romantik

In der Romantik erreicht das Kunstmärchen als poetischer Lebensentwurf einen frühen Höhepunkt. Gemeint sind vor allem die Erzählungen, in denen sich Wunderbares und Wirkliches fortlaufend vermischen, während in den Novellenmärchen und Märchennovellen im Stile von Chamissos *Schlemihl* und Fouqués *Undine* Wunderbares und Wirkliches kein Ineinander, sondern ein Nacheinander bilden. Dabei usurpiert die Wirklichkeit das Märchen oder die Wirklichkeit geht im Märchen auf. Zu unterscheiden ist das integrative vom sukzessiven Kunstmärchen.

Eingeleitet wird das romantische Kunstmärchen durch die in das größere Werk *Die Jünglinge zu Sais* integrierte poetische Erzählung *Hyacinth und Rosenblütchen* (1795) von Novalis (d. i. Friedrich von Hardenberg 1772–1801). Hyacinth ist es auferlegt, seine Liebe zu Rosenblütchen, die durch das Übergewicht des Gedanklichen verdrängt worden war, neu zu entdecken. Auf seiner Reise durchläuft er Stationen der sich steigernden Annäherung an die Natur. In einer paradiesischen Landschaft findet er schließlich Zugang zur ersehnten Wohnung der Göttin Isis, in der sich Vergangenheit, Gegenwart und Zukunft verbinden. Als er im Angesicht der himmlischen Jungfrau deren Schleier hebt, sinkt ihm Rosenblütchen in die Arme. Die Geliebte ist seine Göttin. Ihre Liebe vergewissert ihn der Wirklichkeit des Glücks.

Illustration von Lutz Grumbach zu Novalis' *Hyazinth und Rosenblütchen.*

Stark wie die Macht der Liebe ist auch die Macht der Phantasie. Nur gilt es, ihr einen Platz im Leben einzuräumen und ihre Kraft zu erkennen, das bloß Gewöhnliche ins Wunderbare zu verwandeln. Wo der Mensch ihren Wert verkennt, stürzt er sich selbst ins Unglück. In Ludwig Tiecks (1773–1853) *Der blonde Eckbert* (1797) gewinnt das Mädchen Bertha Zugang zum Paradies in der Waldeinsamkeit. Je mehr sie aber ihre Kindheit hinter sich lässt, fällt sie aus dem beglückenden Einklang mit der Natur heraus. In der Ehe mit Eckbert, eingegrenzt hinter beengenden Mauern, verfolgt sie ein nie ganz zum Schweigen kommendes

Angeregt durch die Märchen Perraults schrieb Tieck Märchenspiele, in denen die Kollision von märchenhafter Poesie und alltäglicher Banalität einen dramatischen Konflikt ausprägt:
Der gestiefelte Kater (1797),
Leben und Tod des kleinen Rotkäppchens (1797),
Ritter Blaubart (1797),
Prinz Zerbino (1799),
Leben und Tod des kleinen Thomas genannt Däumchen (1812).

Schuldgefühl. Sowohl Eckbert als auch Bertha werden von den Kräften des Wunderbaren eingeholt und ausgelöscht. In Tiecks Märchen *Die Elfen* (1811) stehen sich die an Zweck und Nutzen orientierte Welt und der wunderbare Zaubergarten der Elfen im Tannengrund gegenüber. Von den Menschen verachtet, sind es die Elfen, die für alles Wohlergehen und allen Wohlstand sorgen. Als die Elfen schließlich ausziehen, verdorrt das Land, und das Glück verkehrt sich in Unglück. Erfülltes Leben gedeiht nur in der Nachbarschaft der Phantasie. Wo der Mensch solche Nachbarschaft verachtet und vertreibt und sich allein dem Zweck unterwirft, verarmen und veröden er selbst und die Räume, in denen er lebt.

Illustration von Julius Höppner zu Fouqués *Undine:* Der vom Quellwasser umspülte Grabhügel Huldbrands.

Märchen- und Geschichtswelt stehen sich in Friedrich de la Motte-Fouqués *Undine* (1811) unversöhnlich gegenüber. Das Reich Undines, einer Wasserjungfrau, ist das Land an der Seespitze, fernab von den Menschen und ihren lärmenden Städten. Dort findet die märchenhafte Vereinigung Undines mit dem Ritter Huldbrand statt. Aber das Märchen hat nur solange Bestand, wie man eins ist mit der wunderbaren Naturwelt. Konfrontiert mit der Reichsstadt, zerbricht die Gemeinschaft. Undine kehrt in ihr Element zurück und hinterlässt eine zutiefst dissonante Welt. Zum Schluss umfließt ein silberheller Brunnen den Grabhügel des Ritters. Nur im Tod jenseits der geschichtlichen Verwicklungen vermag sich die wahre Liebe zu erfüllen.

Wie die Liebe und die Phantasie so erschließt auch der Tod den Romantikern das Reich des Unendlichen. Justinus Kerner (1786–1862) erzählt in seinem Märchen *Goldener* innerhalb der Erzählung *Die Heimatlosen* (1813) die Geschichte eines Jungen mit leuchtendem Haupthaar, der nach langen Irrgängen durch dunkle Wälder ans Meer gelangt. Dort fischt er mit einem Netz eine goldene Krone aus der Tiefe. Die Fischer feiern ihn darauf als ihren König: »Er stand, die helle Krone auf dem Haupte, am Vorderteile des Schiffes und sah ruhig der Sonne zu, wie sie im Meere erlosch.« In der Sonne, die im Meer versinkt, spiegelt sich die letztliche Vereinigung des Lichts und des Lebens mit der Unendlichkeit der Natur. Tod ist die Auflösung des Einzelnen im Ganzen, der Zeit in Ewigkeit. Goldener im Bug des Schiffs ist auf der Fahrt ins Jenseits, dorthin, wo der Tod das Leben krönt.

Peter Schlemihls wundersame Geschichte (1814) erzählt zunächst von dem Reichtum des Herrn John, für den nur das Geld den Menschen ausmacht. In Johns Garten begegnet der arme Schlucker Schlemihl dem Grauen, der ihm seinen Schatten für ein stets Geld spendendes Glückssäckchen abhandelt. Aber es ist ein Geld ohne Geltung. Mit seinem Schatten verliert Schlemihl sein gesellschaftliches Ansehen und sieht sich ausgestoßen. Angewidert wirft er das unheilvolle Requisit fort. Mit Siebenmeilenstiefeln, die das Glück ihm zuspielt, erreicht er eine einsame Behausung, in der er sich fortan seinen Naturstudien widmet. An die Stelle der Geschäfte und des Geldes treten die zwecklos schaffende Natur und der verstehende Geist des Menschen, der sich ihr demütig unterwirft. Am Ende mündet die Novelle mit ihrer Darstellung gesellschaftlicher Enttäuschungen in das Märchen einer persönlichen Erfüllung.

Peter Schlemihl verkauft seinen Schatten. Zeichnung von Emil Preetorius.

Lisbeth Zwerger, Illustration zu *Nussknacker und Mausekönig* von E.T.A. Hoffmann.

Bei E.T.A. Hoffmann (1776–1822) erreicht das romantische Kunstmärchen seinen Höhepunkt. Zentral ist der unauflösbare Widerspruch von Alltag und Poesie, von der real existierenden Bedingtheit und dem in der Phantasie geschauten Unbedingten. Das Kunstmärchen wird zum Medium poetischer Entwürfe jenseits des ungenügenden Alltags, der in grotesk lächerlicher Darstellung als Zerrbild des Menschlichen erscheint. Im *Goldnen Topf* (1814) findet der Student Anselmus Zugang zu dem wunderbaren Zauberreich des Archivarius Lindhorst. Hier begegnet er einer Vielfalt und Fülle des Lebens, die in seinem Alltag längst unter dem Einfluss des Banalen und Phantasielosen erstickt ist. Am Ende geht er ganz in das verlockende Reich der Phantasie ein: »Ist denn überhaupt des Anselmus Seligkeit etwas anderes als das Leben in der Poesie, der sich der heilige Einklang aller Wesen als tiefstes Geheimnis der Natur offenbaret?«

In skurriler Weise vermischen sich in Hoffmanns Kindermärchen *Nussknacker und Mausekönig* (1816) Alltag und Phantasiewelt. Marie erlebt in der Weihnachtsnacht die Schlacht des etwas missgestalteten Nussknackers, ihres Lieblingsspielzeugs, gegen das

»Lebt wohl – lebt wohl!« rief Prosper Alpanus, stieg in den Wagen und schwebte empor über die flammenden Regenbogen hinweg, bis sein Fuhrwerk zuletzt in den höchsten Lüften erschien wie ein kleiner funkelnder Stern, der sich endlich hinter den Wolken verbarg.
Aus E.T.A. Hoffmann, *Klein Zaches*. Weimar 1924. S. 259.

Heer des Mausekönigs. Im Märchen, das ihr Pate Droßelmaier erzählt, erfährt sie von dem Prinzen, der die vom Mausekönig verwunschene Prinzessin erlöst, selbst aber in eine hässliche Gestalt verwünscht und von der Prinzessin abgewiesen wird. Schließlich ersticht der Nussknacker, in dem sich kein anderer als der Prinz selbst verbirgt, den Mausekönig. Als Marie dem Nussknacker erklärt, sie hätte ihn auch trotz seiner hässlichen Gestalt geheiratet, steht plötzlich ein schöner Prinz vor ihr. In Wirklichkeit erscheint der hübsche Neffe Droßelmaiers, bittet um Maries Hand und verspricht, mit ihr in das Marzipanschloss im Zuckerbäckerreich zu ziehen. Ständig wechseln die Ebenen. Das Wunderbare entgrenzt das Wirkliche und behält das letzte Wort. Die Poesie verwandelt den Alltag in ein Traumreich der Erfüllung.

Hoffmann weiß aber auch um die heillosen Verstrickungen des Spießers in seinen phantasielosen Alltag und seine Unfähigkeit, das Wunderbare wahrzunehmen. Im ironischen Märchen *Klein Zaches genannt Zinnober* (1819) nimmt eine Fee sich des missgestalteten Gnoms an, indem sie ihn in seiner Umwelt für die anderen als Urheber alles Großen und Bedeutenden erscheinen lässt. Der unsensible und absolut unkreative Klein Zaches sonnt sich in einer Scheinexistenz, der schließlich der Zauberer Alpanus ein Ende bereitet. Der Zauberer aber verabschiedet sich am Ende von einer Gesellschaft, die immer wieder dem Schein verfällt und den Sinn für das Wunderbare verloren hat. Das Reich der Poesie liegt jenseits des bloß Alltäglichen.

Friedrich Hechelmann, Illustration zu E.T.A. Hoffmanns *Klein Zaches genannt Zinnober.*

Das Märchen *Das Gastmahl* (1816) von Carl Wilhelm Contessa (1777–1825) erzählt von der wunderbaren Wiederherstellung der verloren gegangenen Lebensganzheit. Im idyllisch gelegenen Waldhof treffen der zwergenhafte Hütteninspektor Bergmann, Frau von Wasserleben, Professor Irrlicht und der Feuermann, Verkörperungen der vier Elemente Erde, Wasser, Licht und Feuer, zu einem Gastmahl zusammen. Ebenfalls zu Gast sind der wilde Jäger auf schwarzem Ross mit seinem Schattengefolge und der starke, untersetzte Erlkönig. Tod und Leben stehen sich in ihnen gegenüber. Im Symbolspiegel des romantischen Kunstmärchens wird die ursprüngliche Ganzheit des Daseins wieder anschaubar.

Der im 19. Jahrhundert meistgelesene Erzähler von Kunstmärchen war Wilhelm Hauff (1802–1827). Noch heute wird sein Name vor allen mit seinen Märchen verbunden. Seine drei Märchenalmanache auf die Jahre 1826, 1827 und 1828 (erschienen jeweils ein Jahr früher) wetteiferten schon bald mit den Grimmschen Märchen um die Gunst des Lesepublikums. Gern lehnt sich Hauff an die orientalische Tradition an. Eingebunden sind die Märchen in den Almanachen jeweils in eine Rahmenhandlung: Während in den ersten beiden Sammlungen eine Karawanserei den Hintergrund abgibt, in der man sich während der Rast zum Zeitvertreib Geschichten erzählt, bildet in der dritten Sammlung ein Wirtshaus im Spessart den Erzählort.

Eines der populärsten Märchen aus dem ersten Almanach ist die Geschichte vom *Kalif Storch*. Nach der Einnahme eines Pulvers, dem Kalifen von einem

Ulrike Mühlhoff, Illustration zu *Kalif Storch*.

bösen Zauberer verkauft, der die Herrschaft für seinen Sohn erlangen will, verwandeln sich der Kalif und sein Wesir in Störche. Da sie jedoch das Zauberwort »Mutabor« (lat.: ich werde verwandelt), das ihnen die Rückverwandlung in menschliche Gestalt ermöglicht, vergessen, droht ihnen ein schlimmes Schicksal. Eine Nachteule, eine von dem gleichen Zauberer verwunschene Prinzessin, verschafft dem Kalifen die Möglichkeit, den Zauberer bei einem Gelage zu belauschen, wo dieser das vergessene Zauberwort ausspricht. Nach der Erlösung heiratet der Kalif die Prinzessin, während der Zauberer seine gerechte Strafe erhält. In volkstümlicher Weise erzählt Hauff die alte Geschichte von dem ewigen Kampf um die Macht, der im Märchen durch die Liebe für den entschieden wird, dem sie rechtmäßig zusteht. Deutlich ist die konservative Tendenz in der nachrevolutionären Phase, in der sich die traditionellen Machtträger längst wieder etabliert hatten.

Auch *Zwerg Nase* aus dem zweiten Almanach ist ein Erlösungsmärchen. Der Junge Jakob wird von der Fee Kräuterweis in einen hässlichen Gnom verwandelt und nach langen Jahren der Erniedrigung und Entmutigung erlöst. Hauffs literarisch bedeutendstes Märchen steht im dritten Almanach: *Das kalte Herz* erzählt die Geschichte des Köhlers Peter Munk, der sein Herz hingibt für den Reichtum, den ihm der teuflische Waldgeist Holländer Michel anbietet. Schon bald erkennt er seine fatale Fehlentscheidung und mit Hilfe des Glasmännleins gelingt es ihm, sein Herz zurückzugewinnen. Unüberhörbar problematisiert Hauff die Gefährdung des Menschen unter dem Einfluss frühkapitalistischer Entwicklungen.

Weniger populär sind die Kunstmärchen Clemens Brentanos (1778–1842). Ihr mitunter privatmythologischer Zuschnitt und ihre kompli-

In Versen beschwört Brentano in seinem Märchen von *Gockel und Hinkel* den verzaubernden Geist des Märchens:
»Lasse auch schneeweiße Schwäne,
Rein wie blanke Silberkähne,
Ernst und klar mit edlem Schweigen
Schwimmen in den Spiegelteichen.
Auf dem Dache laß sich drehen
Tauben, schimmernd anzusehen,
Um den Hals mit goldnen Strahlen,
Schöner, als man sie kann malen.
Alles sei recht auserlesen,
Wie's im Paradies gewesen.
Ringlein, Ringlein, dreh dich um,
Machs recht schön, ich bitt dich drum!«
Clemens Brentano, Werke Bd. 3, Studienausgabe. München 1978. S. 549 f.

zierten Erzählstrukturen standen einem allgemeinen Verständnis im Wege. Beachtung hat vor allem das erst 1838 erschienene Märchen *Gockel, Hinkel und Gakeleia* gefunden. Der verarmte Graf Gockel lebt mit Frau Hinkel und seinem Kind Gakeleia im Hühnerstall des ruinösen Stammschlosses. Erst nachdem sich der Hahn Alektryo, der den Zauberring Salomes in seinem Kropf trägt, geopfert hat, kann die Familie in ihr Schloss zurückkehren. Gakeleia, die den Ring gegen eine von Betrügern angebotene mechanische Laufpuppe eintauscht, stürzt sich und ihre Eltern erneut ins Unglück. Eine Maus, als der eigentliche Motor in der Puppe gefangen, bringt die Familie wieder in den Besitz des Zauberrings, der Gakeleia schließlich den Bräutigam zuführt und die Hochzeitsgesellschaft in eine Kinderschar verwandelt, der Alektryo das Märchen erzählt. Wiederum erweist sich die Poesie als die eigentlich verändernde Kraft, zum Schluss angesiedelt in einer Kinderwelt, stellt doch das Kind für die Romantiker den Inbegriff menschlicher, in die Zukunft gerichteter Möglichkeiten dar.

Das Kunstmärchen der Restaurationszeit

In der Phase zwischen dem Wiener Kongress nach der Bezwingung Napoleons und der Nationalversammlung in der Frankfurter Paulskirche, in der Restaurationszeit zwischen 1815 und 1848, in der die Fürsten ihre alten Herrschaftsrechte neu etablierten, trat das Märchen auffällig zurück. Die utopischen Entwürfe einer schöneren und besseren Welt schienen nicht länger glaubwürdig. Sie zerrannen in der Stickluft der Zeit zu bloßen Illusionen. Wo das Märchen dennoch erscheint, tritt es dem Leser mit veränderten Aussagetendenzen entgegen.

Das 1837 entstandene Märchen *Der Rubin* von Friedrich Hebbel (1813–1863) gestaltet zunächst ganz im Stil der Tradition das Motiv von der verwunschenen Prinzessin, die ein böser Zauberer in einen wunderschönen Rubin gebannt hat. Der junge Assad, der sie erlösen möchte, erfährt, dass nicht sein Mut gefragt ist, sondern ein überall vorhandenes Mittel, das ihm aber niemand verraten kann. Als der Vater der Prinzessin den Rubin begehrt, wirft Assad den kostbaren Stein in den Fluss. Das Wasser aber erweist sich als das gesuchte Mittel, das imstande ist, die Prinzessin zu entzaubern. Nicht der persönliche Einsatz führt zur Erlösung, sondern der Zufall. Die große Zeit des Märchenhelden ist vorbei. In einer Zeit restaurierter Adelsmacht ist das Glück des Einzelnen abhängig von zufälligen Fügungen. Den wunderbaren, oft personifizierten Kräften ist die anonyme Willkür gewichen.

In der Sammlung *Braune Märchen* (1850) von Alexander von Ungern-Sternberg (1806–1868) tritt an die Stelle des Wunderbaren das Erotische. Vertraute Märchen wie *Rotkäppchen* lesen sich wie eine Parodie auf die erwartete märchenhafte Naivität. Aus dem Wolf ist ein charmanter Zauberer geworden, der das Mädchen im Walde zu verführen sucht und mit seinen Künsten durchaus Eindruck macht. Doch erst im Bett der Großmutter, die der Zauberer vorher, nachdem er sich in einen Wolf verwandelt, verschlungen hatte, um das Liebeslager vorzubereiten, gelingt die Verführung vollends. Danach verschlingt er auch Rotkäppchen, um alle Spuren zu verwischen, und wird, als er als Wolf aus dem Haus tritt, vom Förster, dem Verlobten Rotkäppchens, erschossen. Der Tod des Zauberers jedoch löst keine Begeisterung, sondern Enttäuschung aus, insbesondere unter den jungen Mädchen: »Man sagt aber, dass die jungen Mädchen damit nicht zufrieden waren; sie hätten lieber gehabt, wenn der Zauberer lebend geblieben wäre.«

Rotkäppchen. Illustration von Gerhard Ulrich. In: Alexander von Ungern-Sternberg, *Braune Märchen.*

Die verhüllte Fee. Illustration von Gerhard Ulrich. In: Alexander von Ungern-Sternberg, *Braune Märchen.*

In dem Märchen *Die verhüllte Fee* wünscht sich die Prinzessin einen vollkommenen Mann, ungeachtet seiner Herkunft. Zwei Witwen lassen darauf ihre eher hässlichen Söhne durch Feenzauber verwandeln. Während die erste ihren Sohn zu einem Adonis machen lässt, dabei aber die verhüllte Fee abweist, nimmt die zweite Frau ausschließlich deren Dienste in Anspruch und ist damit erfolgreich. Entzückt wird der Sohn, dem die Gaben der verhüllten Fee zuteil geworden sind, als etwas Pikantes vom Hof begrüßt. Der vollkommene Mann ist nicht der Adonis, sondern derjenige, der mit einer gewissen erotischen Ausstrahlung begabt ist. Wo das Wunderbare seine Kraft verloren hat, tritt das Sinnenhafte des Lebens umso stärker hervor. Angesichts der geschichtlichen Enttäuschungen verabschiedet man alles Utopische zugunsten einer handfesten Erfüllung hier und jetzt.

Biedermeierliches Lebensgefühl fängt besonders überzeugend Eduard Mörikes (1804–1875) *Das Stuttgarter Hutzelmännlein* (1853) ein. Das Hutzelmännlein schenkt dem Schustergesellen Seppe zwei

Paar Glücksschuhe, ein Paar Männer- und ein Paar Frauenschuhe. Die Letzteren soll er irgendwo stehen lassen, damit das ihm bestimmte Mädchen sie finden kann. Seppe verwechselt jedoch die Schuhe, so dass er und Vrone, die die Schuhe gefunden hat, allerlei Unannehmlichkeiten haben. Zum Schluss jedoch treffen beide zusammen, tauschen die Schuhe und heiraten. Die Glücksschuhe aber legen sie für immer ab. Wahres Glück bedeutet nicht das Ausschreiten ins Weite und ins Wunderbare, vielmehr liegt es im Engen und Häuslichen. Die Restaurationszeit, die den Bürger zusehends entmündigte, bannt den Einzelnen in seine vier Wände. Hier, wenn überhaupt, kann er allein glücklich werden, da ihm die Mitgestaltung an der Welt draußen versagt ist. Die Realgeschichte erzwingt im restaurativen Kunstmärchen eine radikale Revision des Wunders.

Das Kunstmärchen des poetischen Realismus

Auch in der Stilepoche des poetischen Realismus zwischen 1848 und 1890 taucht das Kunstmärchen nur vereinzelt auf. Geschärft hat sich der Blick für das Wirkliche, nicht nur für das, was vordergründig ist, sondern auch für die Hintergründe, für die Spannung zwischen Schein und Sein. Das Kunstmärchen dieser Zeit nimmt sich vor allem der Aufgabe an, das Wahre an den Tag zu bringen, und zwar sowohl im bejahenden als auch im kritisch verneinenden Sinn.

Mit *Spiegel, das Kätzchen,* einem »Märchen«, wie es ausdrücklich heißt, lässt Gottfried Keller (1819–1890) den ersten Teil seiner Novellensammlung *Die Leute von Seldwyla* (1856) ausklingen. Im Spiegel der Katzenperspektive wird das Fragwürdige und Scheinhafte des Spießbürgerlichen offensichtlich. Um sein eigenes Fell zu retten, fabuliert der Kater dem Stadthexenmeister etwas von einem vergrabenen Schatz vor, der aber nur unter der Bedingung aufrichtiger Liebe zu einer schönen, unbemittelten Frau zu heben sei. Diese scheint in der Nachbarin gefunden. Doch die saubere Fassade ihres Hauses täuscht. Regelmäßig fährt sie als

Eingefügt in Mörikes *Hutzelmännlein* ist die *Historie von der schönen Lau* im Blautopf, geheimnisvoll und schön wie das Märchen selbst: »Der Blautopf ist der große runde Kessel eines wundersamen Quells bei einer jähen Felsenwand gleich hinter dem Kloster Blaubeuren. Gen Morgen sendet er ein Flüßchen aus, die Blau, welche der Donau zufällt. Dieser Teich ist einwärts wie ein tiefer Trichter, sein Wasser von Farbe ganz blau, sehr herrlich, mit Worten nicht wohl zu beschreiben; wenn man es aber schöpft, sieht es ganz hell in dem Gefäß.« Eduard Mörike: Werke Bd. 3. Hg. Harry Mayne. Leipzig und Wien, 1909. S. 122.

Hexe um Mitternacht durch den Schornstein. Schließlich landet der Hexenmeister als geldgieriger Egoist in den Fängen der machtlüsternen Hexe. Das Glücksmärchen um einen angeblichen Schatz verkehrt sich in eine satirische Parabel von den verlogenen Maskeraden einer korrupten Welt, deren schlimme Wahrheit sich in der Sicht des Tieres offenbart.

Unter den realistischen Erzählern ist vor allem Theodor Storm (1817–1888) mit Märchen hervorgetreten. Für seinen ältesten Sohn Hans schrieb er 1849 das Kindermärchen *Der kleine Häwelmann* (Hätschelmann). Es ist die Geschichte von dem kleinen Jungen, der, begleitet vom Mond, in seinem Kinderbettchen aufbricht zur großen Fahrt bis weit hinauf in den Himmel. Die aufgehende Sonne aber wirft ihn aus dem Himmel heraus ins Wasser, wo er noch einmal gerettet wird. Alle Aufbrüche des Menschen führen am Ende zurück auf die Erde. Hochfliegende Wünsche sind zum Scheitern verurteilt. Der Himmel bleibt dem Menschen verschlossen.

Theodor Storm: *Die Regentrude*. Illustration von Ioan Cozacu.

Storms Märchen *Die Regentrude* (1864) nimmt seinen Ausgang vom Ungenügen an einer von ausschließlich materieller Gesinnung bedrohten Welt. Nur auf Geschäft und Gewinn aus, hat der Wiesenbauer längst die Verbindung zu den geheimen Naturkräften verloren, von denen Frau Stine in Erinnerung an die Regentrude zu erzählen weiß. In dem Maße, wie sich die Menschen von der Natur entfremden, ziehen sich die Regentrude und mit ihr Wachstum und Fruchtbarkeit unter die Erde zurück, so dass sich eine vom Feuermann heraufbeschworene große Dürre ausbreitet. Maren, die Tochter des Wiesenbauern, und Andrees, der Sohn Stines, finden den Zugang zum unterirdischen Garten der Regentrude.

Mit Blick auf die dänische Okkupation Schleswig-Holsteins schreibt Storm 1863: »Vermöge eines seltsamen Widerspruches in der menschlichen Natur werde ich jetzt, wo ich wie niemals durch unsere schleswig-holst. Verhältnisse aufgeregt bin, durch unabweisbaren Drang zur Märchendichtung getrieben. Während ich die ›Regentrude‹ schon fast zu Papier habe, ist ein zweites, ›Bulemanns Haus‹, schon fertig im Kopfe. Es ist, als müsse ich zur Erholung der unerbittlichen Wirklichkeit ins äußere Reich der Phantasie flüchten.«
Theodor Storm: Sämtliche Werke in vier Bänden. Hg. Peter Goldammer. Berlin und Weimar, 1978. Bd. 1. S. 766.

Maren ist es vorbehalten, sich der Regentrude zu nähern, um ihr die Bitte der notleidenden Menschen vorzutragen. Dem Weiblichen als Träger der Fruchtbarkeit gelingt es, die Lebenskraft zu erneuern und damit dem wahren Sein der Natur zum Sieg zu verhelfen über die materielle Scheinwelt.

Auf den ersten Blick wirken die Märchen *Träumereien an französischen Kaminen* (1871) von Richard von Volkmann-Leander (1830–1889) mit ihren Entwürfen einer wunderbaren, heilen Welt wie eine Reprise des romantischen Kunstmärchens. Entscheidend für ein angemessenes Verständnis aber ist die Einbeziehung der zeitgeschichtlichen Entstehungsumstände. Volkmann-Leander nahm als Generalarzt am Deutsch-Französischen Krieg 1870/71 teil. Die vor seinen Augen sich ereignende brutale Welt des Krieges konnte unmöglich die eigentliche Wirklichkeit sein, in der sich zu leben lohnte. Als Gegenentwürfe entstanden die Märchen, poetische Vermächtnisse eines menschlichen Daseins, die erträumte Wirklichkeit der Humanität, der allein der Sieg zukommen darf.

Im Märchen *Vom unsichtbaren Königreiche* träumt der Bauer Jörge von einer Prinzessin, die sich in ihrer Schaukel, verbunden mit den Sternen, durch den Himmel bewegt. Voller Sehnsucht begibt er sich auf die Suche, rettet den »König der Träume« vor zwei von dem »König der Wirklichkeit« ausgesandten Mördern und findet seine Prinzessin. Aus Dankbarkeit verwandelt sie der Traumkönig in ein Mädchen aus Fleisch und Blut und schenkt Jörge als Mitgift das unsichtbare Königreich, in dem sich Liebe, Menschlichkeit und Schönheit auf immer verbinden. Die wahre Wirklichkeit des Menschen liegt nicht in dem von ihm inszenierten

Märchenillustration von Ludwig Richter.

Kriegsinferno, sondern in den Träumen von erfüllter Humanität in einer heilen Welt.

Volkmann-Leander erzählt Märchen von grenzenloser Erfüllung und siegreicher Harmonie. Unter der Traumbuche *(Die Traumbuche)* träumt ein Mann, der die Liebe seiner Frau verloren zu haben fürchtet, von der Versöhnung. Wie alles unter dem Baum Geträumte geht auch dieser Traum in Erfüllung. Am Ende ist das Paar wieder harmonisch vereint.

Im Märchen *Die himmlische Musik* ersucht Gott, traurig über das, was in der Welt geschieht, die Engel, ihr Musizieren einzustellen. Die Schnitzel der zerschnittenen Notenblätter zerstreuen sich über die Erde und werden von den Menschen aufgesammelt. Schon bald beginnen sie sich zu streiten, weil jeder glaubt, das Beste gefunden zu haben. Die unausrottbare Streitsucht in der Welt zerstört alle Harmonie. Erst am Jüngsten Tag, wenn die menschliche Geschichtswelt mit ihrem ewigen Unfrieden für alle Zeiten untergehen wird, erfüllt sich das Märchen von der nie endenden Harmonie. »Die Engel werden die Stückchen wieder zusammensetzen, und dann werden die Tore aufspringen, und die himmlische Musik wird aufs Neue erschallen, ebenso schön wie früher.«

Das Märchen seit der Jahrhundertwende

Das Kunstmärchen erweist sich im 20. Jahrhundert als erstaunlich widerständig, weniger auf Grund seines quantitativen Vorkommens als seiner qualitativen Aussagekraft. Die Einstellung zum Wunder und zum Wunderbaren schwankt zwischen Skepsis und gläubiger Hoffnung in einer geschichtlich aufgewühlten, von zwei Weltkriegen erschütterten Zeit. Unter dem zunehmenden Einfluss von Industrie und Kapital drohten Poesie und Humanität vollends zu ersticken. Das Kunstmärchen im 20. Jahrhundert artikuliert das Wunder in der Krise.

Der Held in Hugo von Hofmannsthals (1874–1929) *Märchen der 672. Nacht* (1895) ist nicht länger der unwiderstehlich erfolgreiche Prinz, sondern ein wehleidig scheiternder Narziss. Großbürgerlicher Herkunft, reich und schön, verweigert er Arbeit und jede Form von Engagement, ein Schmarotzer, unfähig zur Mitmenschlichkeit. Sein überfeinertes Ästhetentum isoliert ihn. Das Wunderbare, im Märchen oft verbunden mit Schönheit und Reichtum, verkehrt sich in das beziehungslose Grauen vor der eigenen Leere. Der Prinz ist nur noch ein menschliches Zerrbild.

Das Märchenwunder scheint allein noch dort lebendig, wo es der Einzelne nicht in den Äußerlichkeiten der Welt, sondern tief im Geistigen und Seelischen sucht. In Hermann Hesses (1877–1962) *Iris* (1918) ist Anselm in Liebe entbrannt zum Kelch seiner geliebten Iris, der blauen Schwertlilie. Sie öffnet ihm das Tor ins Innere der Welt. Nach einer Phase intellektueller Selbstentfremdung taucht er ein in den Blütenkelch und schreitet durch goldene Säulen abwärts in die Heimat, zurück in seine Knabenzeit. Die Identität im wiederbelebten Paradies der Kindheit bedeutet jedoch zugleich Weltverzicht. Ähnlich wie bei den Romantikern ist das Wunder nur noch um den Preis der Wirklichkeit feil.

Für den Dichter in dem gleichnamigen Märchen aus dem Jahr 1913 versinken Raum und Zeit. In der Anmut und Schönheit seiner Träume löst sich die Wirk-

Hermann Hesse, *Südliches Dorf.* 1922. In diesem Aquarell stellt Hesse, ähnlich wie in seinen Märchen, die Sehnsucht nach Harmonie und Schönheit dar.

lichkeit am Ende auf. Das wahre Paradies bricht in den Märchen von *Piktors Verwandlungen* (1918) dort an, wo sich das Weibliche und das Männliche vereinigen und alle Trennungen aufgehoben sind. In nicht endenden Metamorphosen entfaltet sich die Ewigkeit des Lebens.

Die Märchen Manfred Kybers (1880–1933) wie *Der Königsgaukler* (1921) oder *Das Pantoffelmännchen* (1926) haben unter dem Einfluss der Anthroposophie ihre ursprüngliche Naivität verloren und sind zu Medien neuer Heilslehren geworden. In geistiger Schau nehmen sie höhere Welten wahr und führen zu einem vertieften Verständnis des Zusammenklangs von Natur und Mensch. Der Märchendichter ist der Vermittler der Wirklichkeit einer anderen, erfüllteren Existenz. Unübersehbar ist aber auch hier die zunehmende philosophische Abstraktion. Gedankliche Angestrengtheit ist die Antwort auf das unaufhaltsame Schwinden der Poesie und der Phantasie.

In Ödön von Horvaths (1901–1938) *Das Märchen in unserer Zeit* (1936/37) bricht ein Mädchen auf, das Märchen zu suchen. Doch in der nüchternen, desillusionierten Geschichtswelt hat das Wunderbare seinen Platz verloren: »Ja, einzelne sagten sogar, das Märchen wäre schon längst tot. Wahrscheinlich liege es irgendwo verscharrt, vielleicht in einem Massengrab.« Ein altes Pferd, das geschlachtet werden soll, sieht schließ-

Im Zitherspiel des echten Dichters in Hesses Märchen *Der Dichter* erklingt das ganze Märchenspektrum: » ... es schien der Himmel und die Welt jedes Mal für einen Augenblick in vollkommener Musik zusammenzuklingen, und jeder Hörer dachte dabei mit Lust oder Schmerzen an das, was er liebte oder haßte, der Knabe ans Spiel, der Jüngling an die Geliebte und der Alte an den Tod.« Hermann Hesse: *Die Märchen.* Hg. Volker Michels. Frankfurt 1995. S. 159.

lich in dem Mädchen selbst das Märchen und lässt sich von ihm Geschichten von geliebten und erfolgreichen Pferden erzählen. Je schöner aber die Geschichten sind, desto trauriger wird das alte Pferd, das am Ende in Tränen ausbricht. Kurz darauf wird es geschlachtet und sein Fleisch dem Mädchen zu Mittag aufgetischt. Das Mädchen aber weigert sich, davon zu essen und fühlt sich allein in Gedanken an das weinende Pferd gesättigt. Märchenhaft sind nicht länger Erfüllung und Glück, sondern Verlust und Trauer. Aus dem Mitgefühl mit der leidenden Kreatur entspringt das moderne Märchen in einer Welt, aus der Fühlen und Mitfühlen verbannt scheinen. Nur wer sich öffnet für die Not des anderen ist imstande, die Würde und das Wunder des Lebens wiederzuentdecken.

Im Jahr 1941 schreibt der greise Gerhart Hauptmann (1862–1946) mitten im Zweiten Weltkrieg sein *Märchen*. Der inzwischen 80-jährige berühmte Arzt und Philosoph Paracelsus aus dem 15. Jahrhundert begibt sich in Abkehr vom eisernen Zeitalter mit seinem bösartigen Brummen der Flugzeuge auf eine Jenseitswanderung. Zwischen Euphrat und Tigris, zwischen Leben und Tod ist er unterwegs zum verloren gegangenen Paradies. Aber das Märchen verweigert das Happyend. Ausgespart bleibt die Ankunft, es ist nicht einmal sicher, ob er sein Ziel jemals erreichen wird. Das Märchen verharrt in der Suche nach Erfüllung und Erlösung aus einer bedrückenden Wirklichkeit, die die Sehnsucht nach dem Wunder übermächtig werden lässt.

Doch die Menschen haben den Sinn für das echte Wunder längst verloren und laufen dem falschen Glück hinterher. Alfred Döblins (1878–1957) *Märchen vom Materialismus* (1948) erzählt von dem Chaos unter den Menschen, die ausschließlich auf Kraft und Stoff, auf das bloß Mechanische und Materielle setzen. In ihrer verarmten und verödeten Wirklichkeit haben das Geistige und Seelische keinen Platz mehr. An ihre Stelle sind Spaß, Genuss und das Bedürfnis nach pausenloser Abwechslung getreten, Betäubungsrituale, die den Einzelnen von sich selbst entfremden. Hellsichtig rechnet das Märchen, das in Wahrheit ein Anti-Märchen ist, mit der modernen Welt ab, die das Märchenwunder pervertiert und den Sinn für das wahre Glück verloren hat. Es scheint, als ob nach der furchtbaren Kriegserfahrung das Vertrauen in den Menschen unwiederbringlich verloren ist.

In Erich Kästners (1899–1974) *Märchen von der Vernunft* (1948) schlägt ein weiser Mann den Staatsoberhäuptern vor, jedem ihrer Bürger größtmögliches Wohlergehen und Fürsorge angedeihen zu lassen und so Frieden und gute Nachbarschaft zu stiften. Als er jedoch nur Spott erntet und auf die Unbezahlbarkeit seiner Vorschläge aufmerksam gemacht wird, verweist er entlarvend auf die Kriegskosten, die den veranschlagten Kosten für den Frieden genau entsprechen. »Die Staatshäupter, der nette alte Herr und ihre lustige Unterhaltung sind völlig frei erfunden. Daß der Krieg eine Billion Dollar gekostet hat, und was man sonst für denselben Betrag leisten könnte, soll, versichert eine in der *Frankfurter Neuen Presse* zitierte amerikanische Statistik, hingegen zutreffen.« Was geschieht, ist stets das absolut Unvernünftige, das Vernünftige aber bleibt ein unerfüllbares Märchen, eine bloße poetische Erfindung. Die Realgeschichte hat das Wunder endgültig verdrängt.

Einen Platz hat es, wenn überhaupt, nur noch im Bewusstsein des Einzelnen wie bei dem angesichts der Zeitumstände verzweifelten Mann, der im *Märchen vom Glück* (1947) jemandem begegnet, der aussieht wie der Weihnachtsmann und der ihm drei Wünsche freistellt, um ihn aufzuheitern. Ungläubig und verärgert wünscht der Angesprochene den scheinbaren Schwätzer zum Teufel. Doch als er merkt, dass das Wünschen wirksam ist, ergreift ihn Mitleid und er wünscht den anderen zurück. Den übrig gebliebenen Wunsch aber lässt er unausgesprochen. Nicht in der Wunscherfüllung liegt das Glück, sondern in der zuversichtlichen Gewissheit, dass es noch etwas zu wünschen gibt. Das Wünschen ist wie das angesparte

Titelbild zu Erich Kästners *Der tägliche Kram.* Atrium Verlag. Die Textsammlung enthält auch Kästners Märchen. Berlin 1948.

Kapital, das man zurücklegt für schlechte Zeiten und das Zinsen trägt in Gestalt einer heiteren, unbeschwerten Lebenshaltung. Glück ist in einer Welt grassierenden Unglücks immer nur das Glück des Einzelnen. Das Märchen verengt sich in einer ganz und gar unmärchenhaften Wirklichkeit auf den Menschen, der in selbst gewählter Abgeschiedenheit den Glauben an das Glück wach hält.

Das Kunstmärchen der Gegenwart

Im Kunstmärchen der Gegenwart liegen Wirklichkeit und Wunder weiter im Widerstreit. Das Banale relativiert das Wunderbare, der Alltag demontiert die Utopie oder formuliert sie parodistisch um. Was bleibt, ist der Wunsch nach Erlösung aus einer bedrückenden Welt, nach einem dauerhaften, ungefährdeten Glück,

Märchen deutscher Dichter im 20. Jh.
Walter Benjamin: *Das bucklichte Männlein*
Bertolt Brecht: *Der Geierbaum*
Wolfgang Hildesheimer: *Der Riese*
Peter Hacks: *Der Schuhu und die fliegende Prinzessin*
Peter Bichsel: *Amerika gibt es nicht*
Thomas Bernhard: *Viktor Halbnarr – Ein Wintermärchen*
Wolfgang Koeppen: *Von dem Machandelbaum*
Christoph Meckel: *Die Geschichte der Geschichten.*

unabweisbar aber sind auch die Zweifel an der erlösenden Kraft des Wünschens. Wo die Unmenschlichkeit immer neue, furchtbarere Wirklichkeiten schafft, schrumpfen die Möglichkeiten des Menschen, zerrinnt die Märchenpoesie zur bloßen Illusion.

Ingeborg Bachmanns (1926–1973) Märchen *Die Geheimnisse der Prinzessin von Kagran* in ihrem Roman *Malina* (1971) ist als Gegenentwurf gemeint zu einer männlich beherrschten Welt, in der das Weibliche fortlaufend zerstört wird. Zweimal kommt der männliche Retter wie der Prinz im Märchen der Bedrängten zu Hilfe. Einmal, nachdem sie von kriegerischen Horden entführt worden ist, und zum andern, als sie in einer menschenfeindlichen Landschaft sich zu verlieren droht. Während der zweiten Begegnung entwickelt die Prinzessin das Bild eines zukünftigen befriedeten Zusammenlebens der Geschlechter, das Bild eines goldenen Zeitalters.

Bei aller neuen Aufwertung des Mannes, der nicht länger als Zerstörer, sondern als Erretter des Weiblichen auftritt, kommen indes die Zweifel nicht zum Schweigen. Eigentümlich gesichtslos bleibt der rettende Mann, anonym, mehr ein Wunschbild als ein wirklicher Held. Das Märchen transportiert den Traum vom goldenen Zeitalter, das aber im dominierenden Schwarz der Handlungsräume keine Konturen gewinnt.

Hans Carl Artmann (1921–2000) radikalisiert die Skepsis dem Märchen gegenüber, indem er mit dessen Versatzstücken nur noch ein skurriles Spiel treibt. Robinson Crusoe in dem Märchen *Robinson Crusoes*

Materialien (1972) baut sich aus Nägeln, Spruchbändern, Rasierklingen, Sehnsucht nach Bier, etwas Tabak und geschlechtlicher Überreiztheit ein Haus. Im grotesken Gemisch der Materialien werden die Wünsche des Schiffbrüchigen fassbar, deren prinzipielle Unerfüllbarkeit sich in der widersprüchlichen Vermengung von Konkretem und Abstrakten äußert. Die Wunschwelt des Märchens ereignet sich nur noch im mutwilligen Sprachspiel.

Ein Farbiger streunt im Märchen *Ein schöner Märztag* (1972) durch Florida. Er begegnet einer uralten Frau, einer Hexe, die jedoch völlig mittellos ist. Enttäuscht wirft der Farbige, der einen Raubmord geplant hatte, seine Pistole fort. Die Suche nach dem Glück ist zu einem verbrecherischen Plan geworden, der jedoch nicht an der moralischen Einsicht scheitert, sondern an dem leeren Sparschweinchen der Hexe. Die Glückssuche des Märchens, sein Happyend und seine Moral sind auf den Kopf gestellt. Die gemeine Banalität demontiert das Wunder.

Umschlagbild von Janosch zu seinen Märchen nach den Brüdern Grimm.

Gerade die Grimmsche Märchenwelt stellt weiterhin eine Herausforderung dar. Unter dem Titel *Janosch erzählt Grimm's Märchen* legte der bekannte Kinderbuchautor und Zeichner Janosch (*1931) 1972 fünfzig moderne Adaptionen vor. Die vertrauten Figuren und Handlungsmuster werden dabei durchgehend den Bedingungen der Gegenwart ausgesetzt und auf ihre Bedeutung für eine aktuelle Lebensorientierung befragt. *Hans im Glück* erscheint in Wirklichkeit als Pechvogel und Verlierer, der jedoch jeden Verlust vor sich selbst als Gewinn umdeutet und sich in der Einbildung wiegt, ein Glückspilz zu sein. Das Märchen kompensiert die reale Glücklosigkeit und wird zu einem fortgesetzten Ritual der Selbsttäuschung. In einer sich um das Glück des Menschen wenig kümmernden Welt fordert die Glücksutopie den parodistischen Gegenentwurf heraus.

In dem Tierbräutigamsmärchen *Hans mein Igel* erlangt der missgestaltete Held seine schöne menschliche Gestalt nicht durch die Liebe der Königstochter, sondern wird in seiner Tierhaut zum bewunderten Idol der jungen Generation. Musizierend und schauspielernd, in abenteuerlicher Pose auf seinem Motorrad, gewinnt er eine riesige Fangemeinde. Das Glück erscheint eigentümlich veräußerlicht, weniger eine Frage der Zuneigung als der Mode. Der glückliche Märchenheld ist zum Trendsetter geworden. Der Sinn für das wahre Glück aber ist auch hier offenbar verloren gegangen. An seine Stelle sind Selbsttäuschung und einträglicher Starkult getreten. Im Licht der modernen Wirklichkeit wirkt die überkommene Märchenwelt antiquiert, nicht ohne jedoch nachdenklich zu machen über die Fragwürdigkeit aktueller Lebensumstände.

Umschlagbild zu Marie Luise Kaschnitz, *Der alte Garten*. Ein Märchen.

Die große Märchenerzählung *Der alte Garten* von Marie Luise Kaschnitz (1901–1974), erschienen ein Jahr nach dem Tode der Dichterin, lässt in poetischen Bildern die wunderbare Natur lebendig werden und führt den Menschen zurück zum Einklang mit seinen natürlichen Ursprüngen. Der alte Garten, ein Paradies aus Wiesen und Wäldern, uralten Bäumen, üppigen Blumenbeeten und wuchernden Büschen, eine blühende Wildnis, lag zunächst wie eine Insel vor der großen Stadt. Niemand wusste, wo er zu Ende war und das freie Land begann.

Dann dringt die Stadt vor, schließt den alten Garten ein und an der Stelle des Herrenhauses entsteht ein Mietshaus. In den Garten kommen die Kinder neuer, der Natur entfremdeter Mieter, ein Geschwisterpaar. Mit Pfeilen und Messer richtet der Junge schlimme Verwüstungen an, Ausdruck eines gestörten verständnislosen Umgangs mit dem elementaren Leben, das über den Zerstörer schließlich Gericht hält. Die Buchenfrau schickt die Kinder auf eine Reise in die Tiefe der Erde, in die Fluten der Gewässer und in die Höhe des Himmels. In den Begegnungen mit den Elementen sollen sie erleben, wie alles im Innersten zusammenhängt und schließlich geläutert heimkehren.

Die Erdmutter offenbart ihnen das Werden und Vergehen als das große Gesetz allen Lebens, dem auch der Mensch unterworfen ist. Unendlich erfüllt sich das Lebenswunder, geboren aus dem Schoß der großen Mutter Erde. Im Meervater begegnen die Kinder der befruchtenden Schöpferkraft und dem Wasser des Lebens. Meervater und Erdmutter stehen für die zeugende und gebärende Natur, für das unaufhörliche Geben und Nehmen. Emporsteigend in die Höhe des Himmels, erkennen die Kinder in den leuchtenden Sternen der Milchstraße die Seelen der Verstorbenen auf dem Wege, in das große Herz Gottes zu münden, Ausgang und Ziel ihres Daseins. Dem irdischen Leben des Einzelwesens ist ein Ende gesetzt, fortleben aber wird es in der Liebe dessen, von dem es seinen Ursprung genommen hat.

Am Schluss kehren die Kinder geläutert zurück in den alten Garten, wo sie fortan in tief verstandener Harmonie mit dem Wunder des Lebens ein- und ausgehen. Das Märchen wird zum Mythos, der das Weltall beseelt, die Elemente mit Leben erfüllt und allem Geschehen im poetischen Bild einen tiefen, existenziellen Sinn verleiht. In den Geschwistern, auf ihrer Reise zu den Geheimnissen des Lebens ist wie in der Erdmutter und im Meervater der Einklang des Männlichen und Weiblichen als Quelle allen Werdens verkörpert. Dem Werden aber ist es bestimmt, am Ende wieder in das unwandelbare Sein Gottes einzugehen. Der Mythos, der den tieferen Sinn des Wirklichen aufdeckt, mündet in die märchenhafte Verheißung eines ewigen Daseins, getragen von dem Glauben an eine Schöpfung aus Liebe, die nicht zerstört, sondern bewahrt. Der alte Garten ist Sinnbild des Paradieses, aus dem sich die Kinder durch ihr liebloses Verhalten selbst verstoßen haben und in das sie geläutert zurückkehren, um die Spuren Gottes zu erkennen. Beispielhaft für das moderne Gattungsverständnis verknüpft Marie Luise Kaschnitz im Märchen Poesie und Philosophie, Glaube und Dichtung.

Franz Fühmann (1922–1984) greift in seinen Märchen immer wieder auf das vertraute phantastische Personal zurück, in dem er menschliche Grund-

Wie *Der alte Garten* von Marie Luise Kaschnitz erzählen Märchen von der Schönheit der Welt: »Über dem alten Garten lag die Dämmerung eines herrlichen Maimorgens. Ein wolkenloser Himmel breitete sich über die Stadt und das Land, den Strom und die nahe Meeresküste. Schon war der Horizont im Osten hell wie grünes Gold, ein leiser Wind glitt durch die Saiten der alten Äolsharfe und trug ihre sanften Klänge durch den Garten hin.«
Marie Luise Kaschnitz: *Der alte Garten.* Ein Märchen. Frankfurt 1999. S. 273.

erfahrungen spiegelt. *Anna, genannt Humpelhexe* (1981) ist ein Hexenkind mit zwei ungleich langen Beinen. Der Mangel aber lässt sie nicht verzweifeln, sondern fordert sie dazu heraus, das Beste aus ihm zu machen. Tatsächlich gelingt es Anna, zugleich die Langsamste, aber auch die Schnellste zu sein. Was eigentlich eine Behinderung darstellt, beflügelt sie, daraus einen persönlichen Vorzug zu entwickeln. Das Märchen *Von der Fee, die Feuer speien konnte* (1981) erzählt zunächst von der wunderbaren Welt eines ewigen Sommers, am Leben erhalten von dem heiteren Wesen einer Märchenfee. Doch auf die Dauer duldet der Winterkönig keine Ausnahme und überzieht auch den immergrünen Sommerwald schließlich mit Eis und Schnee. Die Tiere, unerfahren im Umgang mit dem Winter, drohen umzukommen, zumal alle Anstrengungen der Fee erfolglos bleiben. Allmählich aber setzt sich die Einsicht in die Notwendigkeit des jahreszeitlichen Wechsels durch. Die Natur erweist sich als überlegen und hebt das Wunderbare auf. Das eigentliche Wunder des Lebens ereignet sich nicht in irgendwelchen Wunderwelten, sondern im Einklang mit den naturgegebenen Daseinsbedingungen.

Illustration von Jacky Gleich zu Franz Fühmanns Märchen *Von der Fee, die Feuer speien konnte.*

Peter Rühmkorfs (*1929) »aufgeklärte Märchen« *Der Hüter des Misthaufens* (1983) machen deutlich, dass der Wirklichkeit im Grunde nur noch das Wunder helfen kann, wenn sie denn eine Zukunft haben soll:

Umschlaggestaltung von Horst Janssen zu Peter Rühmkorfs aufgeklärten Märchen *Der Hüter des Misthaufens.*

»... nach dem großen Wunderbaren sehnt sich gewiss jeder Zweite, aber wenn es eines Tages in der Tür steht, sind sie alle gerade verhindert.« Das verlockende Scheinglück des Kapitals verleitet einen skrupellosen Börsenmakler im Märchen *Zu Golde,* einen Teufelspakt einzugehen, der ihn schließlich wie den antiken König Midas zu Gold zu erstarren droht, hätte ihn nicht schließlich die Angst vor dem unwiederbringlichen Verlust seiner Menschlichkeit ergriffen. Konfrontiert mit einer ebenso erbarmungslosen wie erbärmlichen Welt, fühlt er sich selbst erbarmungsbedürftig. Seine Bitte um Gnade leitet seine persönliche Erlösung ein. Wirklichkeit ist die radikale Verneinung des Märchens. Allein das Grauen vor dem, was der Mensch aus seiner Welt und sich selbst gemacht hat, ist imstande, den Weg zurück zu märchenhafter Erlösung zu weisen.

In letzter Minute verhindern im Märchen *Der Agent und die Elfen* die übernatürlichen Wesen eine Nuklearkatastrophe. Als der General Electric von der auf dem Elfentanzplatz errichteten Abwehr- und Raketenbasis aus einen Großeinsatz simulieren will, entführen die Elfen die Atomraketen in den Weltraum. Das Märchen bewahrt auf, was notwendig ist, um den von Menschen inszenierten Katastrophen zu entgehen. Das Wunder wird zum Notdienst an einer schlimm erkrankten gesellschaftlich-geschichtlichen Wirklichkeit.

Bei aller Skepsis und allen Zweifeln am guten Willen der Menschen bewahren Rühmkorfs Märchen dennoch einen Rest Optimismus, die Hoffnung auf das Wunder und das unverwüstliche Verlangen nach Glück. Fest vertraut er in seiner letzten Erzählung *Fortsetzung folgt* darauf, »daß die richtigen Märchen in der wirklichen Welt gar nicht aufzuhalten sind. Wo man ihnen die Luft abzuschneiden versucht, bahnen sie sich ihren eigenen unberechenbaren Weg zu den Herzen der Menschen. Wo man sie ihrer Dichter und Erfinder beraubt, spinnen andere unversehens an den abgerissenen Hoffnungsfäden weiter.«

Höhepunkte des europäischen Kunstmärchens

Das Kunstmärchen gehört zu den internationalen literarischen Aussageweisen. In nahezu allen Nationalliteraturen hat es seine charakteristischen Ausprägungen erfahren. Angeregt durch die Wiederentdeckung des Volksmärchens insbesondere am Ende des 18. Jahrhunderts entwickelte sich das Kunstmärchen vor allem in Europa zu einer eigenständigen Literaturgattung. Seine Bedeutung hält bis in die Gegenwart hinein an.

Dänemark: Hans Christian Andersen

Der dänische Erzähler Hans Christian Andersen (1805–1875) ist zweifellos der fruchtbarste Kunstmärchendichter seiner Zeit. Zunächst angeregt von den Brüdern Grimm und dem deutschen Kunstmärchen, entwickelte er schon bald seinen eigenen, unverwechselbaren Stil. Die in Einzelheften zwischen 1835 und 1872 veröffentlichten Märchen wurden kurz nach ihrem Erscheinen ins Deutsche übersetzt und erfreuen sich bis heute einer ungebrochenen Beliebtheit. Bereits 1909 lagen die *Gesammelten Märchen und Geschichten* in einer vierbändigen deutschen Ausgabe vor. In Deutschland wie in Dänemark verstand man Andersen vor allem als Erzähler von Kindermärchen, was allerdings dem Selbstverständnis des Autors nicht entsprach. Andersen wollte von allen Altersstufen gelesen werden. Seiner Märchen, die den Alltag poetisieren, bedürfen nach seinem Urteil alle, Jung und Alt, in einer vom Kapital und Industrie beherrschten Zeit zunehmender menschlicher Verarmung.

Der standhafte Zinnsoldat. Zeichnung von Georges Lemoine zum gleichnamigen Andersen-Märchen.

Andersens Märchen zeichnen sich aus durch einen einfachen, der Umgangssprache angenäherten Stil und durch die detaillierte Schilderung überschaubarer Handlungsräume, in denen der Leser oft seine eigene Umgebung wiederentdecken kann. Stets geht es darum, das Wunder des Märchens mit der Wirklichkeit des Alltags zu verbinden, ohne dass sich wie bei den Romantikern eine unüberbrückbare Kluft auftut. Andersens Märchen nehmen sich im biedermeierlichen Geist des Kleinen und Alltäglichen an und verzaubern es mit dem Glanz des Wunderbaren.

Märchen von Hans Christian Andersen
Des Kaisers neue Kleider
Däumelinchen
Die Galoschen des Glücks
Die Prinzessin auf der Erbse
Der fliegende Koffer
Vogel Phönix
Der Stein der Weisen
Wie's der Alte macht, ist's immer richtig
Der Schneemann
Der letzte Traum der alten Eiche

In dem Märchen *Die Schneekönigin* (1843) befreit die treue Liebe der kleinen Gerda ihren Gespielen Kay aus dem Eispalast menschlicher Erstarrung – kritischer Spiegel der tief greifenden zeitgenössischen Gefühlskrise. Engagiert erzählen die Märchen immer wieder von einer poetisch ausgleichenden Gerechtigkeit für die Armen und Ärmsten. Das arme Mädchen in *Das kleine Mädchen mit den Schwefelhölzern* (1848) geht sterbend in das selige Leben ein. Oft äußert sich in den Märchen eine feine, kritische Ironie den kleinlichen, spießigen Zeitgenossen gegenüber. Besonders dort, wo Andersen Lebloses zum Leben erweckt wie in *Der standhafte Zinnsoldat* (1838), der auch dann noch seine Würde bewahrt, wenn ihn schlimme Gefahren bedrängen, wird deutlich, was den lebendigen Menschen fehlt.

»Der Blumengarten bei der Frau, die zaubern konnte.« Aus Hans Christian Andersen: *Die Schneekönigin*. Zeichnung von Gerhard Oberländer.

Im Märchen *Das hässliche junge Entlein* (1843) erzählt Andersen seine eigene Lebensgeschichte, die Entwicklung des armen, gering geschätzten Schustersohnes aus Odense auf Fünen zu einem der berühmtesten dänischen Dichter und zu einem der phantasievollsten Erzähler von Kunstmärchen. Im Märchen gelangt das hässliche Entlein am Ende zu den Schwänen. »Es sah sein eigenes Bild unter sich, das kein plumper, schwarzgrauer Vogel mehr, hässlich und garstig, sondern selbst ein Schwan war. Es schadet nichts, in einem Entenhof geboren zu sein, wenn man nur in einem Schwanenei gelegen hat.«

... wenn ihr Ihnen sagt: »Der Beweis dafür, daß es den kleinen Prinzen wirklich gegeben hat, besteht darin, daß er entzückend war, daß er lachte und daß er ein Schaf haben wollte; denn wenn man sich ein Schaf wünscht, ist es doch ein Beweis dafür, daß man lebt – dann werden sie die Achseln zucken und euch als Kinder behandeln. Aber wenn ihr ihnen sagt: der Planet, von dem er kam, ist der Planet B 612, dann werden sie so überzeugt sein und euch mit Fragen in Ruhe lassen. So sind sie. Man darf ihnen das auch nicht übel nehmen. Kinder müssen mit großen Leuten viel Nachsicht haben.«
Aus: Antoine de Saint-Exupéry. *Der kleine Prinz*. Düsseldorf 1953, S. 18.

England

Sein sozialkritisches Engagement führte Charles Dickens (1811–1870) schon früh auch zu Kunstmärchen. Berühmt geworden ist sein *Christmas Carol in prose* (1843; dt.: *Ein Weihnachtslied in Prosa*). Die märchenhafte Happyend-Geschichte erzählt von der Bekehrung des habgierigen und freudlosen Menschenfeindes Ebenezer Scrooge durch nächtlichen Spuk zu einem mildtätigen und lebensbejahenden Menschenfreund, der nach seinem inneren Wandel das Weihnachtsfest würdig zu feiern versteht.

Wirklichkeit und Phantasie stoßen in der *Holiday-Romance* (1868; dt.: *Ferienromanze*) schroff aufeinander. Mit kritischem Blick auf die Erwachsenen und die von ihnen beherrschte Welt erzählen Kinder in den Ferien von ihren Wunschträumen. Ellice Rainbird stellt sich vor, als Prinzessin wie in einem Zaubermärchen die Armut mit einer magischen Fischgräte zu verbannen. Robert Redforth träumt sich in die Rolle eines kühnen Piraten hinein, der dem ungeliebten Lateinlehrer den Garaus macht. Nettie Ashford und die Kinder schließlich tauschen in einem Land unbegrenzter Erfüllungen mit den Erwachsenen die Rollen, damit einmal auch das geschieht, was die Kinder wollen. Dickens' Märchen erzählen von der verwandelnden Kraft des Wünschens. Hervorgehoben werden die Kinder als ernst zu nehmende, kleine Persönlichkeiten.

Die Neigung des englischen Kunstmärchens zur Nonsense-Geschichte tritt überzeugend bei Lewis Carroll (1832–1898) entgegen. Sein bis heute viel gelesenes Buch *Alice's Adventures in Wonderland* (1865; dt.: *Alicens Abenteuer im Wunderland*) ist ein Kabinettstück der Nonsense-Literatur. Eingeleitet werden die verwirrenden Abenteuer durch die Versetzung der Heldin aus der Wirklichkeit in eine skurrile Phantasiewelt, wo sie auch selbst allerlei Verwandlungen durchläuft. Alice begegnet einer bunt gemischten Gesellschaft aus Kaninchen, Maus, Greif, Suppenschildkröte, Herzkönig und Herzkönigin u.a.m.

In der Regel verlaufen die Begegnungen wenig erfreulich. Alice muss sich sinnlose Reden und Fragen anhören und sich manche Beleidigung gefallen lassen. Doch erträgt sie alles mit Witz und Humor, da sie die Lächerlichkeit der einzelnen Gestalten rasch durchschaut. Abgebildet wird in analoger Spiegelung das problematische Verhältnis des Kindes zu den Erwachsenen, die hier in grotesker Figuration auftreten. Durch ihr verworrenes Gerede führen sie sich selbst ad absurdum. Die Heldin Alice steht für das souveräne Kind, das sich im ironisch gezeichneten Wunderland gegen die, die sich das Sagen anmaßen und dabei nur Sinnlosigkeiten hervorbringen, zu behaupten weiß.

Märchen und Nonsense-Geschichte vermischen sich auch in Rudyard Kiplings *Just So Stories* (1902; dt.: *Nur so Märchen*). In seinen Warum-Geschichten erklärt Kipling phantasievoll, wie der Elefant seinen Rüssel, das Kamel seinen Höcker und der Tiger sein geflecktes Fell erhielt. Einfallsreich unternimmt er es in einer anderen Geschichte, der Erfindung des Alphabets auf die Spur zu kommen. Märchenhaftes Erzählen erfüllt sich im freien poetischen Umgang mit naturhaften und kulturellen Erscheinungen. Die Phantasie entwirft die Welt noch einmal neu.

Mit Oscar Wildes (1856–1900) Sammlungen *The Happy Prince and other Tales* (1888; dt.: *Der glückliche Prinz und andere Märchen*) sowie *A House of Pomegranates* (1891; dt.: *Ein Granatapfelhaus*) erreicht das englische Kunstmärchen seine reifsten Leistungen. Zentral ist das Thema von Selbstsucht und sozialem Mitleid. Das mit Edelsteinen und Gold geschmückte Standbild des Prinzen ist von geheimem Leben erfüllt. Von seiner Anhöhe herab wird der Prinz Zeuge der Armut und der Not und lässt eine Schwalbe das, was an Kostbarkeiten an ihm ist, herab zu

Illustration von Walter Crane zu Oscar Wildes Märchen *The Happy Prince*.

den Menschen tragen. Sein Glück ist das Glück, das er den anderen zu schenken vermag. Vergleichbar verzichtet ein junger König in der zweiten Sammlung auf allen Pomp bei seiner Inthronisierung, weil er in einer Vision das Elend derer gesehen hat, die dafür arbeiten müssen. Mitunter aber wissen die Menschen die ihnen entgegengebrachte Selbstlosigkeit nicht zu würdigen. Im Märchen von der Nachtigall und der Rose *(The Nightingale and the Rose)* gibt eine Nachtigall ihr Herzblut für eine rot blühende Rose, die sich ein junger Mann für seine umworbene Geliebte wünscht. Doch die Werbung bleibt ohne Erfolg und die Rose wird achtlos in die Gosse geworfen. Das Märchen, das in selbstloser Liebe Glück stiften möchte, droht immer wieder an der selbstsüchtigen Wirklichkeit der Menschen zu scheitern.

Italien und Frankreich

Das berühmteste moderne Kunstmärchen in Italien ist bis heute die Geschichte des Hampelmanns *Pinocchio* (*Storia di un burattino,* 1883) Carlo Collodis (1826–1890) geblieben. Bereits vorher hatte Collodi, der mit bürgerlichem Namen Lorenzini hieß, die Märchen Perraults ins Italienische übersetzt. Pinocchio, aus einem Holzscheit geschnitzt und zum Leben erwacht, ist das noch unfertige, chaotische Kind. Er ist ein Prahlhans, ein kleiner Lügner, ein Hasenfuß und ein Raufbold und doch auch gutmütig, phantasievoll, liebenswert und immer wieder lernbereit. Nach vielen Irrwegen gelangt er zum Schluss zur Einsicht in die Notwendigkeit praktischen Handelns im Einklang mit der geltenden gesellschaftlichen Moral. Collodi erzählt ein Verwandlungsmärchen, in dem das Unfertige zur Vollendung geführt und die grobe Holzpuppe ein fein ausgebildeter Mensch wird.

Unter den italienischen Autoren der Gegenwart ist insbesondere Italo Calvino (1923–1985) mit viel beachteten Märchen hervorgetreten. Es handelt sich überwiegend um altitalienische Märchen, die er gesammelt und nacherzählt hat, aber so, dass durchaus eigene literarische Schöpfungen dabei entstanden sind. Vom Geist des echten Märchens erfüllt ist die Geschichte *Die Hose des Teufels* (*Le brache del Diavolo*, 1956). Einem jungen Mann wird die eigene Schönheit zur Last, da er nur nach ihr beurteilt wird und jeweils in heikle Situationen gerät. Schließlich ist er sogar bereit, dem Teufel seine Seele zu verschreiben, wenn er nur von dem schönen Schein befreit würde. Vom Teufel erhält er eine Hose, deren Taschen stets mit Goldstücken gefüllt sind, unter der Bedingung, dass er sich sieben Jahre lang weder waschen noch Haare und Nägel schneiden darf. Als ein König den reichen, aber äußerst abstoßenden jungen Mann bittet, ihm Geld für einen drohenden Verteidigungskrieg zur Verfügung zu stellen, willigt dieser ein, wenn der König ihm eine seiner drei Töchter zur Frau gäbe. Nachdem die beiden ersten Töchter empört abgelehnt haben, ist die jüngste zur Heirat bereit, weil sie die Not ihres Vaters fühlt und hinter der äußeren Erscheinung ihres Bräutigams den edlen Menschen entdeckt. Am Tag der Hochzeit sind die sieben Jahre um, und der junge Mann gewinnt sein schönes Aussehen zurück. Die beiden Schwestern aber wünschen voller Neid dem schönen Paar alles Unglück und sind dafür bereit, nun ihrerseits dem Teufel ihre Seelen zu verschreiben. Der Teufel nimmt den Handel an und verschont den frisch gebackenen Bräutigam. Glück im Märchen hat nur der, der Anteil nimmt an seinen Mitmenschen und hinter dem Äußeren den wahren inneren Wert erkennt.

Illustration von Susanne Janssen zu Italo Calvinos Märchen *Die Hose des Teufels*.

Der kleine Prinz. Zeichnung von Antoine de Saint-Exupéry.

Antoine de Saint Exupéry (1900–1944) veröffentlichte 1943 seine Geschichte vom kleinen Prinzen *(Le Petit Prince)*, die zum erfolgreichsten modernen Kunstmärchen geworden ist und bis heute in 110 Sprachen übersetzt wurde. Im Mittelpunkt steht die Beziehung des Prinzen zu einer Blume, die nur für ihn blüht, deren einzigartige Bedeutung er aber noch nicht verstehen kann. Erst, nachdem er sich von ihr entfernt hat, sehnt er sich zurück nach ihrer Schönheit und ihrer Liebe. Der tödliche Biss der Schlange markiert sinnbildlich das Ende der Kindheit und den Anfang einer neuen Lebensphase. *Der kleine Prinz* ist ein Initiationsmärchen. Es erzählt vom Tod des noch ganz in sich selbst befangenen Kindes und der Wiedergeburt des sich für das Du öffnenden, gereiften Menschen in der Liebe.

Tschechien

Der bekannteste Märchenerzähler aus Tschechien in neuerer Zeit ist zweifellos Karel Čapek (1890–1938). In seinen 1932 erstmals erschienenen *Neun Märchen (Devatero pohâdek)* nimmt er vertraute Stoffe und Motive auf und wendet sie jeweils ins allgemein Menschliche. Das wahre Märchen beginnt immer dort, wo der Mensch mit seinen Wünschen nach einer befriedeten und befreiten Welt zu Wort kommt. Im *Märchen vom Landstreicher* sieht sich der Einzelne immer wieder vorurteilsbefangenen Verdächtigungen und Inkriminierungen ausgesetzt, bis er schließlich, endgültig rehabilitiert, in die Freiheit aufbricht. Im *Polizeimärchen* erzählen Prager Polizisten von unglaublichen Begegnungen mit Drachen und Lindwürmern, die sie zur Strecke bringen bzw. erlösen. Am Ende steht jeweils eine von unheilvollen Bedrohungen befreite, menschenwürdige Welt.

Ein Doktor wird im *Doktormärchen* zu einem einigen Schaden stiftenden Zauberer gerufen, der einen Pflaumenkern verschluckt hat. Während er auf seine Kollegen wartet, die ihm assistieren sollen, erzählt der Doktor dem Zauberer ein Märchen von einer erkrankten arabischen Prinzessin, die von einem Holzhacker geheilt wird, der die Bäume vor ihrem Palast fällt, so dass das helle, gesund machende Sonnenlicht in ihr dunkles Zimmer dringen kann. Auch die inzwischen eingetroffenen Kollegen erzählen Geschichten von wunderbaren Heilungen. So heilt einer einen heiseren Schuhu, ein anderer einen rheumatischen Wassermann und der dritte eine Elfe mit einem gebrochenen Bein. Geheilt wird schließlich auch der Zauberer. Der Behandlung bedürfen jeweils typische, meistens Schaden stiftende Märchengestalten, denen zu ihrer weiteren Genesung nahe gelegt wird, den Ort zu wechseln. »Und da Sie nun einmal ein Zauberer sind«, rät einer der Doktoren, »könnten Sie doch in der Wüste darüber nachdenken, wie sich dort Feuchtigkeit und fruchtbarer Boden hinzaubern ließen. Das wäre dann wirklich ein sehr schönes Märchen.« Märchenhaft ist eine von bedrückenden Heimsuchungen erlöste Welt, aus der man entweder die phantastischen Schreckfiguren entfernt oder in der man ihnen sinnvolle Aufgaben zugewiesen hat. Čapeks Märchen lassen sich auch als Zeugnisse einer antifaschistischen, humanen Haltung lesen, der es um die Emanzipation des Menschen von einer bedrückenden Gesellschaftsordnung ging.

Illustration von Josef Čapek zu Karel Čapeks *Das große Doktormärchen.*

Der Archetypus ist reine, unverfälschte Natur, und es ist die Natur, die den Menschen veranlaßt, Worte zu sprechen und Handlungen auszuführen, deren Sinn ihm unbewußt ist, und zwar so unbewußt, daß er nicht einmal darüber denkt.
Carl Gustav Jung: *Welt der Psyche*. München 1968. S. 121

Stoffe

Das Märchen gestaltet jenseits von Zeit und Raum Urstoffe der menschlichen Erfahrung. Es sind Erfahrungen, von unseren Vorfahren herrührend, die aufbewahrt sind im Unterbewusstsein und unser Denken und Handeln beeinflussen. Der Psychoanalytiker Carl Gustav Jung (1875–1961) hat sie Archetypen genannt, typische Verhaltensformen, unter denen er arttypische, im kollektiven Unterbewusstsein gespeicherte Verhaltensweisen verstand. Ursprünglich nur Dispositionen zu bestimmten Gedankengängen und Vorstellungen, konkretisierten sie sich in Mythen und Märchen zu figural fassbaren Urbildern. Entscheidend ist dabei die Ambivalenz der einzelnen Vorstellungen, ihr sowohl positiver wie negativer Einfluss. Man könnte dabei im Jungschen Sinne auch von Schatten sprechen, den negativen Anteilen der Persönlichkeit, die im Märchen allerdings auf unterschiedliche Figuren verteilt sind. Die ambivalente Werthaltung begründet die betont dualistische Märchenstruktur.

Das Weibliche

Die Begegnung mit dem Weiblichen gehört zu den ersten Grunderfahrungen des Menschen. Daher nimmt die Frau, zumindest in der christlichen Märchenüberlieferung, einen beachtlichen Platz ein. In den morgenländischen Märchen dominieren eher der Mann und das Männliche.

Bereits in dem früh aufgezeichneten Märchen vom *Erdkühlein* ist es die weibliche Fürsorge, die das ausgesetzte Margretlein vor dem Schlimmsten bewahrt. Das Erdkühlein versorgt das verlassene Mädchen auch noch über den eigenen Tod hinaus. Die Kuh gilt von alters her als Leitbild des Mütterlichen. Schon die Ägypter verehrten in der kuhköpfigen Hathor das Fürsorgliche und Ernährende. In den französischen Märchen ist es vor allem die Fee, die den Einzelnen mit allem begabt, was er zum Überleben braucht und was ihn glücklich macht.

In Hoffmanns *Klein Zaches* nimmt sich eine Fee aus tiefem Mitleid des Verwachsenen und Abstoßenden an und umsorgt ihn auch dann noch, als sie erkennen muss, dass sie ihre Liebe an einen Unwürdigen verschwendet hat. Einen Nachklang findet das Feenmärchen in Grimms *Frau Holle.* Allerdings wird dort in deutlicher moralischer Pointierung der mütterliche Segen nur der fleißigen

Illustration von Renate Seelig zu *Der Wolf und die sieben Geißlein.*

Goldmarie zuteil, während die faule Schwester das Nachsehen hat. Als vorbildliche Mutter erweist sich die alte Geiß in *Der Wolf und die sieben Geißlein.* »Es war einmal eine alte Geiß, die hatte sieben junge Geißlein und hatte sie lieb wie eine Mutter ihre Kinder lieb hat«. Entschlossen kämpft sie um das Leben ihrer Kinder, indem sie sie aus dem Bauch des Wolfs quasi in einem zweiten Geburtsakt wieder ans Licht der Welt bringt. Die früh verstorbene Mutter Aschenputtels trägt bereits Züge der Großen Mutter Erde. Aus dem von der Tochter auf das Grab der Mutter gepflanzten Haselreis wird ein schöner Baum, der Aschenputtel mit den schönsten Kleidern für das Fest des Prinzen versorgt.

Zeichnung von Theodor Hosemann zu *Aschenputtel*

Auch im Kunstmärchen gewinnt die Vorstellung von der Großen Mutter immer wieder Gestalt. In Tiecks *Der blonde Eckbert* ist es die Alte in der Waldeinsamkeit, die der aus dem Elternhaus Geflohenen Zuflucht und Schutz bietet und sie wie eine Tochter umsorgt. Den überzeugendsten Ausdruck hat die *magna mater,* wie Jung sie nennt, in Storms *Regentrude* gefunden. Sie ist es, die auf menschliches Bitten hin die vom Feuermann heraufbeschworene Dürre überwindet und das ausgetrocknete Land mit ergiebigem Regen wieder fruchtbar werden lässt. Das Leben von Hans im Glück aus dem gleichnamigen Märchen spannt sich zwischen dem Aufbruch von der Mutter und der Heimkehr zu ihr, zwischen Geburt und Tod. In kaum einem anderen der Grimmschen Märchen wird die Vorstellung von der Mutter Erde so deutlich fassbar.

Die Erde als Hüterin geheimer Schätze, vor allem als Spenderin von Kraft und Nahrung für Pflanzen, Tier und Mensch hat in vielen Völkern den Glauben an eine fast immer mütterlich gedachte Gottheit der Erde geweckt.
Richard Beitl: *Wörterbuch der deutschen Volkskunde.* Stuttgart, 1974.

Der positiven Ausprägung des Mütterlichen steht die negative gegenüber. Die schlechte Mutter ist in der Regel die Stiefmutter, die der ihr auferlegten Fürsorge für die Kinder nicht gerecht wird. In *Hänsel und Gretel* ist sie es, die den Plan entwirft, die Kinder auszusetzen, um bei den knappen Mitteln selbst überleben zu können. Die »Stiefmutter« in *Schneewittchen* trachtet der Jüngeren skrupellos nach dem Leben, weil diese sie in ihrer Jugend an Schönheit weit übertrifft. Mitunter erscheint die ins Negative verkehrte Mutter dämonisiert. Die Hexe in *Hänsel und Gretel* ist eine phantastische Projektion der wirklichen Mutter, die nicht, wie es ihre Pflicht wäre, die Kinder ernährt, sondern sich von ihnen ernähren will. In dem grausigen Märchen von *Frau Trude* verwandelt die Hexe ein kleines Mädchen in einen Holzblock und wirft ihn ins lodernde Kaminfeuer, um ihre dunkle Kammer zu erleuchten. Die gute und die schlechte Mutter bilden im *Märchen vom Machandelboom* einen schroffen Kontrast. Während die erste Frau nur den einen Wunsch hat, Mutter eines schönen Kindes zu werden, und aus Freude über die Erfüllung ihres Wunsches stirbt, ist die zweite Frau eifersüchtig auf die Kinder aus erster Ehe und setzt alles daran, ihr eigenes Kind zum Alleinerben zu mache. Um ihren bösen

Illustration von Friedrich Hechelmann zu *Hänsel und Gretel.*

Willen durchzusetzen, tötet sie das Kind, das ihr im Wege steht, anstatt ihrer mütterlichen Verantwortung gerecht zu werden.

Auch im Kunstmärchen erscheint mitunter der negative Aspekt des Mütterlichen. Boshaft verfolgt das Apfelweib in Hoffmanns *Goldner Topf* den Studenten Anselm, um ihm nachhaltig zu schaden. Bei Andersen drohen alle Gefühle unter dem Eishauch der *Schneekönigin* zu erstarren. Überleben kann der Einzelne nur umgeben von der Wärme des Mütterlichen. Die Mutter gehört zu den zentralen Urbildern des Märchens. Sie ist verantwortlich für den Erhalt bzw. die Bedrohung des Lebens. Unter dem positiven Aspekt steht sie für das Konstruktive schlechthin, so wie in ambivalenter Spiegelung das Destruktive überwiegt, wenn der negative Aspekt sich durchsetzt.

Neben der Mutter verkörpern die Geliebte und Ehefrau das Urbild des Weiblichen im Märchen. Erhält die fürsorgliche Liebe den Menschen im elementaren Sinn am Leben, so führt die Liebe zwischen Mann und Frau zur menschlichen Veredlung. Im französischen Feenmärchen *Die Schöne und das Tier* ist es die feinsinnige erotische Faszination der kultivierten Frau, die den groben, noch unkultivierten Mann verwandelt, indem sie aus ihm einen zart fühlenden Menschen macht.

Illustration von Otto Speckter zu *Der Froschkönig* (1856).

In diesem Sinn sind auch die Märchen zu verstehen, in denen ein sogenannter Tierbräutigam im Mittelpunkt steht. Das bekannteste unter ihnen ist wohl *Der Froschkönig,* in dem ein in einen Frosch verzauberter Prinz durch die Prinzessin erlöst wird. Ihre anfängliche Verweigerung und ihr Ekel nutzen ihr nichts. Konsequent muss sie ihren Naturauftrag erfüllen und ihren künftigen Geliebten aus seiner Tiergestalt erlösen. Noch in Calvinos Märchen *Die Hose des Teufels* erscheint der Mann als ein garstiger Unhold, dessen verborgene Schönheit nur das Mitgefühl und die Liebe zu entdecken vermögen. Fouqués *Undine* wird zwar erst durch die Liebe des Mannes aus ihrer elementaren Natur in die humane Gemeinschaft erhoben, aber dort ist es die menschliche Gesellschaft, die sich ihrem unverfälschten, reinen Gefühl nicht gewachsen zeigt. *Undine* erzählt die Geschichte einer gescheiterten Erlösung.

Der Tierbräutigam tritt in vielen Märchen auf, u. a. in *Hans mein Igel, Das Eselein, Das singende, springende Löweneckerchen, Schneeweißchen und Rosenrot.*

E.T.A. Hoffmann verlagert die Erlösung des Studenten Anselm durch Serpentina aus der Spießergesellschaft in das Reich der Poesie. Hier nur kann sich die reine Liebe erfüllen. Vereinzelt scheint auch der negative Aspekt der heiratsfähigen Frau oder Ehefrau auf: Bitter muss die Prinzessin im *König Drosselbart* für ihren Stolz und ihren Übermut büßen, bis ihr endlich doch vergeben wird. Die Geschlechter sind füreinander bestimmt, wer sich dieser Bestimmung zu entziehen sucht, wird schuldig. In der Ehe sollte es um Verständnis und Einigkeit gehen, vor allem was die Kinder und den Fortbestand der eigenen Gemeinschaft betrifft. Die Uneinigkeit der Eltern in *Hänsel und Gretel* muss ebenso ins Unheil führen wie das unmäßige Wünschen der Frau im Märchen *Von dem Fischer un syner Fru*. Droht dort den ausgesetzten Kindern das Verderben, hier wird das zunächst glücklich Erlangte durch Maßlosigkeit wieder aufs Spiel gesetzt.

Federzeichnung von Erik Richter zu *König Drosselbart:* »Ach Gott, was ist das Haus so klein!«

Da klopfte mir der Archivarius Lindhorst leise auf die Achsel und sprach: »Still, still, Verehrter! Klagen Sie nicht so – Waren Sie nicht soeben selbst in Atlantis, und haben Sie denn nicht auch dort wenigstens einen artigen Meierhof als poetisches Besitztum Ihres inneren Sinns? – Ist denn überhaupt des Anselmus Seligkeit etwas anderes als das Leben in der Poesie, der sich der heilige Einklang aller Wesen als tiefstes Geheimnis der Natur offenbaret?«
E.T.A. Hoffmann: *Der Goldne Topf.* Schlußwort des Archivarius an den Autor.

Ob als Mutter oder Geliebte bzw. Ehefrau, im Positiven wie im Negativen, immer nimmt die Frau im Märchen einen gewichtigen Platz ein. Sie ist Gebärerin und Bewahrerin des Lebens, aber auch die den Mann veredelnde und erhebende Kraft. Wo sie dieser Rolle nicht gerecht wird, drohen Untergang und Chaos.

Das Männliche

Das Weltbild des Märchens ist dualistisch, mit der Tendenz, die Gegensätze letztendlich in einer Synthese aufzuheben. Dies gilt insbesondere für den Urdualismus Mann und Frau. Der Mann tritt im Märchen in den repräsentativen Rollen des Herrschers, Vaters, Ehemanns und Liebhabers auf. Dabei werden ebenso wie im Bereich des Weiblichen ambivalente Aspekte erkennbar. Die Herrscherrolle ist vergleichsweise schwach ausgeprägt. Züge des Mächtigen und Beherrschenden zeigt vor allem König Shehkrijar in der Rahmenhandlung von *Tausendundeinernacht*. Er ist der Herr über Leben und Tod. Im deutschen Volksmärchen tritt der König mehr als Vaterfigur auf. Sowohl im *Froschkönig* als auch im *König Drosselbart* ist er es, der auf Grund seiner väterlichen Autorität auf eine eheliche Verbindung der Tochter drängt. Entschieden vertritt er vor allem den institutionellen Anspruch der Ehe. Als Ehemann scheint er der Frau eher unterlegen. Widerstrebend, aber ohne Kraft sich durchzusetzen, gibt der Vater in *Hänsel und Gretel* dem Verlangen seiner Frau nach, die Kinder auszusetzen. Ähnlich schwach verhält sich auch der Fischer in *Von dem Fischer un syner Fru*. Obwohl er die Wünsche seiner Frau maßlos findet, zeigt er sich willfährig.

Im Kunstmärchen erfährt vor allem die männliche Herrscherrolle eine Umdeutung. Hoffmanns Märchen *Der Goldne Topf* vergeistigt in Gestalt des Archivarius Lindhorst den Herrscher zum Archetyp des weisen Alten, der gegenüber dem geistlosen Spießerdasein den Anspruch der Phantasie und der Poesie vertritt. In Kästners und Rühmkorfs Märchen sind die Mächtigen zu gigantischen Schadenstiftern verkommen, die durch ihr Verhalten die satirisch-kritische Darstellung provozieren.

Überwiegend tritt der Mann im Märchen als der um die Gunst der Frau Werbende und Liebhaber auf. Bei Apuleius wächst er als Liebhaber in die Rolle eines Gottes hinein. In Volksmärchen wie *Rapunzel, Dornröschen* und *Schneewittchen* gelingt es der Liebe des Mannes, die geliebte Frau zu erlösen bzw. zu befreien. Er ist der Prinz und jugendliche Held, der wie im Fall von *Aschenputtel* nicht ruht, bis er die Richtige gefunden hat. In Perraults Dornröschen-Version tritt die erotische Dimension unverhohlen hervor. Die Verschwiegenheit des Waldes ermöglicht ein Stelldichein für leidenschaftliche Begegnungen. Anders als die ortsgebundene Frau ist der Mann charakterisiert durch seine Mobilität. Ihm fällt in der Partnersuche die aktivere Aufgabe zu. Hyacinth in Novalis' Märchen muss erst aufbrechen, um seine Geliebte im verschleierten Bild zu Sais wiederzuentdecken.

Illustration von Otto Speckter zu *Rapunzel* (1857).

Dem verschlingenden Aspekt des Weiblichen in der Verkörperung der Hexe und der Frau Trude entspricht auf männlicher Seite die Blaubart-Figur. In *Fitchers Vogel* wird der Mann zum sadistischen Schlächter der Frau, der tötend sein perverses Lustverlangen stillt. Der Blaubart-Stoff reicht weit zurück und taucht in seiner märchenhaften Verarbeitung bereits bei Perrault auf.

Illustration von Franz von Pocci zu *Blaubart* (1852).

Gelegentlich erweist sich der Mann dem überlegenen emotionalen Anspruch der Frau nicht gewachsen. Der Ritter Huldbrand in Fouqués *Undine* verstrickt sich in die Netze der Nebenbuhlerin und verrät die, die er aufrichtig liebt. Wie problematisch das Verhältnis von Mann und Frau aber in der Moderne geworden ist, zeigt Ingeborg Bachmanns Märchen *Die Geheimnisse der Prinzessin von Kagran*. In einer männlich dominierten Welt, in der die weibliche Identität unterdrückt wird, ist der Mann in der Rolle des Erlösers und Befreiers nur noch ein Wunschbild, eine Illusion ohne Chance einer Realisierung.

Der Märchenheld oder die Suche nach dem Selbst

Die Aufbrüche und Reisen des Märchenhelden bilden den Rahmen zu Erfahrungen des eigenen Selbsts und der eigenen Möglichkeiten in der Konfrontation mit der Welt. Das Subjekt erkennt sich in dem Maße, wie es sich dem Objektiven aussetzt. Der Archetyp des Selbsts drückt bei Jung die Einheit und Ganzheit der Gesamtpersönlichkeit aus, die dem Einzelnen immer nur zum Teil bewusst ist, während das noch Unbewusste eine Herausforderung darstellt und in Bewegung setzt. Das Märchen gestaltet in diesem Sinn das Abenteuer der Selbstentdeckung.

Sindbads wiederholte Aufbrüche und gefährliche Schiffsreisen sind Expeditionen in das unbekannte Gebiet der eigenen Persönlichkeit. Siebenmal bricht er auf, siebenmal kehrt er nach der Meisterung vieler Gefahren zurück, wobei die Sieben hier als Zahl der Vollendung verwendet ist. Am Ende ist er nicht nur materiell ein reicher Mann, sondern auch bereichert um die Kenntnis des gesamten Spektrums seiner Persönlichkeit. *Das tapfere Schneiderlein* bricht aus der Enge seiner Schneiderstube aus und erfährt im listig

Die Fliegen aber, die kein Deutsch verstanden, ließen sich nicht abweisen, sondern kamen in immer größerer Gesellschaft wieder. Da lief dem Schneiderlein endlich, wie man sagt, die Laus über die Leber, es langte aus seiner Hölle nach einem Tuchlappen und: »wart, ich will es euch geben!« schlug es unbarmherzig drauf. Als es abzog und zählte, so lagen nicht weniger als sieben vor ihm tot und streckten die Beine. »Bist du so ein Kerl?« sprach er und mußte selbst seine Tapferkeit bewundern, »das soll die ganze Stadt erfahren.« Und in der Hast schnitt sich das Schneiderlein einen Gürtel, nähte ihn und stickte mit großen Buchstaben darauf: »siebene auf einen Streich!« – »Ei, was Stadt!« sprach er weiter, »die ganze Welt soll's erfahren!«
Aus: *Das tapfere Schneiderlein.*

Federzeichnung von Erik Richter zu *Das tapfere Schneiderlein*. Der Kampf mit dem Einhorn.

geführten und siegreichen Kampf mit dem Riesen die eigene Stärke. Ähnlich weiß auch Daumerling in *Daumerlings Wanderschaft* seine klein geratene Gestalt vorteilhaft zu nutzen. Erst aber muss er allerdings aufbrechen: »Vater, ich soll und muss in die Welt hinaus.«

Der erfolgreiche Kampf ums Überleben setzt die Mobilisierung aller persönlichen Vorzüge voraus. Die Tiere in *Die Bremer Stadtmusikanten* kommen erst dann zum Bewusstsein ihrer persönlichen Freiheit, nachdem sie den für sie lebensbedrohenden Verhältnissen den Rücken gekehrt haben. Allein ihr Ruf zum Aufbruch bewahrt sie vor ihrem Ende. Auf ihrer Wanderschaft erfahren die drei Brüder im Märchen vom *Tischleindeckdich* eine Stärkung ihrer Persönlichkeit durch wunderbare Requisiten. Sie ermöglichen ihnen nach ihrer Heimkehr ein sorgenfreies Leben.

Peter Schlemihl reift erst dann zu einer Persönlichkeit, nachdem ihn die Siebenmeilenstiefel aus der Verstrickung in die materielle Welt hinausgeführt haben. In seiner Behausung jenseits der Menschen lernt er in seinen botanischen Studien eine Seite seiner Persönlichkeit kennen, die ihm bis dahin verschlossen

Illustration von A. Adamo zu *Tischleindeckdich* (1882).

war. In der Entfernung von seiner Blume, die er auf seinem Stern zurückgelassen hat, wird sich der kleine Prinz der Kraft der Liebe bewusst. Das eigentliche Ziel seiner Reise ist die Erfahrung der eigenen Liebesfähigkeit als eine fundamentale Qualität humaner Persönlichkeit.

Nicht anders als durch Reisen in die Tiefe der Erde, in die Fluten der Gewässer und in die Höhe des Himmels können die Kinder in dem Märchen *Der alte Garten* von Marie Luise Kaschnitz erkennen, was die Welt im Innersten zusammenhält. Von ihrer Reise kehren sie schließlich als gereifte und für die natürlichen Zusammenhänge sensibilisierte Menschen zurück.

Reisen im Märchen ist niemals Selbstzweck und schon gar nicht geschieht es, um spannende, aber persönlich folgenlose Abenteuer zu erleben. Märchenhaftes Reisen bedeutet vielmehr den Aufbruch zur Erweiterung der Kenntnis der eigenen Persönlichkeit.

Das Paradies

Das Paradies gehört zu den ältesten Wunschvorstellungen des Menschen. Hier erfüllen sich alle seine Wünsche, hier findet er sein Glück, das ihn niemals mehr verlassen wird.

In Goethes *Knabenmärchen* aus *Dichtung und Wahrheit* (I,2) gelangt der Knabe an eine Pforte, hinter der sich ein paradiesischer Garten ausdehnt: »Ich verweilte daher, unter dem Vorwande, die Außenseite noch länger zu betrachten, und blickte dabei verstohlen in den Garten: denn ein Garten war es, der sich vor mir eröffnet hatte. Gleich hinter der Pforte sah ich einen großen beschatteten Platz; alte Linden, regelmäßig von einander abstehend, bedeckten ihn völlig mit ihren dicht in einander greifenden Ästen, so daß die zahlreichsten Gesellschaften in der größten Tageshitze sich darunter hätten erquicken können.«

Märchenparadiese sind in der Regel im Irdischen angesiedelt. Wo sie jenseits von Zeit und Raum sich öffnen, stellen sie sich dar als Projektionen diesseitiger Wünsche. Im Paradies sind endgültig alle Verluste ausgeglichen, alle Mängel für immer aufgehoben.

Ein ganz und gar materielles Paradies betritt Ali Baba in dem Märchen *Ali Baba und die vierzig Räuber*. Die Schatzhöhle ist überreich gefüllt mit erlesenen Speisen, kostbaren Stoffen und unermesslichen Schätzen. Mit einem Schlag sind Entsagung und Entbehrung vergessen. Umgeben vom märchenhaften Prunk ist der Einzelne auf dem Gipfel des Glücks.

Hyacinth in paradiesischer Landschaft. Illustration von Lutz Grumbach zu Novalis' *Hyacinth und Rosenblütchen*.

Die Paradiese im deutschen Volksmärchen sind bescheidener, weniger Eldorado als Naturidylle, nicht so sehr vom Materiellen als vom Vegetativen bestimmt. Im unterirdischen Reich der Frau Holle dehnen sich schöne Wiesen, tausend Blumen blühen und Brot und Früchte gibt es im Überfluss. Der Mensch muss sie nur ergreifen, um schließlich für seinen Einsatz belohnt zu werden.

An das Märchen von *Frau Holle* knüpft Storm mit seiner *Regentrude* an. Auch ihr Reich liegt unter der Erde. In ihm allein schlummern alle Wachstumskräfte, die aber nur dann wirksam werden, wenn der Mensch an sie glaubt. Das Paradies entfaltet sich dort, wo der Einzelne im Einklang ist mit der überreichen Natur.

Piktor in Hermann Hesses Märchen *Piktors Verwandlungen* betritt das Paradies, in dem die Bäume zugleich Frau und Mann sind. Paradiesisch ist vor allem die Aufhebung der Geschlechtergrenzen wie überhaupt die Überwindung alles Trennenden. Das Glück liegt in der unendlichen Verwandlung.

Eines der schönsten Paradiese hat Marie Luise Kaschnitz in *Der alte Garten* beschworen. Dem einfühlenden Verständnis und der Liebe der Menschen ist es anheim gegeben, das Märchen von der unversehrten, schönen Natur in die Wirklichkeit zu überführen. Der Garten Eden ist nicht verloren, wenn der Mensch aufhört, Natur nur zu verwerten, und beginnt, das Dasein der Natur, in das er einbeschlossen ist, zu verstehen. Die Paradiese des Märchens sind keine Utopien, sondern realisierbare Möglichkeiten, wenn der Mensch seiner egozentrischen Überschätzung entsagt.

Die Hölle als Gegenpol zum Paradies ist im Märchen kaum vertreten. Wo sie sich auftut, wie in *Der Teufel mit den drei goldenen Haaren,* erscheint der Teufel verharmlost zu einer Art Familienkuscheltier. Überlistet von der Großmutter, tut er gegen seinen Willen Gutes. Wirklich Böses traut man ihm kaum zu. Im harmonisch abgestimmten Weltbild des Märchens hat die Hölle keinen Platz.

Motive

Im Unterschied zum Stoff ist das Motiv kein thematisches, sondern ein strukturelles Element. Es stellt den Erzählimpuls dar, der das Erzählen erst auslöst und in Gang hält. Jede Erzählform hat ihre charakteristischen Motive.

Im Märchen handelt es sich fast immer um Motive der Mangel- oder Verlusterfahrung sowie um Motive zukunftsgewisser Vorausdeutungen, die einen Ausgleich bzw. einen auf Erfüllung gerichteten Erzählprozess einleiten. Die beiden durch Philipp Otto Runge vermittelten Märchen *Von dem Fischer un syner Fru* und *Von dem Machandelboom* sind in diesem Sinn

Zeichnung von Otto Ubbelohde zu *Von dem Fischer un syner Fru.*

beispielhaft motiviert. Im erstgenannten Märchen ist es das armselige Leben im »Pißputt«, das den Wunsch nach einem schönen, kleinen Haus weckt und so das Erzählen vorantreibt, das mit der Freilassung des wundersamen Butts zu Ende schien. Im zweitgenannten Märchen ist es der Wunsch nach einem Kind, der eine Erwartungsspannung aufbaut. In beiden Fällen handelt es sich um elementare Impulse. Dabei verweist der eine auf die für das Märchen typische soziale Problematik, während der zweite von der Weitergabe des Lebens seinen Ausgang nimmt. Elementare soziale und vitale Interessen stehen im Märchen immer wieder im Mittelpunkt. Zu ihnen gehören die Erfahrung der Armut und des Hungers wie in *Hänsel und Gretel* oder in *Der süße Brei:* »Es war einmal ein armes, frommes Mädchen,

Einmal waren sieben Schwaben beisammen, der erste war der Herr Schulz, der zweite der Jackli, der dritte der Marli, der vierte der Jergli, der fünfte der Michal, der sechste der Hans, der siebente der Veitli; die hatten alle siebene sich vorgenommen, die Welt zu durchziehen, Abenteuer zu suchen und große Taten zu vollbringen.
Aus: *Die sieben Schwaben.*

das lebte mit seiner Mutter allein, und sie hatten nichts mehr zu essen.«

Die schlechte Behandlung durch die Stiefmutter treibt die Geschwister im Märchen *Brüderchen und Schwesterchen* fort in die weite Welt. Mitunter aber ist das Reisen wie in den *Sieben Schwaben* nur Ausdruck des Wunsches, die Welt zu durchziehen und Abenteuer zu erleben. Auch hier bildet die Erfahrung eines Mangels, genauer: der persönlichen Enge, den Anlass des Erzählens.

Charakteristisch für das Märchen sind Versprechen, Weissagungen und Flüche, die Handlungsfolgen auslösen. Das großtuerische, nicht einzulösende Versprechen des Müllers in *Rumpelstilzchen,* seine Tochter könne Stroh zu Gold spinnen, setzt eine spannende Handlung in Gang, die zunächst tragisch zu enden droht. Lebensbedrohend ist auch der Fluch der dreizehnten Fee in *Dornröschen,* die der neugeborenen Prinzessin prophezeit, sich im fünfzehnten Jahr an einer Spindel zu stechen und tot umzufallen. Eine abenteuerliche Handlung leitet im Märchen *Der Teufel mit den drei goldenen Haaren* die Weissagung ein, das in einer Glückshaut geborene Söhnlein einer armen Frau werde im vierzehnten Jahr eine Prinzessin heiraten. Vergleichbar sind auch solche Märchen, in denen Wünsche den Handlungsgang bestimmen.

Eine besondere Rolle spielen im Märchen Verwünschungen und Verzauberungen, durch die der Mensch seine Identität verliert. Eine böse Zauberin verwandelt in *Jorinde und Joringel* ein schönes Mädchen vor den Augen ihres Liebsten in eine Nachtigall. In diesen Zusammenhang gehören die Märchen um den Tierbräutigam, der sich nach Erlösung sehnt. Im Grunde ist auch Fouqués *Undine* ein solches Erlösungsmärchen. Der Mensch aber, dem es auferlegt ist, die Natur zu erlösen, indem er sie humanisiert, scheitert an sich selbst.

Überhaupt ist die Verlust- und Mangelerfahrung als Erzählimpuls im Kunstmärchen deutlich ausgeprägt. Goethes *Märchen* wird provoziert durch das geschichtliche Chaos, in das die Französische Revolution den Menschen gestürzt hat. Tiecks *Blonder Eckbert* erzählt von dem nicht wieder gutzumachenden Verlust der Waldeinsamkeit, der Erfahrung der Lebensganzheit, deren Verlust auch Contessas Märchen *Das Gastmahl* auslöst. Ganz im Stil des Volksmärchens ist es in Brentanos *Hinkel, Gockel und Gackeleia* die Armut, die auf Ausgleich drängt, indem sie von Möglichkeiten ihrer Überwindung erzählt. In Storms *Regentrude* bildet die anhaltende Dürre, die das Land austrocknet, den entscheidenden Erzählimpuls. Noch Peter Rühmkorfs Märchen sind geprägt von dem gravierenden Verlust an Lebensmöglichkeiten in der modernen Welt, die fortlaufend Leben zu vernichten droht, anstatt es aufzubauen, so dass der Märchenwunsch nach einem erlösenden Wunder übermächtig wird.

Das Märchen, betrachtet unter dem Aspekt seiner handlungsauslösenden Motivik, drängt aus einer erlösungs- und erfüllungsbedürftigen Gegenwart in eine Zukunft, in der alle Mängel ausgeglichen sind, die schlimmen Prophezeiungen unwirksam werden, die guten sich aber erfüllen und der Mensch zu sich selbst und zu seinem Glück findet.

Waldeinsamkeit
Wie liegst du weit!
O dich gereut
Einst mit der Zeit. –
Ach einzge Freud
Waldeinsamkeit!
Ludwig Tieck:
Der blonde Eckbert.
Lied des Vogels.

Illustration von Joan Cozacu zu Storms *Die Regentrude.*

Personen und Dinge des Märchens sind im allgemeinen nicht individuell gezeichnet. [...] Die meisten Personen bleiben überhaupt unbenannt, sie sind einfach Königin, Stiefmutter, Schwester, Soldat, Schmied oder Bauernjunge.
Max Lüthi: *Märchen.* Stuttgart, 7. Aufl. 1979. S. 25.

Das Personal

Die Figuren im Märchen gewinnen in aller Regel kein individuelles Profil. Sie sind Repräsentanten typischer gesellschaftlicher Rollen und Verhaltensweisen, exemplarische Aktionsträger sozialer Perspektiven sowie Verkörperungen fundamentaler Kräfte. Das Märchen bietet in eher konservativer Pointierung das gesamte gesellschaftliche Spektrum und thematisiert immer wieder Möglichkeiten des sozialen Aufstiegs. Besondere Aufmerksamkeit gilt der sozialen Situation der armen Leute und dem Verhältnis von Jung und Alt. Bewusst ist sich das Märchen stets der positiven wie negativen Kräfte, denen der Einzelne im Guten wie im Bösen ausgesetzt ist und die es zu nutzen bzw. abzuwehren gilt. Gesellschaftliche Rollenträger und phantastische Figuren bewegen sich im Märchen auf einer Handlungsebene.

Die Gesellschaft

Die Gesellschaftsstruktur im Märchen ist geprägt von einem unübersehbaren sozialen Gefälle. Den Königen und Fürsten steht eine breite Schicht von Bauern, Handwerkern und armen Leuten gegenüber, während das wohlhabende Bürgertum und die Geistlichkeit kaum vertreten sind. Insbesondere im morgenländischen Märchen erscheint allerdings mitunter der erfolgreiche Kaufmann. Im Kunstmärchen spielt das Bürgertum eine größere Rolle.

Umschlaggestaltung zu Ulf Diederichs: *Who's who im Märchen* von Angelika Fritsch.

Könige und Königinnen

Absolutistische Züge zeigt der König nur im französischen Feenmärchen. Sonst tritt er eher auch seinen Untertanen als ein rechter Familienvater entgegen. Sein Königreich trägt unverkennbar Züge einer dörflichen Gutsherrschaft. Seine beherrschende gesellschaftliche Stellung spiegelt sich vor allem in der Prachtentfaltung und den ausgedehnten Festen *(Aschenputtel, König Drosselbart)*. Vor allem ist er ein unbeirrbarer Vertreter des Rechts und der Gerechtigkeit *(Die Gänsemagd)*. Die Ehe ist ihm höchstes Gut.

Wo die Tochter zögert oder sich gar sträubt, tritt er kompromisslos für die Verbindung der Geschlechter ein *(Der Froschkönig, Der gelernte Jäger, König Drosselbart)*.

Darstellung des Märchenkönigs. Aus *Die schönsten Märchen der Gebrüder Grimm und anderer*

Im Kunstmärchen wird sein Bild schillernder. Der Herrscher Paphnutius in Hoffmanns *Klein Zaches* ist ein aufklärerisch bornierter, ebenso beschränkter wie engherziger Fürst, der in seiner Poesie- und Phantasiefeindlichkeit den offenen Spott herausfordert. Oscar Wilde zeichnet seinen Prinzen als einfühlsamen Menschen mit einem Herzen für die Notleidenden. Die unbelehrbaren Staatsoberhäupter in Kästners *Märchen von der Vernunft* geben Unsummen für die Kriegführung aus, anstatt das Geld für die Verbesserung der Lebensbedingungen zu verwenden. Kritisch fällt auch das Urteil über die Herrscher in Calvinos *Die Hose des Teufels* aus. Kriegserklärungen fordern kostspielige Aufrüstungen heraus. Der familiär-provinzielle Zuschnitt des Königs im Volksmärchen weicht im Kunstmärchen einer mehr kritischen Stellung zu den Machthabern, die offenbar nur noch dann Anerkennung erfahren, wenn sie soziales Mitgefühl erkennen lassen.

Stärker noch als der König ist die Königin auf Grund des weiblichen Erwartungsmusters in die Familie und die Familienplanung einbezogen. Oft ist sie erfüllt von der Sorge um den Nachwuchs, der sich nicht einstellen will *(Dornröschen, Die Nelke, Das Eselein)*. Dominiert ist ihr Wesen vom Mütterlichen. Das gilt auch noch dort, wo sie ihren eigenen Nachwuchs favorisiert und die Stieftochter an den Rand drängt wie in Basiles Aschenputtelversion. Das Mütterliche bzw. Stiefmütterliche bestimmt auch das Verhalten der Frau aus den unteren Schichten *(Hänsel und Gretel, Aschenputtel, Von dem Machandelboom)*. Deutlich wird dadurch einmal mehr, dass bei der Königin weniger der ständische als der allgemeinmenschliche Aspekt im Vordergrund steht. Mitunter aber, insbesondere bei der Königin, tritt das Weibliche auch als handlungsbestimmend hervor. In *Schneewittchen* treibt der Neid auf die überlegene Schönheit ihrer Stieftochter die Königin um, so dass sie sogar Mordpläne schmiedet und versucht, sie in die Tat umzusetzen. Wo das Weibliche das Mütterliche usurpiert, verwickelt sich die Frau in schwere Schuld.

Darstellung der Prinzessin im Märchen *Der Froschkönig*

Prinzen und Prinzessinnen

Prinz und Prinzessin besetzen im Märchen die Rollen des Liebhabers und der Geliebten, des werbenden jungen Mannes und der umworbenen jungen Frau, mitunter noch im Mädchenalter. Beide sind immer schön und von reiner Gesinnung, Idealgestalten, in denen sich das Engagement des Märchens für die junge Generation spiegelt. Prinz und Prinzessin meinen nicht in erster Linie Personen von Adel, sondern ganz allgemein junge Leute, die nach dem Willen der Natur in Liebe zueinander entbrennen. Liebe ist eine unwiderstehliche Macht, verantwortlich für die Weitergabe und den Fortbestand des Lebens. In kaum einer anderen Figurenkonstellation kommt der vitale Optimismus des Märchens so überzeugend zum

> Es war einmal ein Prinz, der wollte eine Prinzessin heiraten, aber es sollte eine wirkliche Prinzessin sein. Da reiste er in der ganzen Welt herum, um eine solche zu suchen, aber überall war etwas im Wege. Prinzessinnen gab es genug, aber ob es wirkliche Prinzessinnen waren, konnte er nicht herausfinden. Immer war etwas, was nicht so ganz in Ordnung war. Da kam er denn wieder nach Hause und war ganz traurig, denn er wollte doch so gern eine wirkliche Prinzessin haben.
> Hans Christian Andersen, *Die Prinzessin auf der Erbse*.

Ausdruck. Das Märchen zögert nicht, einfache Mädchen wie Aschenputtel in den Kreis der Prinzessinnen einzubeziehen, da für den Märchenerzähler nicht der Adel der Geburt, sondern allein der Adel des Herzens und der Liebe zählt.

Bauern und Handwerker

Bauern und Handwerker sind allgegenwärtig. Ihre Sichtweise bestimmt im Grunde die Perspektive des Märchens. Bauern, Müller, Fischer, Schneider, Holzhacker u. a. bilden ein ländlich-dörfliches, vorindustrielles Gesellschaftsprofil. Die wirtschaftlichen Verhältnisse sind in aller Regel kärglich. Manchmal reicht es nicht einmal zum Lebensnotwendigen. Charakteristisch für die bäuerlich-handwerkliche Schicht aber ist ihr praktischer Lebenssinn, eine bestimmte Lebensklugheit, die aus dem Wenigen noch das Beste zu machen versteht. Als besonders lebenstüchtig gilt offenbar der Schneider. Sowohl im *Tapferen Schneiderlein* als auch im *Klugen Schneiderlein* meistert der Schneider schwierige Aufgaben mit List und Phantasie und steigt gesellschaftlich bis in die höchsten Ränge auf. Abgewertet werden alle Formen der Faulheit und des Mangels an persönlichem Einsatz *(Die faule Spinnerin)*.

Illustration zu *Das tapfere Schneiderlein* von Svend Otto S.

> Im Märchen ist fast immer der Arme zugleich der ethisch Gute im Gegensatz zu dem bösen Reichen: Von reichen Leuten kommt nur alle hundert Jahre einer in den Himmel.
> Lutz Röhrich: *Märchen und Wirklichkeit.* Wiesbaden, 1974. S. 212 f.

Skeptisch beurteilt man solche Berufsgruppen, die sich nicht in erster Linie mit ihrer Hände Arbeit durchs Leben bringen. Den Wundärzten im Märchen *Die drei Feldscherer* wird übel mitgespielt. Ihre Kunst besteht offenbar nur darin, die Mängel wieder zu beheben, die sie selbst angerichtet haben. Kritik erfährt vor allem der Reiche, der selbstsüchtig und hartherzig kein Herz für die andern zeigt und am Ende den Schaden hat *(Der Arme und der Reiche)*. Überhaupt spielen soziales Engagement und solidarisches Verhalten eine große Rolle im Märchen. Wer wenig hat, teilt es noch mit dem, der nichts hat, und wer in Not ist, fordert die Hilfe des anderen heraus. Geschwister treten ebenso für einander ein wie die Eltern für die Kinder und die Jungen für die Alten *(Brüderchen und Schwesterchen, Hänsel und Gretel)*. Wo dies nicht geschieht, sprechen sich die egoistisch Handelnden ihr eigenes Urteil.

Die oft kümmerlichen Lebensverhältnisse der Handwerker und Bauern sind aber auch der Nährboden für die Märchenträume. Zwischen der höchsten und der untersten Schicht sind im Märchen keine Grenzen gezogen. Jeder trägt den Schlüssel zu seinem persönlichen Glück in sich selbst. Der Habenichts kann am Ende selbst König oder Sultan werden *(Hans mein Igel, Das tapfere Schneiderlein, Aladin und die Wunderlampe)*. Der Märchenheld ist immer der unbeirrbare Glücksucher und nicht selten der soziale Aufsteiger. Je bedrückender die soziale Wirklichkeit ist, desto üppiger gedeihen die Träume von Aufstieg und Erfolg. Geradezu thematisch konstitutiv ist die Glückssuche im orientalischen Märchen. Sindbad, Ala-

> Dem Haus des Herrn Pineiß gegenüber war ein anderes Haus, dessen vordere Seite auf das sauberste geweißt war und dessen Fenster immer frisch gewaschen glänzten. Die bescheidenen Fenstervorhänge waren immer schneeweiß und wie soeben geplättet, und ebenso weiß war der Habit und das Kopf- und Halstuch einer alten Beghine, welche in dem Haus wohnte. [...] So weiß und hell aber das Haus der Beghine nach der Straße zu aussah, so schwarz und räucherig, unheimlich und seltsam sah es von hinten aus. [...] und ein großer Schornstein ragte unheimlich in die Luft. Aus diesem Schornstein aber fuhr in der dunklen Nacht nicht selten eine Hexe auf ihrem Besen in die Höhe, jung und schön und splitternackt [...].
> Gottfried Keller, *Spiegel das Kätzchen.* Ein Märchen.

din und Ali Baba erfüllen die Rolle des Märchenhelden, weil sie Glück haben und ihren optimistischen Glauben an das Glück an ihre Leser weitergeben.

Spießbürger. Illustration von Friedrich Hechelmann aus E.T.A. Hoffmanns *Klein Zaches genannt Zinnober.*

Das Kunstmärchen bietet oft einen anderen sozialen Ausschnitt und verfolgt eine andere Aussagetendenz. Fast immer spielt das Bürgertum eine größere Rolle wie etwa in Hoffmanns *Der goldne Topf* und Kellers *Spiegel das Kätzchen.* In beiden Fällen wird der verspießerte und heuchlerische Bürger zur Zielscheibe des Spotts. Diese Tendenz setzt sich über Wilde und Hesse bis in die Gegenwart fort, Spiegel der sich gerade im Kunstmärchen artikulierenden Opposition von Bürger und Künstler. Erlebt und erlitten wird die geistige Verflachung, die Verzweckung aller Lebensverhältnisse. In der Welt der Kunstmärchen rückt der Aussteiger mehr und mehr an die Stelle des Aufsteigers. Undine kehrt, tief verletzt und enttäuscht, in ihr Element zurück, Peter Schlemihl setzt sich in seinen Siebenmeilenstiefeln von einer das Geld vergötzenden Welt ab, der er kurzfristig selbst verfallen gewesen war, und auch Prosper Alpanus in Hoffmanns *Klein Zaches* kehrt einer Gesellschaft heilloser Spießerexistenzen den Rücken. Der wahre Dichter kann wie in Hesses Märchen *Der Dichter* nur jenseits der Menschen zu sich selbst und seiner genuinen Begabung finden. Das Happyend des Kunstmärchens ereignet sich weniger im Einklang mit der Welt als in der Distanzierung von ihr.

Denn Freund Rübezahl, sollt ihr wissen, ist geartet wie ein Kraftgenie; launisch, ungestüm, sonderbar; bengelhaft, roh, unbescheiden; stolz, eitel, wankelmütig, heute der wärmste Freund, morgen fremd und kalt; zu Zeiten gutmütig, edel und empfindsam; aber mit sich selbst in stetem Widerspruch; albern und weise, oft weich und hart in zween Augenblicken, wie ein Ei, das in siedend Wasser fällt; schalkhaft und bieder, störrisch und beugsam …
August Musäus: *Legenden von Rübezahl. Sechste Legende.*

Phantastische Gestalten

Immer wieder treten im Märchen phantastische Figuren auf, Gestalten, die den menschlichen Erfahrungsraum eigentümlich verfremden und doch zu ihm gehören. Sie können dem Menschen nutzen, aber auch schaden, ihm helfen oder ihn bedrohen. Sie scheinen einem Bereich außerhalb des Menschlichen anzugehören und sind doch aufs Vielfältigste mit der Menschenwelt verbunden. Es gibt kaum ein Märchen, in dem nicht ein Vertreter aus dem phantastischen Ensemble eine Rolle spielt und entscheidende Handlungsimpulse von ihm ausgehen. Ihren Ursprung aber haben sie alle im menschlichen Bewusstsein, das in ihnen seine Hoffnungen und Ängste, seinen Glauben und seinen Aberglauben verkörpert.

Riesen und Zwerge

Der Riese ist die Personifizierung gewaltiger Naturkräfte und übermenschlicher Gewalt, Vertreter eines elementaren, noch weitgehend chaotischen Daseins, wie die kraftstrotzenden nordischen Trolle und der unberechenbare Rübezahl aus dem Riesengebirge. Seine Rolle als Menschen fressender Oger im französischen Feenmärchen verweist auf seine zerstörerische, verschlingende Kraft, die Angst auslöst, aber zugleich auch eine Herausforderung für den Menschen darstellt, der Gefahr entgegenzuwirken. Wie im *Tapferen Schneiderlein* ist die ungebändigte Naturkraft der Phantasie und der List des Menschen in aller Regel unterlegen. Im siegreichen Kampf mit dem Riesen triumphiert der Mensch über das Chaos.

Die sieben Zwerge als sympathische Gesellen, gezeichnet von Walt Disney.

Verkörpert der Riese die sichtbare, übermächtige Kraft ungebändigter Natur, so der Zwerg deren unterirdischen Reichtum. Beide veranschaulichen elementare Naturaspekte. Zwerge bewachen die Schätze in der Erde, sie heben und verschenken sie. Einer ihrer ältesten Vertreter ist Tom Thumb, der Hofzwerg an der Tafel von König Artus, der wegen seiner winzigen Gestalt immer wieder in heikle Situationen gerät. In *Schneewittchen* zeigen sich die Erz schürfenden Zwerge als mitfühlend und gastfreundlich. Oft erweisen sie sich als hilfreiche Wesen, die zu kochen und zu braten verstehen, wie noch in dem Gedicht von den Heinzelmännchen bei August Kopisch. Wo der Zwerg einzeln auftritt, geht von ihm oft eine Gefahr für den Menschen aus. So von dem Kobold im Märchen vom *Rumpelstilzchen* und von dem bösen Zwerg in *Schneeweißchen und Rosenrot*. Durchaus bösartig, aber auch grotesk komisch ist Klein Zaches bei E.T.A. Hoffmann. Im Gegensatz zu den Riesen sind die Zwerge in der Regel klug und scharfsinnig. Im Volksmärchen stehen sie für die elementaren Kräfte einer zwiespältigen Natur, die dem Menschen helfen, aber auch schaden, ihn gefährden oder beschützen kann.

Rumpelstilzchen. Zeichnung von Edward Gorey.

Feen und Nixen

Weibliche Verkörperungen herrschen dort vor, wo es um die Entstehung und den Schutz des Lebens geht. Zentral erfüllt die Fee im französischen Märchen die Aufgabe, Schönheit und Liebe durchzusetzen und den Boden zu bereiten für ein günstiges Schicksal. Die fürsorgliche Fee wird zu einer Art Übermutter, die alle Wünsche, die sich auf irdisches Glück richten, erfüllt. Im deutschen Volksmärchen trägt Frau Holle Züge der Fee, die ihre Gunst aber nur der Fleißigen schenkt. Ganz selten lässt die Märchenfee noch Verbindungen mit den Schicksalsgöttinnen erkennen: Ein schlimmes Schicksal verkündet die dreizehnte Fee in *Dornröschen*. Ihr vernichtender Spruch aber wird am Ende von den anderen Feen erheblich abgemildert und in letzter Konsequenz ganz aufge-

hoben. Die Fee, sofern sie im französischen Märchen auftritt, ist Garantin des Märchenglücks schlechthin. In ihr ist der Glaube an die Erfüllung aller irdischen Wünsche verkörpert.

Die Vorstellung, dass das Leben aus dem Schoß des Wassers entsprungen ist, war Anstoß für den Volksglauben, Seen, Flüsse und Brunnen mit weiblichen Wesen zu bevölkern. Wasserfrauen und Nixen sind Verkörperungen elementaren Lebens. Als reine Natur unterliegen sie nicht den menschlichen Moralbegriffen. Sie sind weder gut noch böse, können aber durch die Berührung mit den Menschen durchaus soziale Gefühle entwickeln, ja, sie sehnen sich oft nach menschlichen Begegnungen. Undine verliebt sich in den Ritter und fühlt sich erlöst und veredelt durch seine Liebe. In Eduard Mörikes *Historie von der schönen Lau* erfreut die Wasserfrau im Blautopf bei Blaubeuren den Menschen einerseits mit dem Anblick des idyllischen Sees, andrerseits aber erschreckt sie ihn auch, wenn sie das Wasser ansteigen lässt und Gärten und Felder überflutet. Erst als sie Zugang zu den Menschen findet und zu lachen lernt, zeigt sie menschliche Züge. Mensch und Element bilden keine Gegensätze, sondern können im gegenseitigen Verstehen miteinander leben. Gerade das animistische Verständnis des Wassers offenbart die elementare Lebensauffassung des Märchens.

Die Fee Rosabelverde. Illustration von Friedrich Hechelmann.

Hexen und Zauberer

Die Hexe ist negative Gegenfigur zur Fee. Sie ist nicht schön und jung, sondern hässlich und meistens alt. Ihr Handeln richtet sich nicht auf das Heil, sondern auf das Unheil der Menschen. Sie baut nicht auf, sondern zerstört und verschlingt. Verkörpert die Fee den konstruktiven, so die Hexe den destruktiven Aspekt der Natur. In der Fee auf der einen und der Hexe auf der anderen Seite bildet das Märchen sein dualistisches Weltverständnis ab. Zwischen dem positiven und dem negativen Pol des Daseins ist der Mensch aufgerufen, sich zu behaupten.

Die grausamsten Hexen im deutschen Volksmärchen treten auf in *Hänsel und Gretel* und *Frau Trude,* die mit dem Teufel im Bunde ist. In beiden Fällen richtet sich die verschlingende Aggressivität der Hexe gegen Kinder, so dass sie als Widersacherin des Lebens überhaupt erscheint. Die Stiefmutter nimmt gelegentlich Züge der Hexe an. Eindrucksvoll in *Schneewittchen,* wo die ältere Frau die schöne, junge Rivalin mit teuflischen Mitteln auszulöschen versucht.

Im Kunstmärchen tritt die Hexe auffällig zurück. Das hexenhafte Äpfelweib in Hoffmanns *Der goldne Topf* agiert zwar durchaus bösartig, bleibt aber in letzter Konsequenz wirkungslos. Die Hexe in Christian Andersens *Das Feuerzeug* ist ausgesprochen harmlos. Sie weist dem Soldaten den Weg zu großen Schätzen für ein Feuerzeug, das er für sie heraufholen soll. Als sie ihm aber die Aufklärung über das Feuerzeug, das ein Wunschfeuerzeug ist, verweigert, schlägt er ihr kurzerhand den Kopf ab und macht mit dem Feuerzeug selbst sein Glück. Franz Fühmanns *Anna, die Humpelhexe* ist ein aufgewecktes, unternehmungslustiges junges Mädchen, das aus seiner Beinbehinderung das Beste macht und erfolgreich ist. In einer aufgeklärten Welt scheinen die Hexe und mit ihr der Glaube an das heillos Böse ihren Platz verloren zu haben.

Mitunter sind die Übergänge zwischen Hexe und Zauberer fließend. Beide gehören ursprünglich in den Bereich des Dämonisch-Abgründigen. Unheimlich ist die Hexe in *Jorinde und Joringel,* weil sie dem Menschen seine natürliche Gestalt und mit ihr seine menschliche Identität durch Zauberkraft nehmen kann. Magie, die unkontrollierbare Kraft, über andere zu herrschen und

Märchenbücher, Märchenspiele und Bilder haben das Bild der Hexe typisiert und z. B. als Schreckgestalt der Kinder allgemein verbreitet (krumme Nase, triefende Augen, rotes Haar, Buckel, hagere Gestalt, Stock, Kopftuch). Stichwort »Hexe« im *Wörterbuch der deutschen Volkskunde.*

Die Hexe. Illustration von Mouche Vormstein.

»Potz Mekka und Medina! Das wäre ein schlechter Spaß, wenn ich ein Storch bleiben müßte! Besinne dich doch auf das dumme Wort, ich bring es nicht heraus.« »Dreimal gen Osten müssen wir uns bücken, und dazu sprechen: »Mu – Mu – Mu –.«
Sie stellten sich gen Osten und bückten sich in einem fort, daß ihre Schnäbel beinahe die Erde berührten. Aber, o Jammer! Das Zauberwort war ihnen entfallen, und sooft sich auch der Kalif bückte, so sehnlich auch sein Wesir »Mu – Mu –« dazu rief, jede Erinnerung daran war verschwunden, und der arme Chasid und sein Wesir waren und blieben Störche.
Wilhelm Hauff: *Die Geschichte von Kalif Storch.*

sie dem eigenen Willen zu unterwerfen, wurde besonders in feudalen und absolutistischen Zeiten gefürchtet, weil man darin eine Entsprechung zu den eigenen Lebensverhältnissen sah.

Im Märchen wird die Macht des Zauberers am Ende stets gebrochen. Der Königssohn, der in die Gewalt eines Zauberers gerät, wird der Geliebte der jüngsten Tochter des Zauberers, die ihm beisteht, alle Schwierigkeiten zu meistern *(Die beiden Königskinder)*. In den Märchen *Kalif Storch* und *Zwerg Nase* von Wilhelm Hauff nimmt die Zauberei komisch-groteske Züge an. Die englischsprachige Kinder- und Jugendliteratur deutet den Zauberer neuerdings positiv um. Sowohl in Tolkiens *Herr der Ringe* als auch in dem Bestseller *Harry Potter* wird der phantasievolle Zauberer zur Identifikationsfigur für den selbstbewussten und selbstbestimmten Heranwachsenden.

Der Teufel und der Tod

Der Teufel im Märchen ist im Unterschied zum Sagenteufel eher harmlos. Er verschafft zwar Geld und sorgt für allerlei Annehmlichkeiten, um die Seele des Menschen einzufangen, kommt aber niemals dazu, den Pakt einzulösen. In der Rolle des betrogenen Betrügers wird er zu einer beliebten Schwankfigur. In *Bruder Lustig* zeigt er sich dem Soldaten am Ende nicht gewachsen. Ähnlich ergeht es ihm in Märchen wie *Der Bauer und der Teufel* und *Der Schmied und der Teufel*. In

Peter Schlemihl versorgt er den Helden mit Fortunati Glückssäckel, als er aber im zweiten Vertragsschritt für die Rückgabe des Schattens die Seele einfordert, hat er das Nachsehen. Der Märchenerzähler nimmt den Teufel nur bedingt ernst, weil er von dem Vertrauen auf die Erlösung und das Glück des Menschen überzeugt ist.

Gevatter Tod. Zeichnung von Maurice Sendak.

Das ist anders bei der düsteren Gestalt des Todes, vor dessen Macht auch das Märchen nicht in eine Glücksutopie ausweichen kann. Im Märchen vom *Gevatter Tod* stattet der Tod seinen Patensohn mit der Gabe aus, sterbenskranke Menschen wieder gesund zu machen, sofern die Gestalt des Todes am Kopfende des Kranken erscheint. Steht er aber am Fußende, muss der Patient sterben. Einmal überlistet der Patensohn, der inzwischen ein berühmter Arzt geworden ist, seinen Paten, indem er das Bett des kranken Königs einfach umdreht. Beim zweiten Versuch aber, den Tod zu überlisten, ist es um den Arzt geschehen »Es ist aus mit dir.« Anschließend führt der Tod sein Opfer in eine Lichterhöhle, in der der Patensohn sein verlöschendes Lebenslicht erblickt.

Anders als mit dem Teufel ist mit dem Tod nicht zu spaßen. Vor der Sterblichkeit muss auch der Märchenoptimismus kapitulieren. Es gibt nur den Weg, das über den Menschen verhängte Schicksal zu akzeptieren, wie es Hans im Glück in dem gleichnamigen Märchen tut, der nach einem erfüllten Arbeitsleben willig heimkehrt zur Mutter Erde, also seinen Tod ohne zu hadern auf sich nimmt. Glück besteht darin, das, was man muss, auch zu wollen.

Der Tod stellte sich, als ob er seinen Wunsch erfüllen wollte, langte ein frisches großes Licht herbei: aber weil er sich rächen wollte, versah er's beim Umstecken absichtlich, und das Stückchen fiel um und verlosch. Alsbald sank der Arzt zu Boden und war nun selbst in die Hand des Todes geraten. *Gevatter Tod.* Kinder- und Hausmärchen gesammelt durch die Brüder Grimm.

Es wäre für die Literaturtheorie ein Vorteil, wenn die Biochemie uns schon bestätigen und regelmäßig formulieren könnte, daß unser Gedächtnis sich eher durch negative Eindrücke bildet, also eher durch Verletzung oder Verlust als durch Wohlsein und Besitz.
Martin Walser, in: *Wie und wovon handelt Literatur.* Frankfurt/Main 1973.

Volksmärchen

Der Märchenerzähler erlebt die Welt und das Leben als unzulänglich. Das Mangelhafte gibt den Anlass zum Erzählen, indem es einen auf Ausgleich gerichteten Erzählprozess in Gang setzt. Die Wahl der Ausgangssituation ist sowohl sozial als auch strukturell bedingt. Sie verweist zum einen auf die Herkunft des Märchens aus den unteren, Mangel leidenden Schichten, zum andern bedarf das Erzählen, um sich entfalten zu können, einer deutlichen Zielspannung. Das Volksmärchen gewinnt gerade in seiner Struktur als elementare Erzählform Gestalt.

Die Hungrigen werden gesättigt werden, die Armen reich, die Unglücklichen glücklich, der Schwache stark und der Heimatlose geborgen werden. Der Verwunschene wird am Ende erlöst sein, und die Totgeglaubten erwachen zu neuem Leben. Der Dümmling wird am Ende der Kluge, und der Betrüger der Betrogene sein. Böses wird seine gerechte Strafe erhalten, Gutes Erfüllung finden, der Faule wird leer ausgehen, der Fleißige aber belohnt werden. Vor allem aber werden die, die sich lieben, trotz aller Irrwege und Hindernisse im Finale zusammengeführt, und den Kinderlosen wird das Glück der Elternschaft zuteil. Der Mangel ist vergessen in der Fülle.

Schneewittchen erwacht aus dem Giftschlaf. Illustration von Friedrich Hechelmann.

In der Geschichte *Der süße Brei* kocht das Töpfchen, da man das einhaltende Zauberwort vergessen hat, eine solche Menge an süßem Hirsebrei, »als wollt's die ganze Welt satt machen.« Aus dem realen Hunger der armen Leute entspringt die Wunschphantasie eines überquellenden Nahrungsangebots. Die dialektische Erzählspannung des Märchens ereignet sich zwischen den Polen eines real erlebten Konflikts und einer fiktiv vorgestellten Lösung.

Der süße Brei. Illustration von Otto Ubbelohde.

Eine Sonderstellung nehmen die Märchen ein, die zentral mit dem kreatürlichen Leben befasst sind. Die sehnlichst herbeigewünschte Geburt eines Kindes ist eine real durchaus erfüllbare Erwartung, da das Leben ja weitergehen muss. Ebenso aber ist auch der Tod das unausweichliche Ziel, auf das das Leben zuläuft. Zwischen Geburt und Tod spannt sich das Spektrum des kreatürlichen Daseins im Märchen. Bei der Geburt des Menschen steht der Tod bereits Pate. Immer wieder erzählen die Märchen vom Verlust der Mutter, wenn das Neugeborene am dringendsten der mütterlichen Fürsorge bedarf *(Aschenputtel, Von dem Machandelboom, Schneewittchen)*. Der Verlust scheint unersetzlich. Schutzlos ist das Kind zunächst einer feindseligen Umgebung ausgesetzt, einer stiefmütterlichen Familie, in der kein Platz mehr ist für seine Lebensansprüche. Das Märchen aber, unbeirrbar engagiert für das junge Leben, duldet nicht, dass es verkümmert und seine Zukunft vernichtet wird. Wenn die Familie es nicht länger schützt und ihm eine Lebenschance gibt, tritt die Natur selbst ein und übernimmt die Fürsorge. Helfende Tiere und die in Zwergen verkörperten elementaren Naturkräfte erfüllen die Schutzaufgabe und retten das hilflose Leben vor dem Untergang. Am Schluss öffnen sich Glück stiftende Perspektiven, oft im Vertrauen auf die letztlich wirksame poetische Gerechtigkeit, ein gesellschaftlicher Aufstieg. Aus der anfänglichen Verlusterfahrung, begleitet von Gefühlen der Verzweiflung und der Angst, entwickelt sich ein von der Zuversicht und der Hoffnung getragenes Gewinnerlebnis.

Die Ente trägt Hänsel und Gretel über ein großes Wasser. Zeichnung von Otto Ubbelohde.

Der Hass der Übelwollenden wird ausgeglichen von der Liebe derjenigen, die Gutes tun. Das optimistische Ende hebt den Pessimismus, von dem die Handlung ihren Ausgang nahm, auf. Auch hier entwirft das Märchen die Fiktion eines Glücks, das keine Wünsche mehr offen lässt. Die Dialektik von Unglück und

»Nee«, säd de Fru un sprüng up, un de Hoor stünnen her to Baarg as Führsflammen, »my is, as schull de Welt ünnergahn, ik will ook henuut of my lichter warden schull.« Un as se uut de Döhr köhm, bratsch! smeet ehr de Vagel den Mählensteen up den Kopp, dat se ganß tomatscht wurr. De Vader un Marleenken höörden dat un güngen henuut: do güng en Damp un Flamm un Führ up von der Städ, un as dat vorby wöör, do stünn de lütje Broder door, un he nöhm synen Vader un Marleenken by der Hand, un wören alle der so recht vergnöögt un güngen in dat Huus by Disch un eeten.
Aus: *Von dem Machandelboom.*

Glück, von erlebtem Unheil und ersehntem Heil, von dem, was ist und von dem, was im Sinne des Menschen sein sollte, begründet die immer wiederkehrende Grundstruktur des Märchens. Es geht dem Märchenerzähler darum, die Realitätserfahrung umzukehren, indem er das Schlimme als grundsätzlich überwindbar, das Gute aber immer und überall für durchsetzbar erklärt. Die Poesie des Märchens triumphiert in der Regel über die gesellschaftlich-geschichtliche Wirklichkeit.

Kunstmärchen

Selbst das Kunstmärchen, das im Ganzen skeptischer eingestellt ist, zeigt sich gelegentlich hingezogen zum dialektischen Optimismus des Volksmärchens. Am überzeugendsten ist es Novalis, Contessa und Storm gelungen, die ursprüngliche Erzählspannung des Genres adäquat umzusetzen.

Das Unglück stiftende Übergewicht des Kopfes über das Herz, der Theorie über den Menschen beschwört in *Hyacinth und Rosenblütchen* eine unheilvolle Konfliktspannung herauf. Die Liebe des jungen Paars droht zu zerbrechen. Der Irrtum löst die Suche nach der Wahrheit aus. Hier beginnt das eigentliche Märchen. Hyacinth findet den Weg zum gelobten Land der verschleierten Isis

Es dünkte ihm alles so bekannt und doch in niegesehner Herrlichkeit, da schwand auch der letzte irdische Anflug, wie in Luft verzehrt, und er stand vor der himmlischen Jungfrau, da hob er den leichten, glänzenden Schleier, und Rosenblütchen sank in seine Arme.
Novalis: *Das Märchen von Hyacinth und Rosenblütchen.*

in Sais, hinter der sich niemand anders verbirgt als Rosenblütchen selbst. Die wahre Göttin ist nicht die abstrakte Philosophie, sondern die Geliebte aus Fleisch und Blut. Sie umarmend, gehen dem Suchenden der Sinn und die Wahrheit des Lebens auf. Zwischen Irrtum und Wahrheit entscheidet sich das Märchen gegen die Vorherrschaft des Kopfes für die Allmacht des Herzens.

In Contessas Märchen *Das Gastmahl* ist der idyllische Einklang von Mensch und Natur durch den zerstörerischen Einbruch der Realgeschichte empfindlich gestört. Erst der Auftritt der in repräsentativen Figuren verkörperten mythischen Urkräfte des Daseins stellt das Gleichgewicht zwischen dem Menschen und den Leben tragenden Elementen wieder her. Natur und Geschichte bilden eine widersprüchliche Spannung aus, die erst im Bekenntnis zum einzig gültigen natürlichen Lebensgrund aufgehoben ist. Am Schluss sind die isolierenden Geschichtskräfte überwunden in der wiedererlangten elementaren Integration.

Die Regentrude erfüllt den Wunsch der Liebenden nach Regen. Illustration von Joan Cozacu.

Nicht nur die zerstörerische Geschichte, sondern auch der materiell und egoistisch bornierte, verkehrte Mensch gefährdet die ursprüngliche Lebensharmonie. Die verheerende Dürre in Storms *Die Regentrude* ist das Ergebnis einer menschlichen Selbstentfremdung von der Natur. Die Rückbesinnung auf das, was das Dasein elementar am Leben erhält, leitet die Erlösung ein. Das Vertrauen auf die vitale Erneuerung weist dem jungen Liebespaar den Weg zur Regentrude, einer mythischen Version der Mutter Erde, die jene segnet, die an sie glauben.

Novalis, Contessa und Storm entwickeln das anspruchsvolle Kunstmärchen aus dem Geist der

Linke Seite: Hyacinth erkennt Rosenblütchen. Illustration von Lutz Grumbach.

Trostlied im Konjunktiv
Wär ich ein Baum, stünd ich droben am Wald.
Trüg Wolke und Stern in den grünen Haaren.
Wär mit meinen dreihundert Jahren
Noch gar nicht sehr alt.
[...]
Humpelten Hunger vorüber und Seuche.
Kämen und schmölzen wie Ostern und
Schnee.
Läg ein Pärchen versteckt im Gesträuche
Und tät sich süß weh.
[...]
Spränge die Flut und ersäufte die Täler.
Wüchse Vergissmeinnicht zärtlich am Bach.
Alles verginge wie Täuschung und Fehler
Und Rauch überm Dach.

Erich Kästner

volksmärchenhaften Glücksdialektik. Der Mangel wird überführt in die Fülle, der Verlust in den Gewinn. Kritisch reflektiert werden ideologische, materielle und kriegerische Verblendungen. Nicht das Abstrakte, die Mächte der Geschichte und der Gesellschaft zählen, sondern das konkrete Gleichgewicht und der Einklang des Menschen mit seinem elementaren Lebensgrund. Das Märchen plädiert für die immer und überall gültigen Urkräfte des Lebens. Wo diese aus dem Blick geraten, gewinnt märchenhaftes Erzählen eine jeweils kompensierende Bedeutung.

Viele bekannte Kunstmärchen aber scheitern dort, wo es um den dialektischen Ausgleich der Mangel- und Verlusterfahrung geht. Der kritisch reflektierende Kunstmärchen-Erzähler sieht die Zugänge zum Happyend verschlossen. Eine humane Erfüllung gibt es in Hoffmanns *Der goldne Topf*, das Muster der Kunstmärchendichtung schlechthin, nur jenseits der bürgerlichen Spießergesellschaft. Die dialektische Aufhebung dessen, was nicht sein sollte und im höchsten Maße auf Überwindung drängt, scheint eigentümlich eingeschränkt auf eine isolierte Privatexistenz. Der Märchenanspruch auf einen allumfassenden, alle einbeziehenden Ausgleich scheint nicht länger einlösbar. Angesichts der realgesellschaftlichen Verwicklungen nimmt auch die Skepsis des Märchenerzählers zu. Das Märchen erscheint verkürzt zu einer fragmentarischen Erzählform, deren Vollendung der produktiven Rezeption anheim gestellt bleibt.

Keller hebt in *Spiegel das Kätzchen* illusionslos den Widerspruch zwischen dem Gebot der Humanität und deren real existierenden Verzerrungen hervor. Die märchenhafte Idylle weicht der realgesellschaftlichen Groteske. Geradezu ins Gegenteil verkehrt ist die

Märchenerwartung in Ödön von Horvaths *Das Märchen in unserer Zeit*. Am Ende stehen nicht Erfüllung und Glück, sondern Verlust und Trauer. Das Wunder und das Wunderbare haben ausgedient. Radikal verkürzt ist das Märchen um die Dimension der Hoffnung. Auch Kästner erzählt in dem *Märchen von der Vernunft* und dem *Märchen vom Glück* von der Usurpation des Wunders durch die Realgeschichte. Angesichts dessen, was täglich geschieht, scheint der Prozess unumkehrbar. Unheil und Unglück nehmen unaufhaltsam ihren Lauf.

In Hans Carl Artmanns Märchencollagen löst sich die Handlung auf zu einem grotesken Vexierspiel mit Personen und Motiven. Das Wunderbare ist nur noch Anlass zu einem virtuosen Artefakt und hat darüber hinaus alle Überzeugungskraft eingebüßt. Aus dem schwindenden Vertrauen in die märchenhafte Stiftung von Erfüllungswelten erwächst die Märchenparodie. Paul Maars *Geschichte vom bösen Hänsel, der bösen Gretel und der Hexe* (1968) dreht die moralische Wertung des Märchens einfach um und entlarvt die Gattung als ein im Grunde erstarrtes Schema. Martin Walser ironisiert in seiner *Auskunft über Dornröschen* (1977) die typische Aussagetendenz: »Alle Märchen sind von Unterdrückten für Unterdrückte. Befreite hätten keine Märchen.« Friedrich Karl Waechter

Karikatur zum Blaubart-Märchen von Janosch.

Die Gretel aber, die ein faules Mädchen war, maulte und sagte, sie könne nicht kochen.
»Dann mußt du eben backen!« rief die Hexe und heizte den Backofen an, um für den Hänsel eigens ein großes Brot zu backen. Als sie aber das Feuer angeschürt hatte und gerade nachsehen wollte, ob recht eingeheizt sei, da gab ihr die arglistige Gretel von hinten einen Stoß, daß die Hexe weit hineinfuhr, machte die eiserne Tür zu, schob den Riegel vor, und die arme Alte mußte elendiglich verbrennen. [...]
In einer Ecke hatte die Hexe eine Kiste mit Perlen und Edelsteinen stehen, die ein Erbstück von ihrem Vater war, einem großen Hexenmeister. Die raubten die beiden Kinder, stopften sich die Taschen voll mit Schmuck und Geschmeide und liefen schnell aus dem Wald.
Paul Maar: *Die Geschichte vom bösen Hänsel, der bösen Gretel und der Hexe.*

Karikierende Illustration von Carl Hollander zu Annie M. G. Schmidt, *Hexen und so.*

persifliert in seiner Version des Märchens vom *Tischleindeckdich* (1972) die jeweils auf Anpassung hinauslaufenden Märchenlektionen. Iring Fetscher schließlich stellt in seinem *Märchen-Verwirrbuch* die überlieferten Wertungen prinzipiell in Frage. Die Parodie *Die Geiß und die sieben jungen Wölflein* (1974) begreift die Aggression des Wolfs als Reaktion auf vorausgegangene aggressive Handlungen der Geiß. Ziel der Märchenparodien ist in allen Fällen die Desillusionierung des naiven Optimismus.

Wo allerdings die Poesie des Märchens noch ursprünglicher verstanden wird, ergibt sich oft ein tragischer Widerspruch zwischen der poetischen Weltsicht und der unpoetischen Wirklichkeit. Die Nachtigall in Oscar Wildes *Die Nachtigall und die Rose* stirbt einen sinnlosen Tod, da die Rose, die sie mit ihrem Herzblut gefärbt hat, um den Jüngling ans Ziel seiner Wünsche zu bringen, zuletzt achtlos in den Schmutz getreten wird. Die Welt mit ihrem vordergründigen Egoismus hat den Sinn für das Mysterium

Buchumschlag zu Iring Fetscher, *Der Nulltarif der Wichtelmänner. Märchen und andere Verwirrspiele.*

der Liebe verloren. Versunken ist die Zeit, in der Poesie, Schönheit und Liebe in harmonischer Verschmelzung ein erfülltes Dasein entwarfen. Aber gerade weil sich die Menschen von allem Märchenglück entfernt haben und sich selbst fortgesetzt austreiben aus einem beglückenden Leben, bedürfen sie des Wunders. Entschieden tritt Peter Rühmkorf in seinem *Hüter des Misthaufens* für das Wunderbare ein, weil nichts mehr sonst den Menschen aus seinem selbstfabrizierten Chaos zu retten vermag.

Ganz verloren aber scheinen die Märchenparadiese noch nicht. Nur gilt es, sie nicht länger in utopischen Fernen zu suchen, abgehoben vom Alltag und der konkreten Erfahrung. Die Märchendichtung *Der alte Garten* von Marie Luise Kaschnitz öffnet den Blick für die kleinen Paradiese nebenan. Erreichbar durch ein Gartentor, das aus den unwirtlichen modernen Lebensverhältnissen hinausführt in eine vital wachsende, blühende Naturlandschaft und den, der zurückkehrt, vergewissert, dass es den alten Garten so lange geben wird, wie der Einzelne bereit ist, ihn zu erhalten. Marie Luise Kaschnitz erzählt das Realmärchen von den konkreten Paradiesen vor der Haustür. Der dem Märchen eigentümliche dialektische Ausgleich, die Überführung eines ungenügenden in einen erfüllten Zustand, scheint dann wieder erreichbar, wenn die weiterhin bestehenden positiven Daseinsmöglichkeiten wahrgenommen werden, anstatt sich in unerfüllbaren Träume zu verlieren.

Da erhob sich sogleich allenthalben ein fröhlicher Lärm. Die Glockengeister klingelten mit ihren Glöckchen, die Grillen zirpten und die Vögel begannen zu singen. Schneller und immer schneller wanderte der Reigen der Geister um die Kinder herum, und in all dem Schwingen und Klingen, Jauchzen und Drehen war es ihnen, als glitten sie in einem luftigen Fahrzeug durch den strahlenden Maimorgen hin, umflattert von Schmetterlingen und Bienen und von heiteren Klängen umweht.
Marie Luise Kaschnitz, in: *Der alte Garten. Ein Märchen.* Frankfurt/M. 1999. S. 275 f.

Die Welt der Volkserzählung nun ist keine Welt des Zaubers, sondern die einer anderen Wirklichkeit; wir befinden uns in der Welt der Symbole, der kennzeichnenden Bilder, welche ihre Bedeutung in sich tragen. Manfred Lurker: *Wörterbuch der Symbolik,* Stichwort Märchen. Stuttgart, 1983.

Symbole

Das Märchen ist wie eine Schatzkammer, gefüllt mit uralten Lebensweisheiten, mit Antworten auf die Fragen nach dem Lebenssinn und den elementaren Daseinswerten. Zugang gewinnt aber nur der, der die sprachlichen Sinnbilder zu entschlüsseln versteht, denn die Märchensprache verwandelt die erlebte Welt in einen symbolischen Bedeutungsraum. Was sich den Sinnen darbietet, ist zugleich Träger und Gestalt eines tieferen Sinns, der dem, der versteht, offenbart, wie er leben soll. Märchenstil verwirklicht sich stets als Sinnbildsprache. Das Bild ist immer beides: visuelles Erlebnis und geistige Einsicht. Die bedeutungsstiftende Verwandlung durch Sprache wird begleitet von der beschwörenden Wortgeste, in der noch das ursprüngliche magische Sprachverständnis wirksam ist. Sprache beschwört durch die ihr innewohnende imaginierende Kraft Möglichkeiten des Daseins.

Sprachlich und stilistisch haben vor allem die Grimmschen Märchen bis heute gültige Erwartungsmuster ausgeprägt. Sie gelten in entsprechend differenzierendem Verständnis insbesondere auch für die Kunstmärchen. Die meisten Märchen spielen in einem elementaren, in der Regel vorindustriellen Handlungsraum – allerdings weniger Ausdruck geschichtlicher Rückständigkeit als Pointierung dessen, was das menschliche Leben im Kern ausmacht.

Der häusliche Bereich und die dörfliche Gemeinschaft sind die Orte, wo der Einzelne zu Hause ist, wo er vor allem Geborgenheit und Schutz erwartet. Dies gilt im Märchen ebenso für das Schloss: nicht ein in erster Linie feudaler Wohnsitz, sondern schützender Lebensraum. Immer wieder aber ist der umgrenzte Bezirk auch Startpunkt für den persönli-

Das Dorf mit seinen eng gedrängten Häusern liegt wie eine schützende Insel in der Weite der Landschaft. Zeichnung von Otto Ubbelohde.

chen Aufbruch. Nur der, der aufbricht, erhält die Chance, sich selbst kennen zu lernen, und kehrt nach mannigfachen Abenteuern zurück in den sozialen Schutzraum, nun allerdings bereichert mit größerer Selbsterkenntnis und mit der Einsicht in die Bedeutung des sozialen Miteinanders. Gerade weil der Märchenheld auf die Gemeinschaft bezogen ist, reagiert er auf Störungen oder gar Ausgrenzungen empfindlich. Wo ihm Schutz und Geborgenheit verweigert werden, droht ihm die persönliche Auslöschung. Hier allerdings ergreift das Märchen regelmäßig Partei für den Ausgegrenzten gegen seine Ausgrenzer, da der Anspruch auf soziale Geborgenheit ein Naturrecht des Menschen darstellt.

Begegnungen und Wiedersehen, aber auch die Feste sind Ausdruck eines starken Gemeinschaftsgefühls, das sich vor allem im Bekenntnis zur Familie manifestiert. Ohne die Familie kann der Einzelne auf die Dauer nicht überleben. Wer gegen den familiären Schutz handelt, stellt den Eigennutz über die gebotene Solidarität und macht sich schuldig. Die Familie ist der soziale Ort, wo die Generationen und die Geschlechter, Jung und Alt, Bruder und Schwester zusammenwirken. Dorf, Haus und Familie sind im Märchen stets Sinnbilder eines an der Gemeinschaft orientierten Lebensvollzugs, getragen von einer elementaren Lebensordnung, die den Einzelnen einbindet in die Gemeinschaft und ihm zugleich Lebenschancen eröffnet.

Illustration von Bernadette: Hänsel findet zurück ins Vaterhaus.

Jenseits des Dorfs dehnt sich eine fremde, nicht selten bedrohliche Welt. Drinnen und Draußen stehen sich beunruhigend gegenüber. Nur selten ist die unbekannte Region hinter den sieben Bergen wie in *Schneewittchen* Ort einer urtümlichen Geborgenheit. Letztlich bietet aber auch die Naturgemeinschaft der Zwerge keinen dauerhaften Schutz. Stets gefährdend

Es war ein schöner Abend, die Sonne schien zwischen den Stämmen der Bäume hell ins dunkle Grün des Waldes, und die Turteltaube sang kläglich auf den alten Maibuchen. Jorinde weinte zuweilen, setzte sich hin im Sonnenschein und klagte; Joringel klagte auch. Sie waren so bestürzt, als wenn sie hätten sterben sollen: sie sahen sich um, waren irre und wußten nicht, wohin sie nach Hause gehen sollten. Noch halb stand die Sonne über dem Berg, und halb war sie unter. Joringel sah durchs Gebüsch und sah die alte Mauer des Schlosses nahe bei sich; er erschrak und wurde todbang.
Aus: *Jorinde und Joringel.*

Illustration von Bernadette. Unheimlich und bedrohlich steht der Wald den ausgesetzten Kindern Hänsel und Gretel gegenüber. Der weiße Vogel weist ihnen den Weg zum Hexenhaus.

ist der Wald, undurchsichtig und voll lauernden Unheils. Hier hausen Hexen und Zauberer, sowie wilde Tiere, die dem Menschen nachstellen. Noch in Fouqués *Undine* hat der Wald nichts von seiner Unheimlichkeit eingebüßt. Auf Gedeih und Verderb sind die Menschen den Launen Kühleborns ausgesetzt. Im sinnbildhaften Dualismus von Drinnen und Draußen spiegelt sich auch hier der Dualismus des Märchens. Unterschiedliche Akzente setzt vor allem Tiecks *Der blonde Eckbert*. In radikaler Skepsis der beschränkten bürgerlichen Welt gegenüber erscheint die Waldeinsamkeit als idyllischer Ort einer ersehnten Harmonie von Mensch und Natur.

Prägt sich das Unheimliche außerhalb der menschlichen Lebensgemeinschaften vor allem atmosphärisch aus, anonym und im Einzelnen nicht fassbar, so stechen im dörflichen Wohnraum einige Detailsymbole hervor. Das anonym Unheimliche weicht den vertrauten heimatlichen Erfahrungen und

Zeichnung von Anastassija Archipowa zu *Frau Holle*. Der Apfelbaum trägt goldene Früchte.

Sinngebungen. Positiv besetzt ist der gesamte vegetative Bereich, das Wachsen und Gedeihen. Von besonderer Bedeutung ist der Baum, der seine Kraft aus der Erde bezieht und Früchte trägt. Der Baum ist zentrales Sinnbild der Erdverbundenheit des Lebens. Dies gilt sowohl im *Märchen von dem Machandelboom,* gemeint ist der Wacholder, als auch für den Wünsche erfüllenden Baum auf dem Grab von Aschenputtels Mutter. Den vegetativen Vitalkräften steht das Leblose gegenüber, das Steinige, Gläserne und Metallische. Gold, Silber und Edelsteine spielen allerdings eine besondere Rolle. Sie stehen für das Edle und Kostbare, stellen aber auch das Verlockende und Verführerische dar, das den Menschen gefährdet und ihn vom rechten Weg abbringt, wie es mit Bertha in Tiecks Eckbertmärchen geschieht. Oft ist die Gestalt des Goldes bedeutsam. Sowohl der Goldring als auch die Goldkugel symbolisieren die Ganzheit und die Einheit. Das Zusammenfügen auseinander gebrochener Ringhälften bedeutet die endgültige erlösende Überwindung der Trennung. In der Kugel ist das Dasein in seiner ganzen Fülle präsent.

Der Goldring wird im Märchen *Die sieben Raben* zum Erkennungszeichen. Illustration von Silvio Neuendorf.

Auffällig oft verweist das Märchen auf den Brunnen. Im Zusammenhang mit der Wassersymbolik offenbart sich in ihm das Vertrauen auf die nie versiegende Lebenskraft. Der Brunnen ist der Schoß des Lebens, parallel zum gebärenden Mutterschoß. Das Wasser des Lebens, exponiert im arabischen Märchen, ist Urkraft

[...] und dem Aschenputtel gab er das Reis von dem Haselbusch. Aschenputtel dankte ihm, ging zu seiner Mutter Grab und pflanzte das Reis darauf und weinte so sehr, daß die Tränen darauf niederfielen und es begossen. Es wuchs aber und ward ein schöner Baum. Aschenputtel ging alle Tage dreimal darunter, weinte und betete, und allemal kam ein weißes Vöglein auf den Baum, und wenn es einen Wunsch aussprach, so warf das Vöglein herab, was es sich gewünscht hatte.
Aus: *Aschenputtel.*

Zeichnung von Otto Ubbelohde zu dem Märchen *Das Wasser des Lebens.*

Als er dem Zwerg begegnete, und dieser fragte, wohin er so eilig wolle, so hielt er an, gab ihm Rede und Antwort und sagte: »ich suche das Wasser des Lebens; denn mein Vater ist sterbenskrank.« »Weißt du auch, wo das zu finden ist?« »Nein,« sagte der Prinz. »Weil du dich betragen hast, wie sich's geziemt, nicht übermütig wie deine falschen Brüder, so will ich dir Auskunft geben und dir sagen, wie du zu dem Wasser des Lebens gelangst. Es quillt aus einem Brunnen in dem Hofe eines verwünschten Schlosses […].«
Aus: *Das Wasser des Lebens.*

und Lebensquell. Im gelegentlich auftauchenden Meer sind die aufbauenden und zerstörerischen Kräfte vereint. Das Meer ist Ausdruck des unendlichen Werdens und Vergehens, Spiegel einer vor allem dynamisch gesehenen Ewigkeit. Ambivalent wie das Meer ist im Grunde auch der Brunnen. Aus ihm entspringt das Leben, zugleich aber weist die Tiefe des Brunnenschachts den Weg zurück in die Erde, Ziel des vollendeten menschlichen Lebens.

Umgeben von seinen Sinnbildern, weiß sich der Mensch verbunden mit den immer und überall gültigen Gesetzen seines Daseins. Nichts ist im Grunde zufällig, alles deutet auf einen tieferen Sinn. Wer die Sinnbilder kennt und sie versteht, dem erschließt sich die einzig Halt gebende Lebensordnung. Sinnbilder sind in der Tat die wahren Schätze einer Lebensweisheit, die dem Einzelnen Sicherheit und Vertrauen gibt für die Zeit seiner diesseitigen Existenz. Fremd sind dem Märchen Zweifel und Kleinmut, weil das Leben aufgehoben ist in einem sinnvollen, zusammenhängenden Ganzen.

Der Glaube des Märchens an den prinzipiell geordneten Zustand des Wirklichen äußert sich sinnfällig im symbolischen Umgang mit den Zahlen. So verweist die Drei mit Blick auf die naturgewollte Einheit von Mutter, Vater und Kind zum einen auf die Familie und im übertragenen Sinn auf allumfassende Glückserfüllung. Die Familie wird zum Maßstab eines Lebens, das keinen Wunsch mehr offen lässt.

Eingebettet ist die Lebensordnung der Familie in die zeitliche Ordnung der Woche, die mit ihren Arbeits- und Ruhephasen den Lebensrhythmus bestimmt. Die Sieben als Zahl der Wochentage wird daher verstanden als Vollendetes, Abgerundetes. Hinter den sieben Bergen begegnet das Leben in seiner Totalität. Eine Unglückszahl ist im Märchen die Dreizehn, da sie den zwölfmonatigen Jahreszyklus übersteigt. Einmal mehr setzt die immer wiederkehrende zeitliche Ordnung, in die auch der Mensch eingebunden ist, Maßstäbe. Alles, was dieser Ordnung zuwiderläuft, droht ins Chaotische abzusinken.

Im symbolischen Verstehen spiegelt sich der Glaube an die stabile Identität von Erscheinung und Wesen. Die sinnbildliche Vorstellung des Märchens bemächtigt sich im Grunde der gesamten sinnlich erfahrbaren Welt. Für das Volks- wie für das Kunstmärchen gilt der Symbolwert bestimmter, immer wieder auftauchender Farben. Weiß zeigt in aller Regel das Reine und Gesunde an, etwas, dem man Vertrauen schenken kann, weil es mit sich selbst übereinstimmt. Mit Rot verbunden, erweckt es den Eindruck ungebrochener Lebenskraft. Rot und Weiß weisen aber auch zurück auf die Minnefarben, auf das Ineinander des Schönen, Makellosen und des Sinnlich-Erotischen. Gelegentlich können Rot und Weiß wegen ihrer starken Sinnbild-

Sieben Zwerge verkörpern die Totalität der Erdkräfte. Illustration von Ruth und Martin Koser-Michaels.

Eine arme Witwe, die lebte einsam in einem Hüttchen, und vor dem Hüttchen war ein Garten, darin standen zwei Rosenbäumchen, davon trug das eine weiße, das andere rote Rosen: und sie hatte zwei Kinder, die glichen den beiden Rosenbäumchen, und das eine hieß *Schneeweißchen*, das andere *Rosenrot*. Sie waren aber so fromm und gut, so arbeitsam und unverdrossen, als je zwei Kinder auf der Welt gewesen sind: Schneeweißchen war nur stiller und sanfter als Rosenrot. Rosenrot sprang lieber in den Wiesen und Feldern umher, suchte Blumen und fing Sommervögel: Schneeweißchen aber saß daheim bei der Mutter, half ihr im Hauswesen oder las ihr vor, wenn nichts zu tun war.
Aus: *Schneeweißchen und Rosenrot.*

Batikbild von Ingritt Neuhaus zu *Schneeweißchen und Rosenrot.*

Das Märchen ist der dichterische Ausdruck des Vertrauens, daß wir in einer sinnvollen Welt geborgen sind und selber uns sinnvoll in sie fügen, sinnvoll handeln und leben, auch wenn wir diese Welt als Ganzes nicht überschauen und nicht verstehen.
Aus Max Lüthi: *Es war einmal ... Vom Wesen des Volksmärchens.* Göttingen, 6. Aufl. 1983. S. 4.

haftigkeit auch als täuschende Lockfarben vorkommen. Das verführerisch leuchtende Rot des Apfels lässt seine tatsächliche Giftigkeit vergessen und das blendend weiße Gefieder des Lockvogels erweckt falsche Hoffnungen. Demgegenüber ist Schwarz im Märchen fast durchgängig die Farbe der Erde und der Fruchtbarkeit. Die homogene positive Besetzung unterstreicht auch hier die Erdverbundenheit des Märchens.

Die Welt ist für den Märchenerzähler im Innersten in Ordnung. Unordnung trägt nur der Mensch in sie hinein, daher wenden sich die Bedingungen letztlich gegen ihn. Das Märchen fingiert mit seiner festgelegten Sinnbildhaftigkeit ein sich selbst erfüllendes Ordnungssystem, in dem stets der Erfolg hat, der nach der Ordnung handelt und ihr vertraut. Wer die Sinnbilder richtig versteht und einsetzt, den führen sie im Finale ans Ziel.

Sinnbilder sind im Grunde aber ausnahmslos magische Sprachzeichen. Bild und Bedeutung werden als identisch verstanden. Der Brunnen bedeutet nicht nur das Leben, er ist das Leben. Ebenso ist das Bild des sich stets drehenden Mühlrades mit seiner Bedeutung der ewigen Wiederkehr unauflöslich verschmolzen. Wer fest an die Magie des Wort- und Bildzeichens glaubt, dessen Wünsche werden am Ende erfüllt. Die Königin, die sich ein Kind so weiß wie Schnee, so rot wie Blut und so schwarz wie Ebenholz wünscht, wird in der Tat Mutter einer Tochter, in der sich alle Wünsche erfüllt haben. Zeichen, Symbole und Worte üben von sich aus die ihnen zukommende

Zeichnung von Otto Ubbelohde. Das Mühlrad verweist auf die ewige Wiederkehr des Lebens.

Wirksamkeit aus. In der Magie nimmt der Wunsch in der menschlichen Vorstellung Gestalt an und tritt in die Wirklichkeit ein. Die Sesamhöhle, die tief in den Berg eingelassene Schatzkammer, öffnet sich dem, der mit den magischen Sprachzeichen umzugehen versteht. In ihnen begegnet er dem den Zeichen innewohnenden Wesen der Dinge. Wichtig ist nur, dass er das Zauberwort trifft. Das aber setzt voraus, dass der Mensch alles, was ihn umgibt, als ein im Innersten Zusammenhängendes und Komplexes begreift.

Formeln

Formelhaftes Sprechen, das nur dann den gewünschten Erfolg hat, wenn man die vorgeschriebene Wortwahl und die Wortfolge einhält, gehört zu den urtümlichsten magischen Sprachgebärden. Mit seiner Sprache gewinnt der Einzelne Macht über seine Welt und die Dinge, die ihren Lauf bestimmen. Eine festgelegte, standardisierte Wortfolge ruft den Butt herbei, der offenbar fast alle Wünsche zu erfüllen vermag; das Bäumchen wirft Gold und Silber über Aschenputtel, wenn das Mädchen eine bestimmte Formel ausspricht; auf den Befehl »Knüppel, aus dem Sack!« springt der Knüppel heraus und verhilft dem Sprecher zu seinem Recht und im Spiegel an der Wand erscheint auf ein beschwörendes Wort hin das gewünschte Bild.

Die Sprache im Märchen geht stets über die bloße Information hinaus. Sie ist Ausdruck emotionaler und

> Auf eine Zeit war das Mädchen ausgegangen, da sprach die Mutter: »Töpfchen, koche«, da kochte es, und sie ißt sich satt; nun will sie, daß das Töpfchen wieder aufhören soll, aber sie weiß das Wort nicht. Also kocht es fort, und der Brei steigt über den Rand hinaus und kocht immerzu, die Küche und das ganze Haus voll, und das zweite Haus und dann die Straße, als wollt's die ganze Welt satt machen, und ist die größte Not, und kein Mensch weiß zu helfen. Endlich, wie nur noch ein einziges Haus übrig ist, da kommt das Kind heim und spricht nur: »Töpfchen, steh«, da steht es und hört auf zu kochen; und wer wieder in die Stadt wollte, der mußte sich durchessen.
> Aus: *Der süße Brei.*

Der Froschkönig reicht der Prinzessin die goldene Kugel aus dem Brunnen. Sinnbildlicher Verweis auf die tiefe Verbundenheit allen Lebens. Illustration von Binette Schroeder.

seelischer Zustände und Beschwörung der inneren Daseinsantriebe. Überzeugt ist das Märchen von der organischen Verbundenheit der Welt. Der Glaube an die Beseeltheit der ganzen Natur verleiht den Tieren Sprache und lässt die Dinge lebendig werden. Im animistischen Weltbild ist der Mensch Teil einer Lebensordnung, in der alles noch miteinander verbunden ist, in der der Mensch die Natur noch nicht seinen Zwecken unterwirft, sondern ihren tieferen Sinn versteht, der auch seinem eigenen Leben Sinn gibt.

Sprache, verstanden als Repertoire von Zauberformeln, ist Ausdruck eines tiefen Vertrautseins mit allem, was lebt oder als lebendig angesehen wird. Es ist der Zustand der Sprache vor der Naturentfremdung, in der das Sprechen zum bloßen Informieren verkümmerte, wo das Wort nicht länger mehr Wesensbestimmung ist, sondern beschreibende Zeichenprothese. Auch im sprachlichen Bereich haben sich im Märchen Spuren eines älteren, fast vergessenen Weltverständnisses erhalten. Märchenlektüre bedeutet immer Begegnung mit einem archaischen Bewusstsein – weniger Einladung zu einem nostalgischen Erleben als Herausforderung zum kritischen Vergleich und Anstoß, über die Möglichkeit der Bereicherung des sprachlichen Instrumentariums nachzudenken.

Nicht nur die Handlung, sondern auch die Struktur des Märchens gewinnt durch formelhaftes Sprechen ihren eigentümlichen Sinn. Vertraut sind allen Märchenlesern die Eingangs- und Schlussformeln »Es war einmal ...« und »Wenn sie nicht gestorben sind ...«, die selbst dann noch mitschwingen, wenn sie nicht ausdrücklich ausformuliert sind. Das Märchen erzählt von einer erinnerten Vergangenheit, in der unerfüllte Wünsche, Konflikte und eine Störung der erwarteten Lebensordnung einen Spannungsbogen aufbauen. Doch stets gehört die Störung des harmonischen Gleichgewichts der Zeit an, die einmal war. Längst hat die Märchenordnung zum Ausgleich aller widerstreitenden Kräfte zurückgefunden. Aus der erinnerten Vergangenheit entwickelt die Märchenhandlung konsequent den Ausblick auf ein künftiges, dauerhaft konfliktfreies Leben. Die Schlussformel »Wenn sie nicht gestorben sind ...« formuliert einen Zukunftsverweis, den optimistischen Märchenglauben an die Unverwüstlichkeit des Glücks.

Das Märchen entwirft Möglichkeiten eines erlösten Lebens und beglaubigt das Wunder der Erfüllung und der Erlösung im Medium beschwörender Sprache. Zwischen der erinnerten Vergangenheit der Konfliktspannung und der erhofften Zukunft einer dauerhaften Lösung entfaltet sich die märchenhafte Fiktion. In der Eingangs- und der Schlussformel schlägt sich das Vertrauen auf eine Veränderung der Welt durch Sprache nieder. »Es war einmal ...«: In die Vergangenheit abgedrängt, scheint alles Störende überwunden; »Und wenn sie nicht gestorben sind«: Das einmal erreichte Glück verlangt nach andauernder Zukunft.

Da gingen die Kinder zusammen nach Haus und waren herzlich froh; und wenn sie nicht gestorben sind, leben sie noch. Aus: *Fundevogel.*

Typen des Märchens

Die reiche, internationale Märchenüberlieferung legte es nahe, die Bestände zu systematisieren. Ziel war es vor allem, Orientierungshilfen zu geben angesichts eines nur schwer zu überblickenden Erzählangebots. Im Jahr 1910 veröffentlichte der finnische Märchenforscher

Die Märchentypen nach Aarne/Thompson

I. Die Tiermärchen
II. Die eigentlichen Märchen
  1. Zauber- und Wundermärchen
  2. Legendenartige Märchen
  3. Novellenartige Märchen
  4. Märchen vom dummen Teufel/vom dummen Riesen
III. Schwankmärchen/Lügenmärchen

Antti Aarne sein *Verzeichnis der Märchentypen,* in dem er im Wesentlichen auf finnische, dänische und deutsche Märchen (Grimm) zurückgriff. Eine stark vermehrte Ausgabe folgte achtzehn Jahre später. Der englische Bearbeiter Stith Thompson legte 1961 auch die dritte Bearbeitung mit dem Siebenfachen des ursprünglichen Umfangs vor. Das Werk gilt bis heute als der Linné der Märchenforschung. Es enthält einen Motivindex und ein Typenregister. Erfasst sind über 40.000 Einzelmotive.

Die begrifflich weit gefasste Sammlung beginnt mit den so genannten »Tiermärchen«, in denen die Handlungsimpulse im Wesentlichen von Tieren ausgehen. Unterschieden werden im Einzelnen die Tiere des Waldes, die Haustiere, Vögel und Fische. Breit vertreten ist vor allem der Fuchs als schlaues und

Der gestiefelte Kater ist der Prototyp des helfenden Tieres.

verschlagenes Tier. Prägend für diesen Märchentyp ist das Verhältnis des Menschen zu den Tieren. Dabei tritt das Tier sowohl als Hilfe, aber mitunter auch als Bedrohung auf.

Die so genannten »eigentlichen Märchen« bilden die zweite Hauptgruppe. Im Mittelpunkt stehen die »Zauber- oder Wundermärchen«, gefolgt von »legendenartigen Märchen« und »Märchen vom dummen Teufel oder dummen Riesen«. Entscheidend für die Zuordnung zu den »eigentlichen Märchen« ist der wunderbare, übernatürliche Faktor. Dabei kann es sich wie im *Gevatter Tod* um den übernatürlichen Gegner handeln, gegen den der Mensch keine wirkliche Chance hat, oder wie in *Dornröschen* um die Unglücksfee, deren Zauber sich der Mensch nicht ganz zu entziehen vermag.

Gelegentlich werden dem Helden wie in dem Märchen *Der Teufel mit den drei goldenen Haaren* übernatürliche Aufgaben gestellt. Immer wieder stehen ihm aber auch übernatürliche Helfer wie im *Sterntaler*-Märchen zur Seite. Charakteristisch für die »eigentlichen Märchen« ist die Begegnung mit übernatürlichen Requisiten und Gegenständen wie beispielsweise Aladins Wunderlampe oder dem Tischleindeckdich. Gestalten wie *Der starke Hans* oder *Die vier kunstreichen Brüder* überzeugen durch ihr übernatürliches Können oder Wissen.

Mitunter sind es übernatürliche Indizien oder Attribute, die die Märchenhandlung in Gang setzen. Im *Däumling*-Märchen wie auch in *Das Mädchen ohne Hände* nehmen die offenbar Benachteiligten ihr Schicksal willig auf sich und gelangen gerade deswegen zu ihrem Glück. Aus dem außergewöhnlichen Mangel entspringt schließlich außergewöhnlicher Gewinn. Dabei geht es immer darum, die Defizite auszugleichen.

Unter den »legendenartigen Märchen« sind so genannte religiöse Geschichten zusammengefasst, in denen Gott belohnt und straft, ohne dass er allerdings selbst jeweils ausdrücklich Erwähnung finden muss. Als übermächtig und untrüglich erweist sich in jedem Fall die höhere oder auch poetische Gerechtigkeit, die

Ingritt Neuhaus: Batikbild zu *Das Mädchen ohne Hände* (Ausschnitt).

Wie Aladin so klagte und die Hände rang, drehte er, ohne es zu merken, den Ring, den ihm der Zauberer geliehen hatte, als er ihm die Lampe holen sollte. Da stand plötzlich ein riesengroßer Geist vor Aladin und rief mit schrecklicher Stimme: »Ich bin der Diener dessen, dem dieser Ring gehört. Ich warte auf deine Befehle und werde alles tun, was du o Herr des Ringes, von mir verlangst.«
Aus: *Aladin und die Wunderlampe.*

sich am Ende siegreich durchsetzt. Das Wunderbare erscheint dabei als Triumph der Gerechtigkeit über das Widerrechtliche. Stets wird das Böse geahndet. Im Märchen *Der singende Knochen* wird noch nach Jahren ein Brudermord aufgedeckt und der mörderische Bruder zur Verantwortung gezogen. Dabei wird anstelle des Märchenwunders das religiöse Moment als göttliche Fügung begriffen.

Die »novellenartigen Märchen« verzichten in der Regel auf das Wunderbare. An seine Stelle tritt das für die Novelle charakteristische Unerhörte, das der erzählerischen Entfaltung bedarf. Fast alle Geschichten dieser Gruppe drehen sich um die Liebe, um Werbung und Abweisung, Treue und Untreue, Prüfung und Lösung. Märchenhaft ist der in der Regel versöhnliche Ausgang. Oft gibt es sowohl mehrere märchenhafte als auch mehrere novellistische Bearbeitungen des gleichen Stoffs. Ein typisches Beispiel ist die *Griseldis*-Geschichte, die auch in Boccaccios *Dekameron* auftaucht. Schon das Märchen erzählt vom Schicksal der unschuldig verstoßenen Ehefrau, die alles gehorsam erduldet, bis sie am Ende wieder als Gemahlin des herrischen Markgrafen eingesetzt wird. Anders als in den Volksmärchen spielen hier bestimmte geschichtliche Verhältnisse in die Handlung hinein. Der *Griseldis*-Stoff mit seiner männlichen Überheblichkeit hat seine Wurzeln vor allem in der absolutistischen Gesellschaft. Allerdings ergreift das Märchen

Handlungstypen des novellenartigen Märchens
Die Hand der Königstochter wird gewonnen
Die treue Gattin
Das böse Weib wird gebessert
Der Widerspenstigen Zähmung
Der König und der Bauernjunge
Das kluge Mädchen
Der Räuberbräutigam

Illustration von Anton Dietrich zum Volksbuch *Griseldis*.

am Ende eindeutig Partei für die ungerecht behandelte, unterdrückte Frau.

Die abschließende Untergruppe der »eigentlichen Märchen« bilden die Geschichten vom dummen Teufel oder den dummen Riesen. Sie sind getragen von dem Vertrauen des Menschen auf seine Überlegenheit über das bloß Ungeschlachte und Boshafte. In der Überlistung der rohen Gewalt oder der teuflischen Machenschaften erweist sich der Märchenheld jeweils als der Intelligentere und Phantasievollere. Nicht die Stärke zählt, sondern der erfinderische Geist. Das Böse wird dabei als tölpelhaft und kurzsichtig verharmlost.

Zeichnung von Carl Hollander zu *Der Riese und der Drache*. Der Junge Georg übertölpelt den Riesen.

Die dritte Hauptgruppe setzt sich aus den so genannten »Schwankmärchen« zusammen. Auch hier tritt das Wunderbare auffällig zurück. Mitunter gibt es Überschneidungen mit den Märchen vom dummen Teufel oder den dummen Riesen. Besonders dann, wenn der eingebildet Überlegene am Schluss vor der einfallsreichen List des scheinbar Unterlegenen kapitulieren muss. Daneben nimmt Aarnes Systematik ebenfalls die Schildbürger-Schwänke, Schwänke von Ehepaaren und Lügenmärchen auf. Das Närrische nimmt groteske Züge an und hebt sich in lächerlichen Widersprüchen und komischen Verwicklungen selbst auf. Indem das Närrische in seiner Beschränktheit offenbar wird, soll der Leser den gesunden Menschenverstand als den eigentlichen Maßstab für geordnete Verhältnisse und für die in ihnen lebenden Menschen erkennen. An das Märchen erinnert das Vertrauen auf eine Welt, die in Ordnung ist bzw. in Ordnung gebracht werden kann, in der das Chaos am Ende verlacht wird.

Verwandt mit dem Schwankmärchen ist das Lügenmärchen. Die Übertreibungen ins Unwahrscheinliche und Unmögliche sollen den Leser dazu anhalten, die Lüge zu durchschauen und das Wahre zu erkennen, um diesem zu seinem Recht zu verhelfen.

Titelblatt zu *Lug und Trug. Die schönsten Lügengeschichten der Weltliteratur.*

Die Systematik, so wie sie von Aarne und Thompson erarbeitet worden ist, erfasst ausschließlich das Volksmärchen. Im Kunstmärchen existieren zwar entsprechende Motive, sie sind indes in einen weitgehend individuellen literarischen Aussagekontext einbezogen, der sich einer Verallgemeinerung und Systematisierung entzieht. Gerade die novellenartigen Märchen aber ermöglichen auch Querverbindungen zum Novellenmärchen. Darüber hinaus fügt das Kunstmärchen immer wieder Motive aus dem Volksmärchen

Da waren drei Kerle, wollten einen Hasen fangen, gingen auf Krücken und Stelzen, der eine war taub, der zweite blind, der dritte stumm, und der vierte konnte keinen Fuß rühren. Wollt ihr wissen, wie das geschah? Der Blinde, der sah zuerst den Hasen übers Feld traben, der Stumme, der rief dem Lahmen zu, und der Lahme faßte ihn beim Kragen.
Aus: *Das Dithmarsische Lügenmärchen.*

ein, so dass die Systematik zumindest der besseren Erkenntnis des verwendeten Bestands dienen kann.

Alles in allem sind die Forschungsergebnisse Aarnes und Thompsons hilfreich für eine genauere Identifikation der einzelnen Märchentypen. Vielfältig sind die Klassifikationsmöglichkeiten, während Fragen nach der zentralen Intention des Genres und seiner Struktur unbeantwortet bleiben. Aufbauend auf die differenzierende Katalogisierung hat man vor allem unter strukturellen, volkskundlichen und entwicklungspsychologischen Gesichtspunkten Vertiefungsversuche unternommen.

Max Lüthi stellt mit Blick auf das textlich fixierte Schriftmärchen die »Eindimensionalität«, »Flächenhaftigkeit« und das Fehlen seelischer Tiefendimensionen heraus. Volkskundliche Betrachtungen betonen die Beziehungen zwischen Märchenmotiven und früherem Brauchtum. Hier schließen auch tiefenpsychologische Überlegungen an, indem sie in bestimmten Märchenmotiven verschlüsselte psychische Konflikte aufzudecken versuchen. Bekannt geworden ist vor allem der Versuch, das *Dornröschen*-Motiv mit der Reifungsproblematik heranwachsender Mädchen zu verbinden.

Unter märchendidaktischen Aspekten haben Charlotte Bühlers entwicklungspsychologische Untersuchungen Beachtung gefunden. In ihrem Buch *Das Märchen und die Phantasie des Kindes* (1918, 3. Auflage 1971) parallelisiert sie kindliche Phantasie und märchentypische Strukturmerkmale. Analogiebildung, Auflösen aller Zusammenhänge in Aktivität und Aktion sowie naive Verkettungen des Alltäglichen mit dem Wunderbaren sind danach charakteristisch für kindliches Erleben. Charlotte Bühler schließt aus dieser Sicht auf ein so genanntes Märchenalter, die »magische Lebensphase« des Kindes. Durchgesetzt hat sich allerdings inzwischen die Auffassung, dass das Märchen niemals ausdrücklich an das Kind adressiert war, sondern im weitesten Sinne zur volkstümlichen Literatur gezählt werden muss.

> [...] so können wir sagen, daß in dem Märchen eine Form vorliegt, in der das Geschehen, der Lauf der Dinge so geordnet sind, daß sie den Anforderungen der naiven Moral völlig entsprechen, also nach unserem absoluten Gefühlsurteil »gut« und »gerecht« sind.
> André Jolles, *Einfache Formen.* Tübingen, 3. Aufl. 1975. S. 241.

»... wo das Wünschen noch geholfen hat ...«

Der Satz oder zutreffender Halbsatz, mit dem Wilhelm Grimm das Märchen vom *Froschkönig,* das erste in der Sammlung, einleitet, trifft den Aussagekern der Gattung: »In alten Zeiten, wo das Wünschen noch geholfen hat ...«.

Das Wünschen ist das motorische Element des Märchens. Aus ihm entspringt die Erzählhandlung, der lineare, zielgerichtete Prozess zwischen Wunschäußerung und Wunscherfüllung. Vergleichbar mit einer Initialzündung löst der Wunsch einen Vorgang aus, indem er die Wirklichkeit gleichsam aufsprengt, um sie sich gefügig zu machen. Es ist das Verlangen nach einer besseren Welt, das den Wünschenden umtreibt, nach einem Gewinn, der dem eigenen Leben die lang ersehnte Erfüllung beschert.

Der Wunsch vertraut angesichts einer kärglichen Gegenwart auf eine reiche Zukunft. Es gilt, die Zeitspanne zwischen dem Wunsch und seiner Erfüllung möglichst klein zu halten, da das Verlangen nach Ausgleich eines drückenden Mangels keinen Aufschub duldet. Aus diesem Verlangen erwächst die dem Märchen eigene Erzähldynamik, ein stark raffendes, vorwärts drängendes Erzählen mit unverstelltem geradlinigem Blick auf das Wunschziel. Im Grunde unterscheidet das Märchen nur zwischen einer unerfüllten und einer erfüllten Zeit, zwischen der Zeit, in der die bedürftige Bedürftigkeit das Wünschen provoziert, und der Zeit, in der das Wünschen die Wirklichkeit in ein wunschloses Glück verwandelt hat. Mit dem Happyend ist das Märchen am Ziel. Die Bewegung bricht ab, die Wunscherfüllung bedeutet Vollendung. Die vorwärts drängende Handlung mündet in eine Gegenwart, die, um höchstes Glück zu stiften, dauerhaft sein sollte, nun verkürzt um die Dimension der Zukunft. Zumindest aber ist von neuen Aufbrüchen nicht weiter die Rede. Es ist, als ob die Zeit, nachdem alle Wünsche in Erfüllung gegangen sind, still stände.

Tatjana Hauptmann, Illustration zu *Aschenputtel:* Die Taube erfüllt am Grab der Mutter Aschenputtels Wunsch nach einem Festkleid.

Ziel des Erzählens ist die Überwindung der Zeit in einem als zeitlos empfundenen Zustand, wo die Wunscherfüllung eine bessere und schönere Wirklichkeit erschaffen hat. Aber die Zeit, die noch eintauchen konnte in die Zeitlosigkeit, erscheint merkwürdig entrückt. Irgendwann, so suggeriert das Märchen, hat es sie gegeben, ohne dass jemand Genaueres über diesen Zeitpunkt zu sagen vermöchte. Im Grunde ist es eine mythische Zeit, vielleicht verbunden mit dem uralten Menschenmythos des Paradieses. Auf keinen Fall aber handelt es sich um eine geschichtliche Zeit, die linear fortschreitend, stets aus der Gegenwart in die Zukunft unterwegs ist, rastlos und blind für das Glück des Menschen.

Mit der fixierten Geschichtszeit sind auch die konkreten Orte, an denen sich Geschichte ereignet, ausgegrenzt. Der Mythos geht jeder historischen Zeit voraus. Als Grundform menschlichen Daseins, als Vergegenwärtigung fundamentaler Welt- und Lebensgegebenheiten ist er nicht gebunden an Ort und Zeit, sondern gilt immer und überall. Deshalb verzichten die meisten Volksmärchen auf zeitliche und räumliche Fixierungen.

Davon bildet auch das Märchen von den *Bremer Stadtmusikanten* keine Ausnahme, denn die Tiere kommen niemals in Bremen an, sondern finden irgendwo in der Abgeschiedenheit des Waldes ihr Glück. Das Märchen *Dat Mäken von Brakel* spielt zwar an auf die kleine ostwestfälische Stadt, das Thema aber ist von solch allgemein menschlicher Bedeutung, dass die Ortangabe beliebig und austauschbar ist. Ein heiratslustiges Mädchen bittet die heilige Anna, ihr bald zu einem Mann zu verhelfen. Auslöser der Handlung ist der Wunsch, endlich den Rechten zu finden. Die Heilige mit ihrer Tochter Maria nimmt dabei Züge der Großen Mutter an.

Der Wunsch zu überleben wie in den Bremer Stadtmusikanten sowie der

Die allgemeine Beseelung des Weltalls ist tragendes Prinzip des Mythos. Die mythische Welt ist lebendig und nichts geschieht in ihr kraft abstrakter Prinzipien oder unpersönlicher Gesetzmäßigkeiten. Deshalb erlebt der Mensch durch den Mythos die Wirklichkeit unmittelbar und wird mit ihr vertraut. Die mythische Welt kann auch bedrohend, niemals aber fremd sein.
Aus Manfred Lurker, *Wörterbuch der Symbolik*, Stichwort Mythos. Stuttgart, 2. Aufl. 1983

Illustration von Nikolaus Heidelbach zu *Die Bremer Stadtmusikanten.*

Zeichnung von Otto Ubbelohde zu *Dat Mäken von Brakel.*

Et gien mal 'n Mäken von Brakel na de sünt Annen Kapellen uner de Hinnenborg, un weil et gierne 'n Mann heven wulle un ock meinde, et wäre süs neimes in de Kapellen, sau sank et:
»O hilge sünte Anne,
help mie doch bals tom Manne.
Du kennst 'n ja wull:
He wuhnt var'm Suttmerdore,
Hed gele Hore:
Du kennst 'n ja wull.«
De Köster stand awerst hünner de Altare un höre dat, da rep he mit 'ner gans schrögerigen Stimme: »du kriggst'n nig, du kriggst'n nig.«
Dat Mäken awerst meinde, dat Marienkinneken, da bie de Mudder Anne steiht, hedde üm dat to ropen, da wor et beuse un reip: »pepperlepep, dumme Blae, halt de Schnuten un lat de Möhme kühren.«
Aus: *Dat Mäken von Brakel.*

Wunsch Leben weiterzugeben sind im Märchen von fundamentalem Interesse und gelten für alle Orte und für alle Zeiten. Das Märchen ist eine wunschgesteuerte, konkrete Utopie, getragen von dem Glauben an ihre grundsätzliche Erfüllbarkeit. Wenn genaue Orts- und Zeitangaben ausgespart bleiben oder genauere Angaben wieder relativiert werden, so kommt das einer Aufforderung an den Hörer bzw. Leser gleich, die Wunschhandlung in seinem Lebensrahmen an Ort und Zeit zu binden und sie so in die Wirklichkeit zu überführen.

Märchen erzählen nicht vom Irrealen, von dem, was immer unwirklich bleiben muss, sondern von potenzieller Wirklichkeit. Ihre Neigung, sich nicht individuell festzulegen, entspringt ihrer kollektiven Botschaft. Zugleich bedeutet die offene, räumlich/zeitliche Konstellation eine Identifikationschance für jedermann.

Den gleichen Sinn erfüllen die Märchenhelden, die entweder überhaupt keinen Namen oder Gattungsnamen wie Hans und Grete tragen. Auch hier gilt es, den namenlosen Helden im eigenen Leben Gestalt werden zu lassen, dem Wunsch und seiner Erfüllung einen Namen zu geben. Die dem Märchen eigene Wunschdynamik, verbunden mit der Verweigerung örtlicher, zeitlicher und jeder Form namentlicher Fixierung, zielt ab auf die Einsicht in das Ungenügende bestehender Wirklichkeit und das daraus erwachsende Verlangen nach erfüllten Lebensbedingungen.

Das Märchen will nicht beschwichtigen und trösten, indem es fiktive Ausgleiche schafft für wirkliche Defizite, vielmehr geht es ihm darum, immer wieder bewusst zu machen, dass nichts so bleiben muss, wie es ist. Es tritt keine Flucht in eine unverbindliche Traumwelt an, sondern lässt einen in der Fiktion vorweggenommenen Aufbruch zu einer besseren Wirklichkeit möglich erscheinen, die sich aber nur dann erschließt, wenn die Wünsche nicht verstummen. Das Wünschen als eine dynamische seelische Qualität wach zu halten, die Weigerung, sich zufrieden zu geben, ist das eigentliche Antriebsmoment des Märchens.

»Manntje, Manntje, Timpe Te, Buttje, Buttje in der See, myne Frau de Ilsebill will nich so, as ik wol will.«
»Na, wat will se denn?« säd de Butt. »Ach«, säd he, »se will warden as de lewe Gott.« – »Ga man hen, se sitt all weder in'n Pißputt.« Door sitten se noch bet up hüüt un düssen Dag.
Aus: *Von dem Fischer un syner Fru.*

Die Grenzen des Wünschens

Aber dem Wünschen sind auch Grenzen gesetzt. Im Märchen hat der Mensch wie alles Lebendige teil an einem Leben, dessen Möglichkeiten ihm offen stehen und die er ergreifen sollte, aber es ist ein Leben, dessen Geschöpf er ist, nicht dessen Schöpfer. Wo der Einzelne, sich selbst überhebend, diese unumstößliche Gegebenheit missachtet, scheitert er. Seine Wünsche laufen ins Leere.

Im Märchen *Von dem Fischer un syner Fru* erfüllen sich alle Wünsche der Frau bis auf einen. Reichtum und höchste Macht fallen ihr zu, aber nicht die Schöpferkräfte, aus denen das Leben kommt. Der Mensch kann nicht eins werden mit dem, was ihm das Leben geschenkt hat und was ihn am Leben erhält. Gott, im Märchen oft ein Synonym für Leben, und der geheimnisvoll mit ihm vertraute Butt stehen für die schöpferische, nicht zufällig mit dem Meer als Wiege des Lebens verbundene Natur. Als Glied in der Kette des Lebens, niemals als das Leben selbst, ist dem Menschen sein Platz angewiesen. Jeder Wunsch, der sich über diese Bestimmung zu erheben versucht,

Illustration von Marco Behmer zu Philipp Runge, *Von dem Fischer un syner Fru.*

führt zur Konfrontation mit der eigenen Armseligkeit. Das Scheitern des maßlos Wünschenden ist weniger tragisch als lächerlich. Das Happyend des Märchens, die erfolgreiche Vollendung der Wunschhandlung, findet nur dort statt, wo sich der Einzelne im Einklang weiß mit dem Ganzen und danach handelt.

Im Kunstmärchen ist der naive Glaube an die Kraft des Wünschens vielfach gebrochen. Die Kluft zwischen Wunsch und Wirklichkeit, zwischen einer Wirklichkeit, die sich vom Märchen verabschiedet hat, und den irregeleiteten Wünschen scheint größer geworden. In Chamissos *Schlemihl* erweckt der Reichtum des Herrn John in dem armen Schlucker den Wunsch, ebenfalls viel Geld zu besitzen. Doch die Erfüllung des Wunsches stiftet kein Glück, sondern drängt den Einzelnen in die Isolation. In einer Welt, in der das Geld regiert, pervertieren konsequent auch die Märchenwünsche. Wahre Erfüllung kann es nur noch jenseits der materiell beherrschten Verhältnisse geben. Vom irregeleiteten Wünschen erzählt auch Wilhelm Hauffs Märchen *Das kalte Herz,* in dem der Köhler Peter Munk sein Herz dem Reichtum opfert und für immer unglücklich zu werden droht. Frivol gewendet ist die Wunschhaltung in Alexander von Ungern-Sternbergs *Verhüllte Fee.* Das einzige, was sich die Prinzessin in einer langweiligen, tristen Welt wünscht, ist ein leidenschaftlicher Liebhaber, der seinem Namen alle Ehre macht.

Wer mit seinen Wünschen zu hoch hinaus will, den holt auch im Kunstmärchen sein Geschick wieder ein. Am Ende stürzt der kleine Junge, der in seinem Rollenbett über die Grenzen der Erde hinaus in den Himmel fährt, herab ins große Wasser. Das Märchen weist dem Menschen seinen Platz auf der Erde zu. Nur hier kann er sein Glück finden. Ähnlich wie die Fischersfrau, wenn im Ganzen auch versöhnlicher, scheitert Storms *Häwelmann.*

In einer Welt aber, in der das Mitleid und die Menschlichkeit rar geworden sind, zerrinnen die Wünsche nach einem glücklicheren Leben zur Illusion. Andersens *Kleines Mädchen mit den Schwefelhölzchen* sieht frierend und hungernd in der kalten Neujahrsnacht im Licht der angezündeten Hölzchen einen warmen Ofen, einen Gänsebraten und einen Christbaum, Wünsche, die mit dem Licht aufflammen und mit ihm auch wieder verlöschen. Am Ende im hellen Leuchten aller übrig gebliebenen Hölzchen erscheint dem Kind die verstorbene Großmutter und trägt es von der mitleidlosen Erde hinweg in den Himmel. Das Märchenglück ist in tragischer Enthüllung der Tod, da das moderne Leben kein Glück für den Menschen in Not bereithält.

Gerhard Oberländer: Zeichnung zu *Das kleine Mädchen mit den Schwefelhölzchen* von Hans Christian Andersen.

Auch im Kunstmärchen ist das Wünschen der entscheidende Erzählimpuls, aber die Erfüllung, das eigentliche Erzählziel, scheint problematisch. Nicht länger schafft das Wünschen naiv eine schönere, erfülltere Wirklichkeit. Vielmehr weiß der moderne Märchenerzähler um die Kluft zwischen dem, was ist, und dem, von dem er möchte, dass es sein sollte. Hans Fallada erzählt in seiner *Geschichte von der Murkelei* (Kindheit) aus dem Jahr 1938 die Geschichte von einem Vater, der zu seiner Tochter und seinem Sohn noch ein Mädchen und einen Jungen erfindet. Die beiden Phantasiegestalten scheinen mehr und mehr Leben anzunehmen und werden zu unzertrennlichen Spielgefährten. Fast körperlich empfinden die wirklichen Geschwister die Nähe von Träumlein und Windwald, die jeweils das andere verkörpern und so zusammen mit Mücke und Murkel, dem Geschwis-

In einem unveröffentlichten Manuskript aus Falladas letztem Lebensjahr (Meine Ahnen) erinnert er sich: »Aber lange, ehe ich richtig mit dem Lesen begann, erzählte ich mir selbst Geschichten; diese Leidenschaft ist bei mir noch früher aufgetreten als das Lesen ... Als Rohstoff benützte ich jene Märchen, die mir meine Mutter vorzulesen pflegte und deren Zauber heute noch nicht seine Macht über mich verloren hat. Ich war dann der Hans im Glück, der siegreiche Königssohn, der Junge, der das Gruseln lernen wollte – aber ich lernte es nie.«

Hans Fallada mit seinen Kindern Ulrich (Murkel) und Lore (Mücke). Fotografie 1939.

terpaar im realen Leben, eine vollkommene Ganzheit bilden: »Träumlein und Windwald waren immer da, sie machten, daß ein Kind nie allein war.« Aber der Erzähler stellt auch immer wieder klar, dass die unsichtbaren Geschwister aus dem Wunsch geborene Geschöpfe sind: »Und den Kindern war es ganz so, als hätten Träumlein und Windwald wirklich gelebt, und es waren doch nur ausgedachte Kinder. So ist es auf dieser Welt: Wenn man etwas nur wirklich glaubt, so ist es auch da.« Das moderne Kunstmärchen bekennt sich zur Wirklichkeit stiftenden Phantasie und reflek-

Wenn aber der Jüngste Tag kommen wird, wo die Sterne auf die Erde fallen und die Sonne ins Meer und die Menschen sich an der Himmelspforte drängen wie die Kinder zu Weihnachten, wenn aufgemacht wird – da wird der liebe Gott durch die Engel alle die Papierschnitzel von seinem himmlischen Notenbuche wieder einsammeln lassen, die großen ebenso wohl wie die kleinen und selbst die ganz kleinen, auf denen nur eine einzige Note steht. Die Engel werden die Stückchen wieder zusammensetzen, und dann werden die Tore aufspringen, und die himmlische Musik wird aufs neue erschallen, ebenso schön wie früher. Da werden die Menschenkinder verwundert und beschämt dastehen und lauschen und einer zum andern sagen: »Das hattest du! Das hatte ich! Nun aber klingt es erst wunderbar herrlich und ganz anders, nun alles wieder beisammen und am richtigen Orte ist!« –
Ja, ja! So wird's. Ihr könnt euch darauf verlassen.
Aus: *Träumereien an französischen Kaminen: Die himmlische Musik.*

tiert zugleich die Andersartigkeit von Verwirklichtem und Ausgedachtem. An die Stelle der naiven Identifizierung im Volksmärchen tritt die deutlich hervorgehobene Distanz.

Überhaupt verlieren die Wünsche und die Wunschgestalten zusehends an plastischer Überzeugungskraft. In Ingeborg Bachmanns Märchen *Die Geschichte der Prinzessin von Kagran* gewinnt der Prinz, der dem bedrängten Weiblichen zu Hilfe kommt, kaum fassbare Konturen. Eigentümlich gesichtslos bleibt er mehr eine Wunschgestalt als ein in das wirkliche Leben eintretender Messias. Die konkrete Utopie des Volksmärchens zerrinnt im Nirgendwo und Nirgendwann einer Poesie, die in der Wirklichkeit ihr Heimatrecht verloren hat. Der Wunsch, der ins Leben einzutreten und von ihm Besitz zu ergreifen sucht, sieht sich zurückgedrängt in den Bezirk bloßer Imagination.

Und doch sind auch im modernen Kunstmärchen die Wünsche nach einer besseren Welt nicht zum Schweigen zu bringen. Im Lande Papyrien in Peter Rühmkorfs Geschichte, die seine Sammlung *Der Hüter des Misthaufens* abschließt, nehmen die Menschen, die ihre einschränkenden Lebensverhältnisse geändert wissen wollen, schließlich Zuflucht zum Märchen, das ernsthaft keine Kraft der Welt aufzuhalten vermag. Das Märchen ist auch hier der literarische Ort, dem man seine dringlichsten Wünsche anvertrauen kann und von dem aus sie mit ständig wachsender Schubkraft in das um die Wunschphantasie reduzierte Leben eindringen und es aufbrechen. Die Geschichte enthält sich der Schilderung der Wunscherfüllung selbst. Als Fragment jedoch ist sie dazu angetan, im Vertrauen auf die unaufhaltsam verändernde Kraft des Märchens eine eigendynamische Bewegung auszulösen, die auch den Leser schließlich mit fortreißen könnte.

[...] aber als die solchermaßen in Schwung geratenen Menschen schon glaubten, daß ihren Wünschen nun nichts mehr entgegenstünde, traten ihnen ein paar großmächtige Beamte in den Weg, die sagten: bis hierher und nicht weiter! Was die Ordnungswächter in ihrer Verblendung und Eifersucht nur gänzlich übersehen hatten, war, daß die richtigen Märchen in der wirklichen Welt gar nicht aufzuhalten sind. Wo man ihnen die Luft abzuschneiden versucht, bahnen sie sich ihren eigenen unberechenbaren Weg zu den Herzen der Menschen.
Aus: Peter Rühmkorff: *Fortsetzung folgt.* In: *Aufgeklärte Märchen.* Rowohlt Verlag. Reinbeck 1983. S. 279

Negative Wünsche

Die Märchenhandlung wird aber nicht nur durch den Wunsch und das Wünschen vorangetrieben, sondern im ambivalenten Sinn auch von deren Gegenteil, durch die Verwünschung und das Verwünschen. Das Volksmärchen wendet jedoch das drohende, schlimme Ende in der Regel ab, indem es die Verwünschungen rückgängig macht. Einmal mehr bewährt sich der Optimismus des Märchens, der die negativen Folgen dauerhaft nicht zulässt. Es gibt im Märchen keine Verwünschung, keinen Zauber und keinen Fluch, der letztlich nicht gelöst wird.

Immerhin steht aber hinter der Verwünschung die Gewissheit, dass das Dasein auch von destruktiven Kräften gesteuert wird, so wie der Wunsch auf der anderen Seite die konstruktiven Kräfte hervorhebt. In beiden Fällen, im Positiven wie im Negativen, offenbart sich das fatalistische Weltverständnis des Märchens. Wer allerdings den konstruktiven Kräften vertraut, dem gibt der Lebensoptimismus des Märchens am Ende Recht.

Unbeirrt und hartnäckig betreibt der Froschkönig seine eigene Erlösung, während der Prinzessin dabei nur die Rolle eines Werkzeugs im Dienste der Aufhebung der Verwünschung zufällt. Der verwunschene Zustand löst einen gegenläufigen, auf das Happyend gerichteten Prozess aus. Die Erzählstruktur von Wunsch und Erfüllung auf der einen sowie von Verwünschung und Erlösung auf der anderen Seite sind im Märchen nur im Ausgangspunkt unterschieden, ihr gemeinsames Ziel aber ist die uneingeschränkte Glücksstiftung.

Die fördernden und schadenden Kräfte stehen sich in Gestalt der zwölf guten Feen und der dreizehnten Unglücksfee in *Dornröschen* gegenüber. Die Erfüllung des Wunsches nach Lebensentfaltung muss der Verwünschung, die alles Leben erstarren lässt, abgerungen werden. Das Märchen erzählt die unendliche Geschichte des ewigen Widerstreits des Guten mit dem Bösen, der stets drohenden Gefährdung des Glücks durch das Unglück. Erfüllung und Erlösung sind nicht selbstverständlich, sondern entspringen glücklichen Fügungen, denn alles Leben ist aus der Sicht des Märchens ein Geschenk.

Zeichnung von Hans Fischer zu *Die sieben Raben.*

Wie eng Heil und Unheil miteinander verquickt sind und der Einzelne auf der Hut sein muss, das Fatale nicht mutwillig wachzurufen, zeigt das Märchen *Die sieben Raben*. Aus Unmut über seine säumigen Söhne verwünscht der Vater sie, ohne es wohl wirklich zu wollen, in Raben und erlebt mit Schrecken, wie sich seine Verwünschung erfüllt. Gedankenlosigkeit und Leichtfertigkeit vermögen die schlimmen Kräfte wachzurufen, die im Märchen nicht nur eingebildet, sondern höchst real sind.

Im Märchen *Die Alte und der Wald* ist der große Wald in seiner Abgeschiedenheit, mit seinen undurchdringlichen Dickichten der unheimliche Bezirk, in dem gemordet und verwünscht und dem Leben Gewalt angetan wird. Erlösung kann der Mensch nur jenseits der lebensfeindlichen Sphäre finden.

Erfüllung und Erlösung aber, die sich zum märchenhaften Happyend fügen, erwachsen stets aus dem Wunsch, dass es anders sein sollte, als es ist, sowie aus dem hautnahen Erleben einer schlimmen Verwünschung. Erst der real erfahrene ungenügende und verwunschene Zustand, der Verlust der ursprünglichen Gestalt, löst in kreativer Gegenbewegung die erzählten Lebensentwürfe des Märchens aus. Der Leser fühlt sich zurückversetzt in die Zeit, als das Wünschen noch geholfen hat und vielleicht weiter helfen wird, wenn der Glaube des Menschen nur stark genug ist, diese Zeit zurückzuholen.

Gruseln, Grauen, Grausamkeiten

Das Märchen erzählt von der Hoffnung auf bessere Zeiten und ein erfüllteres Leben, aber auch von der Angst vor der Bedrohung und Gefährdung des Lebens durch zerstörerische, unheimliche Kräfte. Der Blick richtet sich nicht nur in die Höhe und die Ferne, wo sich die geheimsten Wünsche erfüllen, sondern auch in die nahen Abgründe, die alles zu verschlingen drohen. Oft bricht das Zerstörerische unerwartet in die scheinbar heile Welt ein und stellt sie von Grund auf in Frage.

Anders als in der Sage aber kapituliert der Lebensoptimismus des Märchens nicht von vornherein vor dem Unheimlichen und dem Grauen. Ebenso beherzt wie findig entwickelt der Märchenheld eine Reihe von Abwehrmechanismen, mit denen er sich vor dem Verhängnisvollen zu behaupten sucht. Im *Märchen von einem, der auszog, das Fürchten zu lernen* werden nacheinander mehrere Möglichkeiten durchgespielt, des Spuks Herr zu werden. Der Held, dem es nicht gruselt, setzt seinen gesunden Menschenverstand gegen die phantastischen Erscheinungen. Wenig beeindruckt zeigt er sich sowohl von dem Küster, der, als Gespenst kostümiert, ihn in Angst und Schrecken versetzen will, als auch von den Toten am Galgen und dem gespenstischen großen alten Mann mit dem langen weißen Bart. Unerschrocken überwindet er ihn mit einer schwankhaften List, erlöst das verwunschene Schloss und heiratet die Prinzessin. Ihr erst gelingt es, ihn das Gruseln zu lehren, indem sie ihm einen Eimer mit kaltem Brackwasser und kleinen Fischen ins Bett gießt. Schwank, Slapstick-Komik spielen das Grauen herunter, verharmlosen es zu bloßer Burleske.

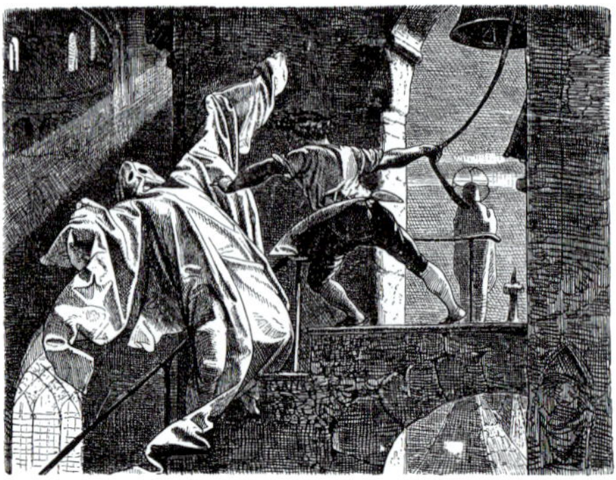

Zeichnung von Max von Beckerath zu *Von einem, der auszog, das Fürchten zu lernen.*

Bedrängender erscheinen die phantastischen Heimsuchungen im Märchen *Der Königssohn, der sich vor*

> Das Leben ist gewiß für niemand ein ruhiger Strom. Der Lebensprozeß besteht in einer ständigen Auseinandersetzung mit Umständen und Ereignissen, die unsre Abwehrmechanismen gegen die Angst auf die Probe stellen. Viele dieser Belastungen sind relativ gering, und der Mensch wird damit fertig, ohne unerträglichen Spannungen ausgesetzt zu sein. Aber es gibt auch schwere Streßsituationen, gegen welche die Abwehrmechanismen machtlos sind und die das Angstniveau merklich erhöhen.
> Aus: Eugene E. Levitt: *Die Psychologie der Angst,* Stuttgart, 1971. S. 127 f.

nichts fürchtet. Auch ihm gelingt es schließlich, ein verwunschenes Schloss zu erlösen und die Prinzessin heimzuführen, nachdem ihn drei Nächte lang phantastische Gestalten traktiert und gequält haben, so dass ihm die Prinzessin morgens jedes Mal mit dem Wasser des Lebens wieder aufhelfen musste. Nicht länger führen gesunder Menschenverstand und List zum Ziel, sondern Standhaftigkeit und Erleiden. Weniger die Aktionen des Helden als seine seelischen Qualitäten lassen ihn am Ende als Sieger erscheinen. Die unheimlichen Kräfte aber gewinnen unverkennbar größeres Gewicht.

Die Begegnung mit dem Tod lässt auch im Märchen das Grauen übermächtig werden. Der Mann in dem Märchen *Der Herr Gevatter,* dem ein geheimnisvoller Fremder ein Gläschen mit dem Wasser des Lebens schenkt, mit dem er wunderbare Heilungen vollbringt, sofern der Tod am Kopfende des Krankenbettes steht, sucht den Gevatter noch einmal auf. Er tritt in eine verwirrende, Furcht erregende Welt. Der Gevatter kommt ihm vor, als trage er zwei lange Hörner. Zum Schluss nimmt er Reißaus vor dem teuflischen Spuk. Dem Druck des Unheimlichen in einer Welt, in der das Leben ständig in den Tod überzugehen droht, ist der Mensch nicht gewachsen. Es bleibt ihm nichts anderes als die Flucht, die im Grunde nur dem Augenverschließen vor dem unabwendbar Schrecklichen gleichkommt. Der Mensch aber, der sich zu weit vorwagt und dem die Wege zur Flucht versperrt sind,

Zeichnung von Maurice Sendak zu *Frau Trude.*

geht vor dem Ende seiner Zeit zugrunde. In *Frau Trude* gelangt ein eigensinniges, vorwitziges kleines Mädchen zu einer hexenhaften Frau, die es in einen Holzklotz verwandelt, diesen in einen Kamin wirft und sich daran wärmt.

Das Märchen erzählt ohne jede Geste der Versöhnlichkeit von dem Grauen vor der erbarmungslosen Vernichtung des Lebens. Der Tod ist ein aggressiver Akt, ausgeführt von phantastischen Kräften, denen der Mensch ohnmächtig ausgeliefert ist. Gibt es in *Jorinde und Joringel,* wo das Heitere in das Todtraurige umschlägt und das Mädchen von einer Hexe verzaubert wird, am Ende doch noch eine Erlösung, so ist hier jede Wendung zum Guten ausgeschlossen. Sterben und Tod sind unumkehrbar. Aus der Ohnmacht vor dem unabänderlich Verhängten entspringt das Grauen. In letzter Konsequenz trium phiert die Verzweiflung über die Hoffnung, der Tod über das Leben. Eine erlösende Macht bleibt unsichtbar.

»Oho«, sagte sie, »so hast du die Hexe in ihrem rechten Schmuck gesehen: ich habe schon lange auf dich gewartet und nach dir verlangt, du sollst mir leuchten!« Da verwandelte sie das Mädchen in einen Holzblock und warf ihn ins Feuer. Und als es in voller Glut war, setzte sie sich daneben, wärmte sich daran und sprach: »das leuchtet einmal hell!«
Aus: *Frau Trude.*

Die Einstellung des Märchens zum Grauen ist keineswegs einheitlich. Bedrückend und Angst auslösend wirkt es immer dann, wenn die Zerstörung der menschlichen Gestalt droht und keine Fluchtwege mehr offen stehen. Im Kunstmärchen erwächst das Grauen durchgehend aus tragischer Lebenserfahrung. Unter Wilhelm Hauffs orientalisierenden Märchen finden sich zwei grausige Stücke. In der *Geschichte von dem Gespensterschiff* gerät der Ich-Erzähler auf ein Schiff mit den Leichen der gewaltsam ums Leben gekommenen Mannschaft und dem am Segelmast hingerichteten Kapitän. Nacht für Nacht erwachen die Toten zu neuem Leben und müssen das grässliche Morden wiederholen. Pervertiert ist das Märchenwunder zum Schrecken ohne Ende. Neues Leben entsteht allein mit dem Ziel, am Ende wieder ausgelöscht zu werden. Sterben und Tod sind der endliche Sinn des Lebens. Schauder erregend ist die Automatik der Zerstörung, grauenvoll die Leere angesichts sinnloser Zwangshandlungen, denen niemand Einhalt zu gebieten vermag.

In der *Geschichte von der abgehauenen Hand* wird ein Arzt in ein mysteriöses Geschehen verwickelt. Verlockt durch ein üppiges Honorar, ist er bereit, einer angeblich Toten den Kopf abzuschneiden. Doch während der makabren Operation wird ihm klar, dass die junge Frau noch lebt. Der Arzt wird zum unwillentlichen Mörder. Im Dunkel bleiben der Auftraggeber und das Motiv der Anstiftung zu der grässlichen Tat. Dem Täter wird die linke Hand abgeschlagen. In seiner Vaterstadt findet er sein Haus prächtig hergerichtet. Jedes Jahr fließt ihm eine bedeutende Geldsumme zu, so dass er dort zu den reichsten Leuten gehört. Die Quelle seines Reichtums ist der Auftraggeber von einst. Trotz seiner märchenhaften Lebensumstände, vermag er seines Lebens nicht froh zu werden. Die Erinnerung an die blutige Tat macht jedes Glücksgefühl zunichte. Hauff erzählt gebrochene Märchen. Das Wunder des Lebens wie das Lebensglück sind stigmatisiert mit der Gewissheit eines ebenso sinnlosen wie heillosen Daseins.

Karl Ritter: Titelbild zu *Das Gespensterschiff.* Hg. v. Toni Schwabe. Jena 1920. Der Titel geht zurück auf Hauffs Märchen.

Tiefes Grauen geht auch von Andersens Märchen *Der Schatten* aus, in dem am Ende das schattenhafte Abbild über das Urbild triumphiert. Der Schein setzt sich durch gegen das Sein, das absolut Seelenlose gegen ein seelisch erfülltes Leben. Das Happyend verkehrt sich in ein

»Ich habe das Fürchterlichste erlebt, was man erleben kann«, sagte der Schatten. »Denke dir – ja, so ein armes Schattengehirn kann nicht viel vertragen! –, denke dir, mein Schatten ist verrückt geworden, er bildet sich ein, daß er ein Mensch geworden ist und daß ich – denke dir nur! –, daß ich sein Schatten bin!«
Aus: Hans Christian Andersen: *Der Schatten.*

Zeichnung von Gerhard Oberländer zu *Der Schatten* von Hans-Christian Andersen.

schlimmes Ende, indem der Schatten bewirkt, seinen Schattenträger hinzurichten. Grauenvoll ist die Vorstellung, dass in der menschlichen Gesellschaft schließlich nur die Schatten überleben könnten.

Hans Fallada erzählt in seinem Märchen *Geschichte von der gebesserten Ratte* von dem gescheiterten Versuch, zwischen Mensch und Ratte Freundschaft zu stiften. Am Ende erweist sich die Abscheu vor dem ekelhaften Tier als unüberwindbar, das in hasserfüllter Feindschaft alles daran setzt, dem Menschen zu schaden und den Boden, auf dem er lebt, zu unterminieren. Ekel und Angst vor der unterschwelligen Zersetzung sind unausrottbar.

Die Gefährdung durch Aggression und Zerstörung gehört ebenso zu den fundamentalen Lebenserfahrungen und hat dabei Platz im Märchen wie die Geburt, die Liebe und das Glück. Unleugbar ist für den Märchenerzähler die Ambivalenz des Daseins. Umstellt von mannigfaltigen Gefährdungen, insbesondere aber mit der Gewissheit vor Augen, am Ende des Lebens der vernichtenden Aggression des Todes hoffnungslos ausgeliefert zu sein, ist für den Menschen im Märchen das Erleiden ebenso wie die Ausübung von Gewalt selbstverständlich. Kritisch bis ablehnend hat man immer wieder auf die Grausamkeiten innerhalb der Märchenhandlung verwiesen, ohne zu bedenken, dass das Opfer immer zugleich auch Täter ist, von dem aggressive Akte ausgehen. Nur in einer erlösten, von Vernichtung und Tod befreiten Welt hätte die Aggression keinen Platz mehr. In einem sterblichen Dasein aber gehört die passive wie die aktive Gewalt zu den Elementarerfahrungen, zumal das Verhältnis des Märchens zur Transzendenz wenig ausgeprägt ist. Um selbst zu überleben, werden Kinder ausgesetzt und der Menschen fressenden Hexe ans Messer geliefert *(Hänsel und Gretel)*, eine Mutter köpft ihren Sohn und setzt sein Fleisch dem Vater vor *(Machandelboom)*, Menschen werden lebendig begraben *(Die drei Schlangenblätter)*, geblendet *(Die beiden Wanderer)*, zerstückelt *(Der Räuberbräutigam)* und bei lebendigem Leibe verschlungen *(Rotkäppchen)*. Eine Prinzessin lässt ihre Freier grausam hinrichten und ihre Köpfe auf Pfähle stecken *(Das Meerhäschen)*.

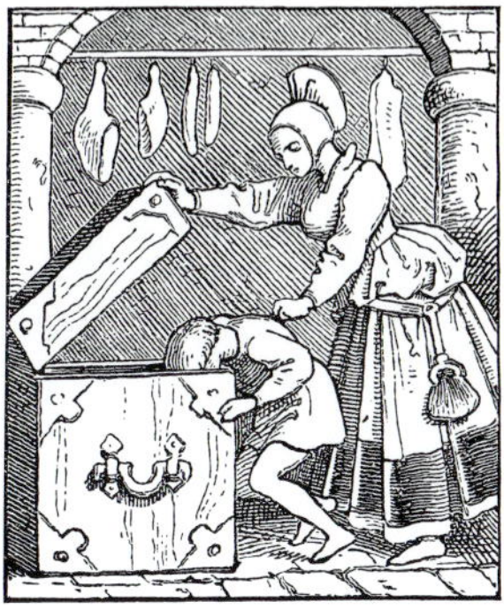

Zeichnung von Moritz von Schwind zu *Von dem Machandelboom:* Dem Jungen wird der Kopf durch den herabfallenden Truhendeckel abgeschlagen.

Berüchtigt sind die buchstäblich drakonischen Strafen. Die böse Stiefmutter muss in rotglühenden Eisenpantoffeln so lange tanzen, bis sie tot umfällt, im *Machandelboom* zerschmettert ein Mühlstein den Kopf der Kindsmörderin und die Hexe wird erbarmungslos in den Ofen gestoßen und muss verbrennen *(Hänsel und Gretel)*. Die Kammerjungfer, die widerrechtlich den Platz der Königstochter einnimmt und an deren Stelle den Prinzen heiratet, spricht sich nach Offenlegung ihrer Schuld ihr eigenes Urteil und wird von zwei Pferden splitternackt in einer Nageltonne auf der Gasse zu Tode geschleift *(Die Gänsemagd)*. In dem

Illustration von E. Ille zu *Rotkäppchen* (1892).

Zeichnung von Otto Ubbelohde zu *Herr Korbes*.

seltsamen Märchen *Herr Korbes* verselbstständigt sich die Grausamkeit der Bestrafung. Ohne dass ein Grund für die förmliche Hinrichtung genannt wird, schlägt am Ende ein Mühlstein den Herrn Korbes tot.

Von beispielloser Brutalität ist das Treiben des Lustmörders in *Fitchers Vogel,* spätestens seit Perraults *La Barbe Bleue,* besser unter dem Namen *Blaubart* bekannt. Ohne Erbarmen, getrieben von einer bestialischen Zerstörungswut, schleift er die entführten Frauen an den Haaren zu einem blutgetränkten Block, schlägt ihnen den Kopf ab und zerhackt sie. In makabrer Übersteigerung erzählt das Märchen vom Kampf der Geschlechter, vom Mann, der sich zum Herrn über Leben und Tod der Frau aufschwingt, bis ihm die jüngste Schwester seiner letzten Frau das blutige Handwerk legt und ihre Schwester nach einem alten Jagdzauber durch Zusammenlegen der Knochen wieder zum Leben erweckt. Die märchenhafte Wiederauferstehung kann jedoch die Betroffenheit durch die vorausgegangene grässliche Metzelei schwerlich verwischen.

Unumkehrbar bleibt die Tötung in dem Stück *Wie Kinder Schlachtens miteinander gespielt haben,* das die Grimms 1812 in die Erstauflage der

Zunächst konnte sie nichts sehen, weil die Fensterläden geschlossen waren. Nach einigen Augenblicken aber begann sie zu erkennen, daß der Fußboden ganz mit geronnenem Blut bedeckt war und daß sich in diesem Blut die Körper von mehreren toten Frauen spiegelten, die an den Wänden festgebunden waren – das waren all die Frauen, die Blaubart geheiratet und eine nach der anderen ermordet hatte. Sie meinte vor Angst zu sterben, und der Schlüssel zu dem Zimmer, den sie eben aus dem Schloß gezogen hatte, fiel ihr aus der Hand.
Aus: Charles Perrault: *Blaubart.*

Märchen übernahmen, dann aber wieder strichen. Im Rahmen des Metzgerspiels schneidet ein fünf- bis sechsjähriger Junge einem anderen, der die Sau vorstellt, die Gurgel auf. Spielerisch vollziehen die Kinder nach, was im Lebensalltag der Fall ist: das Schlachten gehört zu den selbstverständlichen Handlungen in einem bäuerlich-dörflichen Umfeld. Der kindliche Unverstand erscheint hier verantwortlich für die unzulässige Übertragung auf den Menschen. Unüberhörbar aber ist die prinzipielle Gewaltbereitschaft, die völlige Hemmungslosigkeit, mit der das Grässliche in die Tat umgesetzt wird. Der Märchenerzähler in seiner Hinwendung zu den elementaren Verhaltensmustern und Handlungsantrieben weiß auch um die menschliche Aggressivität. Wo der Metzger schlachtet, der Tod das Leben auslöscht, ist die tödliche Gewalt stets virulent. Im Wechselspiel der Rollen von Täter und Opfer vollzieht sich das Dasein. Einen wirklichen Ausweg gibt es für das Märchen nicht.

Märchenhafter Lebensoptimismus vermag im Grunde nur ein befristetes Glück zu etablieren, solange sich der Mensch im Kontinuum von Raum und Zeit bewegt. Gerade die Erfahrung des Abgründigen aber vermag seine Wünsche nach einem erfüllteren und glücklicheren Leben wachzurufen und zu intensivieren. Das Wirkliche ist im Märchen immer nur Anstoß, das Mögliche nicht aus den Augen zu verlieren. Vielleicht gab es eine Zeit und wird sie wieder geben, in der Tod, Zerstörung und Gewalt überwunden waren und wieder überwunden sein werden. Aufbewahrt im Bewusstsein des Märchens sind die Erfahrungen des Mangels, der Verluste und der Sterblichkeit, aber auch die unsterblichen Menschheitsträume.

In einer Stadt, Franecker genannt, gelegen in Westfriesland, da ist es geschehen, daß junge Kinder, fünf- und sechsjährige, Mägdlein und Knaben, miteinander spielten. Und sie ordneten ein Büblein an, das solle der Metzger sein, ein anderes Büblein, das solle Koch sein, und ein drittes Büblein, das solle die Sau sein. Ein Mägdlein, ordneten sie, solle Köchin sein, wieder ein anderes, das solle die Unterköchin sein; und die Unterköchin solle in einem Geschirrlein das Blut der Sau empfangen, daß man Würste könne machen. Der Metzger geriet nun verabredetermaßen an das Büblein, das die Sau sollte sein, riß es nieder und schnitt ihm mit einem Messerlein die Gurgel auf, und die Unterköchin empfing das Blut in ihrem Geschirrlein. Aus: *Wie Kinder Schlachtens miteinander gespielt haben.*

Illustration von Gerhard Ulrich zu der *Blaubart*-Version von Alexander von Ungern-Sternberg.

Tierdarstellungen aus der Höhle Lascaux bei Mortignac.

Die geheimnisvolle Verwandtschaft von Mensch und Tier

Die alten Naturvölkererzählungen sind getragen von dem Glauben an die ursprüngliche Einheit allen animalischen Lebens einschließlich des menschlichen. Das Tier gilt aus animalistischer Sicht als Hauptlebenspartner des Menschen, immer wiederkehrender Gegenstand auch seiner frühen künstlerischen Darstellungen in den verbreiteten Höhlenmalereien. Der Animalismus bildet die Grundlage für bestimmte kultisch-religiöse Erscheinungsformen und Vorstellungen. Eine Trennung von Mensch und Tier ist den frühen Mythen und Mären noch fremd.

In einem Indianermärchen sucht ein Mann die Gemeinschaft der Seehunde auf, wird am Ende selbst einer von ihnen und zieht ein Leben unter den Tieren einem Leben bei den Menschen vor. Die Entscheidung fällt für das Urtümliche. Ein irisches Märchen erzählt von einem Hasen, der, vom Jäger verschont, diesem ein Kind verspricht. Tatsächlich wird die bisher kinderlose Ehe nach neun Monaten mit einem Kind beschenkt, das nach dem Tode des leiblichen Vaters in das Geschlecht der Hasen aufgenommen wird. In besonderem Maße nimmt sich das Tier als Vertreter der ursprünglichen Natur der Aufzucht und der Pflege des Lebens an.

Besonders urtümlich tritt in der totemistischen Bindung einer Gruppe oder einer Person an ein bestimmtes Tier die Lebenseinheit von Mensch und Tier zutage. Im Individualtotem sind das Totemtier und sein Partner untrennbar aufeinander bezogen. Leidet das eine, so leidet auch das andere, stirbt das Tier, so muss auch der Mensch sterben. Im *Märchen von der Unke,* gemeint ist eine kleine Schlange, gedeiht das Kind, solange die Lebensgemeinschaft mit dem Tier andauert. Als die Mutter die Schlange tötet, beginnt das Kind dahinzusiechen und stirbt. Das Tier ist das Alter Ego des Kindes, mit diesem in einer Lebens- und Schicksalsgemeinschaft verbunden.

Verwandlungen

Wo die Grenzen zwischen Mensch und Tier noch nicht so eng gezogen sind, in jenen Zeiten, da man bald Mensch, bald Tier sein konnte, sind Verwandlungen der Ausweis für die Verfügung über mehrere Identitäten. In diesem Sinne nimmt im Märchen das Motiv der Tierverwandlung einen breiten Raum ein. Tier- und Menschengestalt sind oft nur gebunden an die äußere Hülle. Als der Held eine der badenden Schwanenjungfrauen im *Schwanenjungfrauenmärchen* ihres abgelegten Kleides beraubt, muss sie in menschlicher Gestalt verbleiben. Unveränderbar in den wechselnden Verhüllungen ist nur die Seele. Zu unterscheiden sind im Märchen die Selbst- von den Fremdverwandlungen. Im Märchen *De Gaudeif un sin Meester* lernt ein Junge bei einem Hexenmeister, sich in immer neue Tiergestalten zu verwandeln, bis er zum Schluss selbst den Zauberer überwindet, indem er sich in einen Fuchs verwandelt und dem in Gestalt eines Hahns auftretenden Meister den Kopf abbeißt.

Illustration von Nikolaus Heidelbach zum *Märchen von der Unke.*

Und als sie zum dritten Brünnlein kamen, hörte das Schwesterlein, wie es im Rauschen sprach: »wer aus mir trinkt, wird ein Reh, wer aus mir trinkt, wird ein Reh.« – Das Schwesterchen sprach: »ach Brüderchen, ich bitte dich, trink nicht, sonst wirst du ein Reh und läufst mir fort.« Aber das Brüderchen hatte gleich beim Brünnlein niedergeknieet, hinabgebeugt und von dem Wasser getrunken, und wie die ersten Tropfen auf seine Lippen gekommen waren, lag es da als ein Rehkälbchen. Nun weinte das Schwesterchen über das arme verwünschte Brüderchen, und das Rehchen weinte auch und saß so traurig neben ihm.
Aus: *Brüderchen und Schwesterchen*.

Anders als in den urtümlichen Naturvölkererzählungen, wo Selbstverwandlungen an der Tagesordnung sind, bedarf hier, in einem fortgeschrittenen Stadium, der Gestaltwandel bereits eines Zauberers und magischer Einflussnahme. Die Fremdverwandlung ist bei weitem häufiger als die Selbstverwandlung. In Märchen wie *Brüderchen und Schwesterchen, Jorinde und Joringel* und *Die sieben Raben* ist die Verwandlung jeweils die Folge einer Verwünschung, entweder unbedacht ausgesprochen oder als Schadenszauber geplant. Der Verlust der menschlichen Gestalt wird tragisch erlebt und setzt eine auf Erlösung drängende Handlung in Gang. Nicht länger ist die Verwandlung das Ziel des Erzählens, vielmehr erfüllt sie die Aufgabe eines Motivs in der Spannung zwischen dem verwunschenen und dem erlösten Zustand. In ein Tier verwandelt zu werden, bedeutet in jedem Fall eine Herabsetzung, die nach Überwindung der unwürdigen Situation strebt. Ironisch behandelt Wilhelm Hauff das Motiv der Tierverwandlung in *Kalif Storch*. Der Anreiz geht aus von dem Wunsch nach einer vergnüglichen

Illustration von Silvio Neuendorf zu *Die sieben Raben*.

Abwechslung. Mit Hilfe eines zaubermächtigen Pulvers verwandeln sich der Kalif und der Großwesir in Störche. Da sie lachen müssen, vergessen sie das Wort, das allein sie wieder zurückverwandeln könnte. In komisch-burlesken Szenen scheitern sie immer wieder aufs Neue, bis sich am Ende doch noch eine Lösung anbahnt.

Tierbräutigam, Tierbraut

In engem Zusammenhang mit der Tierverwandlung steht das Motiv des Tierbräutigams bzw. der Tierbraut. Dabei sieht sich eine junge Frau in eine Verbindung mit einem Bräutigam in tierischer, abstoßender Gestalt hineingedrängt, ohne dass es ihr möglich ist, sich zu entziehen. Der Frosch im Märchen vom *Froschkönig* wie der Löwe im *Singenden springenden Löweneckerchen* und *Hans mein Igel* bestehen auf ihrem Recht, bei der Königstochter zu schlafen. Sanfter geht es in *Schneeweißchen und Rosenrot* zu, wo der in einen Bären verwandelte Prinz sich bescheidener verhält. Stets geht es darum, den Bräutigam durch liebende Zuwendung aus seinem unwürdigen Zustand zu erlösen. Der Urheber der Verwandlung bleibt in der Regel unbekannt. Der Tierbräutigam verkörpert den triebhaften Aspekt von Sexualität, die es vor der Eheschließung durch die Liebe zu läutern gilt. Vor dem ersten Beilager findet regelmäßig eine Rückverwandlung in die menschliche Gestalt statt. Der Froschkönig wird ebenso erlöst wie Hans mein Igel, der vor dem Beilager seine Igelhaut ablegt, und der Bär heiratet Schneeweißchen, nachdem er nach dem Tod des bösartigen Zwergs seine menschliche Gestalt zurückgewonnen hat. Im *Singenden springenden Löweneckerchen* tritt der Bräutigam nur am Tage als Löwe auf. Erfüllte Liebe ist zumindest im Märchen des Grimmschen Typus immer mehr als bloße Sexualität. Erst in der emotionalen Zuwendung nähern sich die Partner und begründen ein dauerhaftes Glück im Bewusstsein einer vom bloß Triebhaften erlösten Menschlichkeit.

Illustration von Nikolaus Heidelbach zu *Das singende springende Löweneckerchen.*

Illustration zu *Die schöne Melusine* aus *Die deutschen Volksbücher,* wiedererzählt von Gustav Schwab.

Seltener kommt die Tierbraut vor. Anders als der Tierbräutigam ist sie niemals abstoßend, sondern reizvoll und anmutig. Melusine, die Schwanjungfrau oder die Schlangenfrau stehen für die unbewusste Schönheit der Natur, die sich durch die Liebe des Mannes in der menschlichen Gemeinschaft vollendet.

Hilfreiche Tiere

Neben das symbiotische Verwandtschaftsgefühl zwischen Mensch und Tier und die magischen Verwandlungsriten tritt schon früh die Faszination von bestimmten tierischen Eigenschaften wie Schnelligkeit, Flugfähigkeit, Kraft, Fruchtbarkeit und Häutung. Das Tier wird in solcher Sicht zum Sinnbild dessen, was den Menschen übersteigt und überwältigt. Viele Völker des Altertums verehrten das Tier als eine sichtbare Erscheinungsform Gottes, als Repräsentation göttlicher Wesenszüge. Spuren solcher Hochschätzung des Tieres finden sich im Märchen vor allem im Motiv der hilfreichen Tiere, die unmittelbar in die Handlung eingreifen und ihr im Sinne des Helden eine glückliche Wendung geben. Dabei erscheint das Tier nach der animistischen Vorstellung von der Beseeltheit der Natur als Träger elementarer Wesenskräfte.

Wer von der weißen Schlange im gleichnamigen Märchen kostet, der versteht die Sprache der Tiere und vermag sich deren Hinweise und Wissen zunutze zu machen. Die Tiere kennen die Plätze, wo die Äpfel des Lebens reifen und das Wasser des Lebens fließt, und sind bereit, dem Menschen, der gut zu ihnen war, Zugang zu diesen Wunderkräften zu verschaffen. Der Hase beschafft die Lebenswurzel und erweckt mit ihr seinen Herrn wieder zum Leben. Die Bienenkönigin, für deren Volk der Dümmling eingetreten ist, weist ihm den Weg zu seiner rechten Braut, und der Fuchs, den der Königssohn verschont hatte, hilft ihm, die grausame Prinzessin zu überlisten *(Das Meerhäschen)*.

Oft sind es die Tiere, die die Märchenhelden aus verzweifelter Lage retten. Die Ente trägt Hänsel und

Gretel über den Teich und ermöglicht ihnen so, den Weg zurück zum Vaterhaus zu finden. Tauben helfen Aschenputtel, die Linsen aus der Asche herauszulesen. Eine besondere Stellung nimmt das Pferd ein, dem seherische Kräfte zugeschrieben werden. Im Märchen *Die Gänsemagd* ist es der an das Stadttor genagelte Kopf des Hengstes Falada, der die Wahrheit an den Tag bringt, indem er die falsche Königin entlarvt und die echte an den Platz bringt, der ihr gebührt. Der Name Falada verweist auf das arabische *fal*, das Wort für Omen und Vorbedeutung. Falada vermag die schlechten wie die guten Vorzeichen ins Spiel zu bringen und sie in ihrer Bedeutung für das Schicksal der Heldin offen zu legen. Insofern ist auch das mit Sehergaben ausgestattete Pferd wesentlich mitverantwortlich für den glücklichen Ausgang der Handlung.

Zeichnung von Oswald Sickert zu *Die Gänsemagd.*

Das phantasievollste und konsequenteste unter den Tierhelfermärchen ist zweifellos *Der gestiefelte Kater*. Er hat sowohl bei Straparola und Basile als auch bei Perrault seinen Platz. Ludwig Tieck dramatisierte den Stoff. Die Grimms übernahmen das Märchen über die Vermittlung von Jeanette Hassenpflug im Wesentlichen von Perrault, schieden es aber dann aus ihrer Sammlung wieder aus und überließen es Ludwig Bechstein. Der Kater, der nach dem Tode des alten Müllers dem jüngsten Sohn zufällt, ist der eigentliche Märchenheld. Skrupellos setzt er sich für das Lebensglück seines Herrn ein: Er antichambriert beim König, gibt den Müllerssohn als Grafen aus, nötigt die Bauern, das Land, das der König durchfährt, als Besitz des angeblichen Grafen auszugeben und überlistet schließlich den eigentlichen Landesherrn, einen Zauberer, indem er diesen dazu bringt, sich in eine Maus zu verwandeln, die er blitzschnell verschlingt. Nun ist der Müllerssohn wirklich ein gemachter Mann, der erfolgreich um die Königstochter wirbt. Der Kater aber steigt zum Minister auf.

Illustration von Gustave Doré zu *Le chat botté (Der gestiefelte Kater)* von Charles Perrault.

Illustration von Walter Crane zu Oscar Wilde, *The Nightingale and the Rose.*

Die Handlungsskizze zeigt, wie alle entscheidenden Impulse vom Kater ausgehen. Besonders deutlich tritt hier das Motiv des hilfreichen Tiers als handlungsbestimmend hervor. Der eigentliche Märchenheld ist kein souverän Handelnder wie der Held in den Abenteuergeschichten. Vielmehr ist der Erfolg seines Handelns jeweils abhängig von der Unterstützung durch die übergreifenden elementaren Kräfte, wie sie sich in den Tieren repräsentieren. Das Märchen erzählt keine Heldengeschichten, sondern Geschichten von denen, die im Einklang mit dem Lebensganzen und in der Achtung vor ihm zum Erfolg kommen.

Das Kunstmärchen greift gelegentlich das Motiv des hilfreichen Tieres auf, setzt aber dabei in der Regel andere Akzente. In Tiecks *Der blonde Eckbert* stehen der Vogel, der Edelsteineier legt, und der Hund für die Schönheit und das Gemeinschaftsgefühl im Rahmen eines einfachen, mit der Natur verbundenen Lebens. Die Tiere stellen dem Menschen vor, wie er leben sollte. Aber das Mädchen Bertha verdrängt die ideale Botschaft und verstrickt sich in Verrat und Schuld. Nicht sie überlebt, sondern die Tiere, deren Anspruch der Mensch nicht gerecht zu werden vermochte und so auch die angebotene Hilfe nicht zu nutzen verstand.

Der Hahn Alektryo in Brentanos *Hinkel, Gockel und Gackeleia* ist sogar bereit, sein Leben für das Glück der Menschen zu lassen. Ähnlich handelt auch die Nachtigall in Oscar Wildes *Die Rose und die Nachtigall.* Die Nachtigall aber, die ihr Herzblut hergibt, um dem verliebten jungen Mann zu der gewünschten roten Rose für die Umworbene zu verhelfen, stirbt einen sinnlosen Tod, da die Liebeserfüllung an der Engherzigkeit der Menschen scheitert. Längst hat sich der Mensch von der Natur entfremdet und ist unfähig geworden, die Hilfe der Naturgeschöpfe und deren elementare Botschaften zu würdigen.

So the Nightingale pressed closer against the thorn, and the thorn touched her heart, and a fierce pang of pain shot through her. Bitter, bitter was the pain, and wilder and wilder grew her song, for she sang of the Love that is perfected by Death, of the Love that dies not in the tomb.
And the marvellous rose became crimson, like the rose of the eastern sky. Crimson was the girdle of petals, and crimson as a ruby was the heart. But the Nightingale's voice grew fainter, and her little wings began to beat, and a film came over her eyes.
Aus: Oscar Wilde, *The Nightingale and the Rose.*

Dämonische Tiere

Neben den helfenden Sympathietieren tauchen im Märchen vereinzelt dämonische Tiere auf, die Schaden stiften und die es zu überwältigen gilt. An exponierter Stelle steht der Wolf. Sowohl in *Der Wolf und die sieben jungen Geißlein* als auch in *Rotkäppchen* richtet sich seine Gier erbarmungslos gegen das Leben selbst. Stets aber werden (zumindest im Grimmschen Märchen, im Unterschied zu Perraults Rotkäppchenversion) die wölfischen Untaten rückgängig und dem Wolf der Garaus gemacht. Dämonische Tiere können den Menschen in die Irre führen, wie der weiße Lockvogel in *Hänsel und Gretel*. Im Dienst der magischen Kräfte der Hexe weist er den Kindern den Weg ins drohende Verderben.

Verheerendes Unheil geht stets vom Fabeltier des Drachen aus. Wie in den Mythen des Vorderen Orients und Europas erscheint er gelegentlich auch im Märchen. Im Märchen *Die zwei Brüder* haust ein siebenköpfiger Drache auf einem hohen Berg vor der Stadt und droht, das ganze Land zu verwüsten, wenn ihm nicht jedes Jahr eine reine Jungfrau zum Opfer gebracht wird. Seine Überwindung durch den Jäger kommt einem Sieg über das Chaos und das Böse gleich. Immer bedeutet das Ringen mit dem Drachen, ähnlich wie die Auseinandersetzungen mit Riesen, Menschenfressern, Zauberern und Hexen, einen Kampf auf Leben und Tod. Der Triumph über den Drachen stellt ähnlich wie die Tötung des Wolfs und die Aufhebung des Unheils, das der dämonische Vogel heraufzubeschwören drohte, am Ende die Überlebensordnung des Märchens wieder her.

Illustration von Tatjana Hauptmann zu *Rotkäppchen.*

Wie er nun so auf dem Wasser schwamm und recht in Angst war, hörte er was krabbeln am Schloß, nagen und schnauben; auf einmal springt das Schloß auf, und der Deckel fährt in die Höhe, und stehen da Maus, Affe und Bär, die hatten's getan; weil er ihnen geholfen hatte, wollten sie ihm wieder helfen. Nun wußten sie aber nicht, was sie noch weiter tun sollten, und ratschlagten miteinander. Indem kam ein weißer Stein in dem Wasser dahergerollt, der sah aus wie ein rundes Ei. Da sagte der Bär: »Der kommt zu rechter Zeit, das ist ein Wunderstein: wem der eigen ist, der kann sich wünschen, wozu er nur Lust hat.«
Aus: *Die treuen Tiere.* Anhang Nr. 18 zu Grimms *Kinder- und Hausmärchen.*

Marcus Behmer: Illustration zu *Von dem Fischer un syner Fru.* Der »Pißputt« erscheint ganz real als Behausung der armen Leute.

Volksmärchen

Immer haben die Bedürftigen und Deklassierten Märchen gebraucht, ausgleichende Glücksentwürfe angesichts einer kärglichen Wirklichkeit. Mit den Versagungen und Entbehrungen nahmen die Wünsche nach einem erfüllteren Leben zu. Das Märchen, die Poesie der Habenichtse, entwarf eine Welt der am Ende siegreichen poetischen Gerechtigkeit.

Lange vor ihrer Aufzeichnung fanden die Märchen weite Verbreitung, erzählt von Handwerkern, Tagelöhnern, Waldarbeitern, Knechten und Dienstmägden, von Vertretern der unteren Schichten, deren Glücksverlangen notorisch unbefriedigt blieb. Die gesammelten und aufgezeichneten Märchen bildeten eine wichtige Ergänzung des kulturgeschichtlichen Spektrums. Besondere Bedeutung kommt hier den Romantikern zu, die verstärkt den Blick über die eng gezogenen Grenzen der Adelsgesellschaft hinaus auf das einfache Volk richteten.

Der soziale Standort der Erzähler schlägt sich unübersehbar nieder in der Schilderung des sozialen Milieus. Oft handelt es sich bei den Märchenfiguren um Lohnarbeiter, wandernde Gesellen, Handwerker am Rand des Existenzminimums, Knechte, Holzhacker und Findelkinder. Arme Mädchen, Entmündigte und Ausgegrenzte wie Aschenputtel avancieren immer wieder zu Heldinnen der Märchenhandlung. Der Erzählanlass, die Suche nach dem Glück, be-

> Solange den Hilflosen unbewußt war, sie selber könnten ihrer Unzufriedenheit mit den irdischen Verhältnissen abhelfen, war geheimnisvolle Abhilfe dringend erwünscht und wenigstens im Märchen willkommen in vielerlei Gestalt.
> Uwe Johnson: Nachwort zu *Von dem Fischer un syner Fru.* Leipzig, 1987.

Da dachte unser Herr Gott: »dem Reichen werde ich nicht beschwerlich fallen: bei ihm will ich übernachten.« Der Reiche, als er an seine Tür klopfen hörte, machte das Fenster auf und fragte den Fremdling, was er suche. Der Herr antwortete: »ich bitte um ein Nachtlager.« Der Reiche guckte den Wandersmann von Haupt bis zu den Füßen an, und weil der liebe Gott schlichte Kleider trug und nicht aussah wie einer, der viel Geld in der Tasche hat, schüttelte er mit dem Kopf und sprach: »ich kann Euch nicht aufnehmen, meine Kammern liegen voll Kräuter und Samen, und sollte ich einen jeden beherbergen, der an meine Türe klopft, so könnte ich selber den Bettelstab in die Hand nehmen. Sucht Euch anderswo ein Auskommen.« Schlug damit sein Fenster zu und ließ den lieben Gott stehen.
Aus: Gebrüder Grimm: *Der Arme und der Reiche.*

stimmt im Wesentlichen die personale Auswahl. Gerade in den Habenichtsen, den armen Schluckern, wird der Wunsch nach einer durchgreifenden Veränderung der Lebensverhältnisse übermächtig. Oft reicht das Geld nicht, sich selbst und die eigene Familie durchzubringen. Ein Schuster, ohne Chance seine vielköpfige Familie zu ernähren, verzweifelt und will sich aufhängen. Eltern setzen ihre Kinder aus, um selbst zu überleben und im Märchen vom *Süßen Brei*

Illustration von Svend Otto S. zu *Aschenputtel.*

beschwört der reale Hunger Phantasien von einem überreichen Nahrungsangebot herauf. Der Schneider in *Die beiden Wanderer* verkauft seine beiden Augen für je ein Stück Brot. Deutlich bewusst ist sich der Märchenerzähler des sozialen Gefälles. Im Recht aber bleibt immer der Arme, während der Reiche sich Kritik gefallen lassen muss. Im Märchen *Das Bürle im Himmel* lässt Petrus den Neuangekommenen wissen, dass Arme wie er jederzeit in den Himmel kommen,

Zeichnung von Otto Ubbelohde zu *Das Bürle im Himmel.*

von den Reichen gelangt jedoch höchstens einer in hundert Jahren hinein. Insofern setzt sich auch der König ins Unrecht, der dem Aufsteiger die Hand seiner Tochter zu verweigern sucht.

Mitunter schlägt das Märchen auch versöhnlichere Töne an. Im Märchen von den ungleichen Kindern Evas hebt Eva hervor, dass ja nicht nur die kleinen Leute, sondern ebenso die Reichen und die Fürsten ihre Kinder seien. Als ungerecht empfindet sie daher die ungleichen Lebensverhältnisse. Gott macht ihr jedoch die Notwendigkeit der sozialen Unterschiede klar, denn nicht alle können ja Fürsten oder Könige sein. Doch Beschwichtigungen und Tröstungen dieser Art sind nicht die Regel. Der arme Mann in *Der Gevatter Tod* lehnt Gott als Gevatter schroff ab: »Du gibst den Reichen und läßt die Armen hungern.«

Zeichnung von Otto Ubbelohde zu *Des Teufels rußiger Bruder.*

Arm zu sein und am Rande zu stehen, bedeutet im tieferen, menschlichen Sinn, Recht zu haben und sich in letzter Konsequenz als überlegen zu erweisen. Der hungrige, abgedankte Soldat in *Des Teufels rußiger Bruder* trifft seine Vorgesetzten von einst in der Hölle wieder und zögert nicht, unter den Kesseln, in denen sie schmoren, besonders stark einzuheizen. Der Meisterdieb in *Die vier kunstreichen Brüder* ist im Gegensatz zum gemeinen Räuber weniger ein Krimineller als ein auf den notwendigen sozialen Ausgleich Bedachter. »Glaubt nicht, dass ich stehle wie ein gemeiner Dieb: ich nehme nur vom Überfluß der Reichen. Arme Leute sind sicher; ich gebe lieber, als daß ich ihnen etwas nehme.« Armut und Bedürftigkeit sind vorwärts drängende motorische Handlungsimpulse des Volksmärchens. Zutiefst ist der Märchenheld erfüllt von seinem Anspruch auf das Glück, das sich als poetische Vision am Ende erfüllt, indem es dem Einzelnen gesellschaftlichen Aufstieg und Reichtum zuspielt. Oft reicht auch schon die Verfügung über einen kleinen eigenen Besitz, der den Menschen ernährt, ohne dass er weiter knechtliche Arbeit leisten muss. Gerade weil den Armen im elementaren Bereich alles abgeht, was das Lebensglück ausmacht, vertreten die Märchenhelden, die aus Armut und Not aufbrechen in die Welt, eine handfeste, materielle Gesinnung. Das Volksmärchen dokumentiert das Denken und Handeln der kleinen Leute, denen es in

Und kaum hatte der Schreiner: »Tischchen, deck dich« gesagt, so war es gedeckt und mit den schönsten Schüsseln reichlich besetzt. Da ward eine Mahlzeit gehalten, wie der gute Schneider noch keine in seinem Hause erlebt hatte, und die ganze Verwandtschaft blieb beisammen bis in die Nacht, und waren alle lustig und vergnügt. Der Schneider verschloß Nadel und Zwirn, Elle und Bügeleisen in einen Schrank und lebte mit seinen drei Söhnen in Freude und Herrlichkeit.
Aus: *Tischlein deck dich ...*

[...] es ist, als ob das Märchen expressis verbis bekräftigen wollte, daß jeder Mensch ein Recht auf Glück hat, daß keiner in den Grenzen seines Standes bleiben muß, der den Kopf und das Herz hat, sich selbst zu verwirklichen.
Aus: Christa Bürger: *Sage und Märchen.* Stuttgart, 1971. S. 50.

erster Linie darum geht, satt zu werden und ein Dach über dem Kopf zu haben. Erst auf dieser Basis kann sich ein lebenswertes Dasein entfalten. Das Volksmärchen erzählt daher auch die Kulturgeschichte des kleinen Mannes.

Poesie und Dichtung haben für den Angehörigen der unteren Schichten nur dann einen Sinn, wenn sie für seinen Anspruch auf elementares Lebensglück eintreten und sein Dasein erträglicher gestalten, indem sie optimistische Optionen offen halten. Wie alle volkstümlichen Literaturformen hat das Märchen seinen Platz in der konkreten Lebensbewältigung. Ein Graben zwischen dem Literarischen und Didaktischen hat sich noch nicht aufgetan. Eine wachsende Distanzierung in diesem Sinn findet erst im Kunstmärchen statt.

Kunstmärchen

Chamissos *Peter Schlemihl* erzählt die Geschichte eines Habenichtses, der, durch den Anblick materiellen Überflusses verführt, den Verlockungen des Geldes erliegt. Am Ende jedoch muss er erkennen, dass er auf den falschen Wert gesetzt hat und seine menschliche Identität zu verlieren droht. Deutlich wird jede Bindung an das Materielle abgewertet. Die naive Freude des Volksmärchens an Wohlstand und Reichtum, die die bitter erfahrene Armut endlich überwinden, tritt auffällig zurück. Nicht länger geht es um eine handfeste, praktische Lebensbewältigung, sondern vielmehr um eine vergeistigte Lebensführung,

Der gerichtete Reiche bewegt Schlemihl dazu, sich angeekelt vom Geld zu trennen: »Er steckte zögernd die Hand in die Tasche, und daraus bei den Haaren hervorgezogen erschien Thomas Johns bleiche, entstellte Gestalt, und die blauen Leichenlippen bewegten sich zu schweren Worten: ›Justo judicio Dei judicatus sum; Justo judicio Dei condemnatus sum.‹ Ich entsetzte mich, und schnell den klingenden Säckel in den Abgrund werfend, sprach ich zu ihm die letzten Worte: ›So beschwör ich dich im Namen Gottes, Entsetzlicher! Hebe dich von dannen und lasse dich nie wieder vor meinen Augen blicken!‹«
Aus: Adelbert von Chamisso: *Peter Schlemihl.*

die sich zusehends vom Konkreten abwendet. Literatur schafft Ausgleich für den Mangel an materiellem Wohlergehen, indem sie den Geist über das Geld setzt. Literatur beginnt sich aus der realen Welt der Bedürftigkeit in poetisch selbstgenügsame Enklaven zu begeben und verliert in diesem Sinn ihre lebenspraktische Aufgabe.

Ganz ähnlich argumentiert auch Wilhelm Hauffs *Das kalte Herz*. In der Opposition von Herz und Geld wird die Unversöhnlichkeit von Materiellem und Emotionalem auf die Spitze getrieben. Gottfried Keller macht sich in *Spiegel das Kätzchen* ausdrücklich lustig über den geldgierigen Hexenmeister, der sich auf der Suche nach einem angeblichen Schatz in grotesk-komische Situationen verstrickt und in immer tiefere Abhängigkeit von der Hexe gerät. Wer materiellen Gütern hinterherjagt, so der Tenor von Kellers Kunstmärchen, begibt sich in Gefahr, Wirklichkeit und Chimären miteinander zu verwechseln. Stets wird dabei das Materielle selbst abgewertet und einem geistig erfüllten Leben das Wort geredet. Die Naivität des Volksmärchens mit seinem unverhohlenen Bekenntnis zum materiellen und sinnlichen Wohlergehen scheint damit in den Hintergrund getreten. Mit der Intellektualisierung des Kunstmärchens tritt die elementarvitale Haltung des Volksmärchens zurück.

Emil Zbinden: Illustration zu Hauffs *Das kalte Herz.*

Charles Dickens geht in seinem *Christmas Carol in Prose* von einer echten volksmärchenhaften personalen Konstellation aus. Der reiche, habgierige Geschäftsmann Ebenezer Scrooge wird abstoßend und unmenschlich gezeichnet. Wie alle Reichen im Märchen ist er von Anfang an im Unrecht, und der Erzähler tut alles, ihn als einen Ausbund gnadenloser Hartherzigkeit erscheinen zu lassen. Die Lösung der menschlich angespannten Situation geschieht aber nicht dadurch, dass der arme, drangsalierte Angestellte zu Geld kommt, sondern dass der Reiche, nachdem er auf wunderbare Weise Zeuge beglückender menschlicher Gemeinschaft geworden ist, sich zu einem mitfühlenden, zur Freude fähigen Menschen bekehrt, der zum erstenmal das Glück des Weihnachtsfestes erlebt. In der Geschäftswelt bleibt alles beim Alten, der Reiche bleibt reich und der Arme arm. Nur die innere Einstellung hat sich geändert. Auch bei Dickens setzt sich die Verinnerlichung des Märchens fort.

Vergleichbar sind die Märchen von Oscar Wilde konzipiert. In der Spannung zwischen Selbstsucht und sozialem Mitleid steht der Erzähler konsequent auf der Seite derer, die ein gutes Herz für die Bedürftigen zeigen. Auch hier führt das Eintreten für den Armen keineswegs zu einer Korrektur der sozialen Verhältnisse, sondern lediglich zu emotionalen Ausgleichen. Die Mobilisierung des Mitgefühls enthält sich bewusst des Engagements für notwendige soziale Reformen. Nicht länger gewinnt die ausgleichende Poesie der Habenichtse Gestalt, sondern die Poesie scheinbar höherer bzw. tieferer Werte.

Bei Hans Christian Andersen, insbesondere in seinem Märchen *Das kleine*

Illustration zu *Das kleine Mädchen mit den Schwefelhölzern.* Das Mädchen wird von seiner verstorbenen Großmutter in den Himmel entrückt.

Janosch: Zeichnung zu seiner Adaption von *Hans im Glück.* Am Ende seines Lebens hat Hans ein Bein verloren und lebt in äußerster Armut.

Mädchen mit den Schwefelhölzern, sieht sich der bettelarme, Not leidende Mensch am Ende auf die Gnade Gottes verwiesen, der ihn aus seinem Elend unmittelbar in den Himmel entrückt. Die soziale Misere scheint nicht änderbar, zumindest greift Gott selbst nicht ein, mehr soziale Gerechtigkeit zu schaffen. Das Jenseits muss kompensieren, was das Diesseits versagt. Der Märchenerzähler verzichtet zusehends auf die Darstellung eines Glücks hier und jetzt, indem er die Lösung des Problems in den Himmel verlegt.

An die naiv sinnliche Werthaltung des Volksmärchens erinnern die Adaptionen Grimmscher Märchen durch Janosch. Seine vor allem parodistischen Verarbeitungen stellen die Vergeistigung und Verinnerlichung des Kunstmärchens wieder in Frage. Hans im Glück ist weniger ein glücklich Entsagender als ein beschränkter Mensch, der sich mit allem zufrieden gibt und dabei zum Opfer fortgesetzter Selbsttäuschungen wird. In dem Maße, wie das, was Hans sich als Glück einredet, die Parodie herausfordert, sieht sich der Leser zurückgeführt zum unkomplizierten Bekenntnis des traditionellen Volksmärchens zu einem handfesten, materiellen Wohlergehen. Deutlich tritt noch einmal hervor, dass das Märchen gerade in seiner sozialen Aussage eine charakteristische literarische Form gesellschaftlicher Unterschichten ist, während das Kunstmärchen eine bildungsbürgerlich-intellektuelle Gattungsannäherung darstellt, für die das wahre Glück mit dem Geist identisch ist, der das Materielle als das Geringere abwertet.

»Wie gut, Mutter«, sagte er, daß der Krieg nicht schon vor drei Tagen anfing. Da hätte ich gar nicht so lange dableiben können.« Und dann schossen sie ihm im Krieg ein Bein weg. Aber eines blieb ihm noch. Zwei Beine weg ist schlimmer! Dann hätte er nicht mehr laufen können. Da war der Hansl aber froh darüber. Und als der Krieg verloren war, sagte er: »Freuen können wir uns Mutter, daß wir nicht gewonnen haben. Dann hätte unser König sich stark gefühlt und hätte bald wieder einen neuen Krieg angefangen.«
Aus: Janosch, *Hans im Glück.* Weinheim und Basel, 1972.

> Zwar sind wenige Schöpfungen der Kultur so sehr internationales Eigentum wie gerade das Märchen, aber eben die Ubiquität des Märchens erlaubt es, den nationalen Unterschieden der Wirklichkeitseinstellung nachzugehen. Ein Märchen darf jedenfalls nicht nur für sich allein betrachtet werden, sondern muß auch in den Rahmen der ethnischen Kultur gestellt werden, aus der es stammt.
> Lutz Röhrich, *Märchen und Wirklichkeit*, Wiesbaden 1979, S. 6.

Insbesondere die so genannten Volksmärchen haben immer wieder Deutungen herausgefordert. Märchenforscher wie Lutz Röhrich und Heinz Rölleke sehen im Märchen vor allem den Niederschlag der durch Gemeinschaft, Tradition und Brauchtum bestimmten Volkskultur. Der konsequent kulturgeschichtliche Ansatz lässt Fragen nach der literarischen Gestaltung ebenso offen wie Erörterungen der Bedeutung der Märchen für den heutigen Leser. Im Grunde stellt das volkskundliche Verfahren weniger eine Deutung dar als eine textvermittelte, ethnographische Dokumentation.

Geistesgeschichte

Die Literaturwissenschaft hat sich der Märchendeutung nur zögernd angenommen. Dominant sind die hermeneutischen, sinnstiftenden Ansätze. Der geistesgeschichtliche Ansatz versteht das Werk als Manifestation geistiger Kräfte und Ideen, wie sie in bestimmten Epochen beherrschend hervortreten, als Ausdruck des Zeitgeistes, einer einheitlichen geistigen Grundhaltung.

Wenn man davon ausgeht, dass die Grimmschen Märchen in Geist und Gestalt vor allem eng mit der Romantik verbunden sind, so ist zu fragen nach den geistigen Grundhaltungen der Romantik, so wie sie sich im Märchen niederschlagen. Als Beispiel soll hier das Märchen *Hans im Glück* dienen. Am Anfang steht der Aufbruch des Märchenhelden aus einem Arbeitsverhältnis. Sein Ziel ist die Mutter. Im romantischen Sinn geht es um die Befreiung von bloßer Zweckbindung und vordergründigem Nützlichkeitsdenken.

> Das Märchen wird heute nicht mehr wie früher von Mund zu Mund übertragen und im Kreise der Erwachsenen erzählt. Aber es bleibt vielfach begehrt. Kindern kommt es als geistige Nahrung zu, Künstler und Wissenschaftler glauben in ihm eine Grundform der Dichtung zu erkennen.
> Max Lüthi, *Es war einmal ... Vom Wesen des Volksmärchens.* Göttingen, 6. Aufl. 1983. S. 4.

Selbstverwirklichung ist nur erreichbar außerhalb der Einengungen durch Arbeit und Pflicht. Der Wunsch, zur Mutter zurückzukehren, ist Ausdruck der romantischen Sehnsucht nach dem Ursprünglichen, nach der als glücklich erinnerten kindlichen Vergangenheit, in der noch alle Möglichkeiten offen standen. Wenn Hans vom Goldklumpen bis hin zu den Schleifsteinen alles verliert, so äußert sich darin die Geringschätzung des Materiellen. Frei ist der Mensch nur, wenn er sich befreit von den toten, wertlosen Dingen. Die Ankunft bei der Mutter bleibt ausgespart, da die letzte Erfüllung für den Romantiker im endlichen Dasein nicht darstellbar ist. Die Mutter markiert das Ziel der Sehnsucht nach dem Unendlichen. Menschliches Leben ist weniger bestimmt durch die Ankunft als durch das Unterwegssein.

Hans im Aufbruch. Illustration von Silvio Neuendorf zu *Hans im Glück*.

Strukturanalyse

Anders als die gehaltlich orientierte Geistesgeschichte konzentriert sich die Strukturanalyse auf Stil, Aufbau und Komposition. *Hans im Glück* ist eine dialektisch strukturierte Erzählung. In dem Maße, wie die materiellen Werte schwinden, nimmt der geistige Sinn zu. Materielles und Geistiges verhalten sich wie These und Antithese. Die Befreiung vom Toten bringt den Einzelnen auf den Weg zum wahrhaft Lebendigen. Verräterisch ist, dass die erste wie die sechste Station einen Rahmen bilden, in dem das Gold wie der Stein, also das absolut Leblose, im Vordergrund stehen. Der Name Hans wird als Gattungsname für den Menschen verwendet, für den, der exemplarisch und repräsentativ menschliche Existenz erfährt.

Hans handelt die absolut wertlosen Schleifsteine ein. Illustration von Silvio Neuendorf.

Sechs Stationen durchläuft er, während die siebte nur angedeutet wird. Die Sieben steht im Märchen in Anlehnung an die sieben Tage der Woche für das Abgeschlossene und Vollendete. Hans ist auf dem Weg zur Erfahrung seiner persönlichen Ganzheit. Neben dem Zahlensymbol ist vor allem der Brunnen von zentraler sinnbildhafter Bedeutung. Er steht für das Werden und Vergehen, für das ewige Stirb und Werde. Nur wer alles verliert, kann alles wiedergewinnen. Je mehr die Begegnungen, das Dialogische zurücktreten, desto ausschließlicher sieht sich der Einzelne auf sich selbst zurückgeworfen und begegnet sich selbst und dem Sinn seines Daseins.

Geistesgeschichte und Strukturanalyse verbinden sich zu dem, was man die werkimmanente Interpretation genannt hat. Die Werkimmanenz konzentriert sich auf das Einzelwerk und lässt allgemeine philosophische, soziologische, psychologische und andere Fragestellungen außer acht. Von Bedeutung für sie ist allerdings die Einbeziehung epochenspezifischer Darstellungsstile und das, was diese hervorbringt und ausprägt. Geläufig ist daher auch die Bezeichnung Gehalt-Gestalt-Analyse. Ihre Mängel bestehen vor allem darin, dass es ihr in der Regel nicht gelingt, Brücken zum aktuellen Leser zu schlagen.

Die Literatur ist auch dort, wo sie im genialen Kunstwerk gipfelt, geistiger Spiegel und Interpretation des Zustands der menschlichen Gesellschaft in einem bestimmten geschichtlichen Stadium und in der komplexen Spannung zwischen Ideal und Wirklichkeit. Erich Köhler, *Methoden der deutschen Literaturwissenschaft.* Frankfurt/ Main, 1971. S. 305

Literatursoziologie

Aus der Literatursoziologie entwickelte sich ein werktranszendentes historisch-soziologisches Deutungsverfahren. Literatur wird verstanden als Spiegel, Interpretation und Kritik gesellschaftlicher Verhältnisse. In *Hans im Glück* richtet sich das zentrale Interesse auf die Abfolge der Tauschaktionen. Dabei fällt auf, dass Hans immer weniger für die Dinge erhält, die er eintauscht, bis er am Ende nichts mehr hat. Deutbar ist solches Tauschverfahren als Abbild der kapitalistischen Warentauschgesellschaft. Der eingelöste Wert des in den Handel gegebenen Tauschobjekts ist von Mal zu Mal niedriger als der tatsächliche Objektwert. Aus der Differenz von Tausch- und Gebrauchswert ergibt sich der Profit für die Handelspartner von Hans.

Übertragen auf die normale Kaufaktion heißt das, dass der Einzelne für sein Geld, das er zahlt (Tauschwert), immer weniger zurückerhält, als das Geld wert ist (Gebrauchswert). *Hans im Glück* formuliert, so verstanden, Kritik an der kapitalistischen Tauschgesellschaft. Die einzelnen Stationen wären als Veranschaulichung der zunehmenden Verarmung dessen zu begreifen, der ständig übervorteilt wird. Erzählt wird das Märchen vom Glück der Profiteure und dem Pech des notorisch Übervorteilten. So plausibel diese Deutung für die Binnenhandlung auch sein mag, so lässt sie doch, bezogen auf die Ausgangssituation des Rahmens, alle Fragen offen.

Hans verliert auch die Schleifsteine. Illustration von Michèle Lemieux zu *Hans im Glück*.

Literaturpsychologie

Sehr verbreitet ist die psychoanalytische Märchendeutung, nicht zuletzt populär gemacht durch Bruno Bettelheims Buch *Kinder brauchen Märchen*. Für die Literaturpsychologie ist das literarische Werk Ausdruck seelischer Konflikterfahrungen und der Versuche, mit diesen umzugehen. Dabei bieten sich unterschiedliche

Je mehr ich mich bemühte zu verstehen, warum das Märchen so bezeichnend für das innere Leben des Kindes ist, um so klarer wurde mir, daß das Märchen in einem viel tieferen Sinn als jede andere Lektüre dort einsetzt, wo sich das Kind in einer seelischen und emotionalen Existenz befindet. In den Märchen kommen die schweren inneren Spannungen des Kindes so zum Ausdruck, daß es diese unbewußt versteht.
Bruno Bettelheim, *Kinder brauchen Märchen.* Stuttgart 1977.

Der von aller Last befreite Hans im Glück. Illustration von Eve Tharlet zu *Hans im Glück*.

Ansätze an, je nachdem, welche psychoanalytische Fragestellung man zugrunde legt.

Am verbreitetsten ist der Ansatz von Sigmund Freud. Für Freud strebt das Individuum nach Lustgewinn und nach Vermeidung von Unlust, wobei es sich jeweils gemäß der Anforderungen der realen Welt verhält. Lustgewinn ist verbunden mit dem Wunsch nach Reichtum und dessen tatsächlichem Besitz. Wenn aber der soziale Status des Einzelnen so beschaffen ist, dass er keine Reichtümer erwerben kann, müsste daraus ständige Unlust erwachsen, was jedoch die Psyche nicht zulässt. Um die Unlust unter den realen Bedingungen zu vermeiden, wird ein Abwehrmechanismus in Gang gesetzt, der das, was man nicht bekommen kann, abwertet. In seiner Traumtheorie nennt Freud einen solchen seelischen Prozess Verschiebung. Wie der Fuchs, der die für ihn nicht erreichbaren, allzu hoch hängenden Trauben sauer nennt, entwertet Hans durch fortgesetzte Herabminderungen seinen offenbar nur eingebildeten Reichtum, wie der kopfgroße Goldklumpen nahe legt. Glück stellt sich für den Habenichts allein dann ein, wenn er seine materiellen Phantasien überwindet und sich mit seinem Zustand zufrieden gibt.

Nach der Individualpsychologie Alfred Adlers führt die Erfahrung von Minderwertigkeit und Mangel zu einem produktiven Kompensationsstreben. Der Habenichts befreit sich von seinem erdrückenden Armutsgefühl, indem er in seiner Phantasie die Illusion, reich zu sein, durchspielt und dabei erkennt, dass Reichtum nur belastet und einschränkt. Produktive Kompensation führt zur Entdeckung geistiger Freiheit durch die Befreiung vom bloß Materiellen. Kompensation ist bei Adler im Unterschied zu Freud frei von Selbsttröstung und Selbstillusionierung.

> Die psychologische Art hat als Stoff einen Inhalt, der sich innerhalb der Reichweite des menschlichen Bewußtseins bewegt, also z. B. eine Lebenserfahrung […]. Dieser Stoff ist aufgenommen in die Seele des Dichters […]. Der Urstoff dieser Gestaltung entstammt der Sphäre des Menschen, seiner ewig sich wiederholenden Leiden und Freuden; er ist Inhalt des menschlichen Bewußtseins, in seiner dichterischen Gestaltung erklärt und verklärt.
> Carl Gustav Jung: *Welt der Psyche,* München 1965, S. 33.

Aber auch bei den psychoanalytischen Deutungsversuchen nach Freud und Adler bleiben Fragen offen. Ungeklärt ist weiterhin der Aufbruch zur Mutter, deren Stellung und Bedeutung im Märchen. Aufschluss bietet hier das psychoanalytische Verfahren Carl Gustav Jungs. Nach Jung sind im kollektiv Unbewussten die so genannten Archetypen gespeichert, Urerfahrungen des Menschen, die sich in Mythen und Märchen sinnbildhaft ausprägen. Einen herausragenden Platz unter den Archetypen nimmt die Große Mutter ein, die Mutter Erde, aus der der Mensch hervorgegangen ist und in die er am Ende seiner Tage wieder eingeht.

Carl Gustav Jung (1875–1961)

Hans durchläuft sechs Stationen, in denen das Leben noch einmal an ihm vorüberzieht, bis er auch »das letzte Dorf« hinter sich gelassen hat und ihm die Steine in den Brunnen gefallen sind. Dabei steht der Brunnen ambivalent sowohl für das Wasser des Lebens als auch für den Abgrund des Todes.

Die siebte Station ist die Vollendung des Lebens, die Rückkehr zur Großen Mutter Erde. *Hans im Glück* ist im tiefsten Sinn ein Todesmärchen. Willig legt der Mensch alle Requisiten und am Ende das Leben selbst ab und macht sich bereit für den Übergang zum Tod, dem er, ohne zu hadern, entgegengeht, da jegliches Sträuben sinnlos wäre. Von innen heraus bejaht der Mensch sein existenzielles Schicksal, wenn sein Leben

»Hans, der den Stein in der Tiefe hatte versinken sehen, kniete nieder und dankte Gott mit Tränen in den Augen, daß er ihm auch diese Gnade noch erwiesen hätte. Frei von aller Last sprang er nun fort bis er daheim war.«
Karikierende Zeichnung von Hans Baltzer zu Hans im Glück. Für jede Kreatur steht am Ende der Absturz.

abgelaufen ist und ihm alle Dinge, an denen bisher sein Herz gehangen hat, entschwinden.

Die beispielhafte Anwendung unterschiedlicher methodischer Fragestellungen zeigt, dass es nicht die richtige oder falsche Methode, sondern lediglich weniger ergiebige und ergiebigere Methoden gibt. Dabei können durchaus mehrere methodische Wege eingeschlagen werden, wenn auch die Erschließung der zentralen Textaussage eine pointierte Fragestellung voraussetzt.

Bruno Bettelheim: *Kinder brauchen Märchen.* 1975/77. Umschlag.

Was bei der Deutung von *Hans im Glück* durch die Anwendung des psychoanalytischen Ansatzes gelingt, kann sich bei anderen Märchen durchaus als unergiebig erweisen. Interpreten, die *Hänsel und Gretel,* eines der meistgedeuteten Märchen der Grimmschen Sammlung, psychoanalytisch aufzuschlüsseln versuchten, gingen in aller Regel an der eigentlichen Märchenaussage vorbei. Ein eklatantes Beispiel bietet Bruno Bettelheim. Er versteht das Märchen nach Freud als Darstellung eines ödipalen Konflikts. Da die Kinder in ihrem Streben nach dauerhaftem Lustgewinn sich nicht von den Eltern lösen wollen, setzen sie sich selbst lebensbedrohenden Sanktionen aus. Was Bettelheim übersieht, ist die desolate soziale Situation der Holzhackerfamilie, die die Anstrengung aller herausfordert. Der Versuch, auf Kosten der anderen, der Kinder gar, zu überleben, ist für das Märchen von vornherein verwerflich. Gerade die sozial begründete Konfliktsituation legt ein soziologisches Verständnis nahe.

> Hänsel und Gretel ist das Märchen von der gefährdeten und letztlich geglückten Solidarität der Geschlechter und der Generationen. Mann und Frau, Alt und Jung sind nur gemeinsam in der Lage, den Lebenskampf zu bestehen. Wo sich der eine, ungeachtet der Haltung des anderen, durchsetzt oder die einen die anderen aus selbstischen Gründen opfern, entstehen Probleme und Konflikte, die das Märchen phantastisch veranschaulicht und zugleich löst. Zum Schluß ist aus dem Hexenhaus wieder ein Vaterhaus geworden.
> Winfried Freund, *Deutsche Märchen,* München 1996. S. 48.

Ludwig Richter, Illustration zu *Hänsel und Gretel.*

Hänsel und Gretel nimmt seinen folgenschweren Ausgang von der Aufkündigung des Pakts der Generationen durch die Stiefmutter. Wer sich aber weigert, mit den Kindern auch noch das Letzte zu teilen, wie der Vater zu bedenken gibt, macht sich schuldig. In der Hexe, die sich die Kinder einverleiben, also auch auf deren Kosten leben will, nimmt die Stiefmutter abstoßende Gestalt an. Das Verbrennen der Hexe im Ofen ist eine Alibi-Exekution, die sich in Wahrheit gegen die Stiefmutter richtet. Diese ist bei der Rückkehr der Kinder in der Tat tot. Hänsel und Gretel, beladen mit den Schätzen aus dem Hexenhaus, stellen am Ende den Pakt mit der Elterngeneration wieder her, indem sie dem Vater, der zu schwach war, sich gegen seine Frau durchzusetzen, einen sorgenlosen Lebensabend bereiten. Möglich wird dies aber nur, weil die Geschwister treu zueinander stehen und die Lösung des Konflikts als gemeinsame Aufgabe begreifen. *Hänsel und Gretel* ist nicht nur das Märchen von der Solidarität der Generationen, sondern auch von der Solidarität der Geschlechter.

Gerade der soziologisch orientierte Deutungsansatz führt hier zur eigentlichen Sinnerschließung des Märchens. Entscheidend für eine auch den heutigen Leser noch erreichende Märchendeutung ist das werktranszendente Vorgehen. Während die traditionelle Gehalt-Gestalt-Analyse das Märchen in den Epochenkontext einordnet und seine Darstellungsmittel erörtert, erschließt von Fall zu Fall die psychoanalytische bzw. soziologische

Lisbeth Zwerger, Illustration zu *Hänsel und Gretel.*

Bernadette, Illustration zu *Hänsel und Gretel.*

Fragestellung die allgemein menschliche Bedeutung.

Moderne Darstellungsverfahren wie Dekonstruktion und Gender-Studies haben im Rahmen der Märchendeutung bisher keine einleuchtenden Ergebnisse vorgelegt. Der Dekonstruktivist unterstellt dem Text widersprüchliche Sinngebungen, die sich nicht zur Geschlossenheit und Einhelligkeit zusammenfügen lassen. In dem Maße aber, wie das Werk als uneindeutig erklärt wird, erscheint seine Wirkung neutralisiert. Die Suche nach möglichen aktuellen Antworten im historischen Text stößt ins Leere und zieht den Sinn jeglicher Lektüre in Zweifel.

Die Gender-Studies, sofern sie in der Märchendeutung angewendet wurden, argumentieren in Absehung vom Ganzen ideologisch oft allzu voreingenommen und dogmatisch. Ein verräterisches Beispiel, das für viele andere stehen kann, ist die These von der Diffamierung der Frau in *Hänsel und Gretel.* Mit ausschließlichem Blick auf die schuldig gewordene Stiefmutter und auf ihre Projektion als Hexe entgeht den Interpreten, dass es sich ja auch bei der durchaus positiv gezeichneten Gretel um eine heranwachsende junge Frau handelt, deren konstruktives Handeln wesentlich zum Happyend des Märchens beiträgt.

Märchendeutungen erscheinen vor allem dann ergiebig, wenn sie nach hermeneutischem Verständnis Sinn stiften und es dem heutigen Leser ermöglichen, existenzielle Grunderfahrungen, wie sie das Märchen immer wieder erörtert, im eigenen Lebenskontext zu reflektieren.

Die Deutung des Kunstmärchens ist von jeher als Aufgabe der literaturwissenschaftlichen Interpretationspraxis angesehen worden, was für den Umgang mit dem Volksmärchen nicht selbstverständlich gilt. Ein besonderes Problem ergab und ergibt sich durch die Frage nach den Unterschieden und Gemeinsamkeiten zwischen Volks- und Kunstmärchen. Dabei sind sowohl die Autorenbindung als auch die unterschiedliche Aussageperspektive hervorgehoben worden. Der individuell fassbare Autor des Kunstmärchens ist weniger Vertreter einer bestimmten Schicht als ein von seiner Gesellschaft sich distanzierender Intellektueller. Nicht die Interessen einer bestimmten Gruppe stehen für ihn im Vordergrund, vielmehr ist er erfüllt von seinem persönlichen geistigen Anspruch. Daher ist das Kunstmärchen auch von vornherein in den literaturgeschichtlichen Kanon eingeordnet worden.

Glück ist für das Volksmärchen die Summe aus Macht, Reichtum und Schönheit, während das Kunstmärchen auf die Frage nach dem Glück nur sehr vorsichtig antwortet. Es verschweigt nicht, daß die Suche nach dem Glück auch scheitern kann und verweist auf den Fluchtraum ›Phantasie‹ als Ausweg.
Paul Wolfgang Wührl, *Das deutsche Kunstmärchen.* Heidelberg 1984. S. 299

In der Struktur ergeben sich im Vergleich zwischen Volks- und Kunstmärchen unübersehbare Parallelen. Beide stellen das Wirkliche durch das Mögliche in Frage und drängen auf eine Wirklichkeit, die das Mögliche selbstverständlich mit einbezieht. Das aber setzt auch beim Volksmärchen, zumindest beim Typus des Grimmschen Märchens, aber ebenso bei den Märchen aus *Tausendundeinernacht* ein hohes Maß an künstlerischer, stilistischer Gestaltung voraus, die eine unterschiedliche interpretierende Behandlung von Volks- und Kunstmärchen nicht länger angeraten erscheinen lässt.

Bernadette, Illustration zu *Hänsel und Gretel.*

Gerhard Oberländer, Illustration zu *Der Stein der Weisen* von Hans Christian Andersen.

Die Unsterblichkeit des Märchens

In Hans Christian Andersens Märchen *Der Stein des Weisen* ist von einem prächtigen Baum in Indien die Rede, den wohl niemand zu Gesicht bekommen wird, es sei denn im Märchen, denn der Baum mit seiner mächtigen Krone, mit seinen Windungen und Knorren ist wie das Märchen selbst. Seine Zweige umschließen weite, duftende Gärten, blühende Wiesen und Schlösser aus Kristall. Unter seinem Dach finden alle Tiere ein Zuhause. Wie im Märchen spannt sich eine Welt auf, in der Geborgenheit und Glück für alle sind, eine Welt, gewachsen aus dem fruchtbaren Schoß der Natur, die Erfüllung aller irdischen Wünsche. An den Wänden in den Schlosssälen ist in lebenden Bildern zu schauen, was das Dasein im Elementarsten und Tiefsten ausmacht. Letzte Antworten enthält das »Buch der Wahrheit« in der verborgensten Kammer des Schlosses, doch von einem Leben nach dem Tode steht dort nichts geschrieben. Mittel, den Tod zu überwinden, gibt es nicht. Der Baum ist wie das Märchen ein naturoptimistisches Sinnbild irdischer Glückseligkeit. Nur im Hier und Jetzt liegt die Chance zur Erfüllung.

Das Wunder des Lebens entfaltet sich, wie die Geschöpfe in Philipp Otto Runges Gemälde *Der große Morgen* aus der Lichtlilie entspringen. Von diesem Wunder erzählt das Märchen und von den Menschen, die versuchen, es Wirklichkeit werden zu lassen. Stets aber bleibt es ein ganz und gar irdisches Wunder, diesseits vom Glauben an eine sinnlich nicht fassbare jenseitige Erlösung. Gott ist ein Synonym für das Leben selbst, der Himmel ist das Glück hier und jetzt.

Philipp Otto Runge, *Der Große Morgen.* Teilstück: Die Lichtlilie. 1809.

Nicht immer nimmt der Mensch seine Chancen wahr,

glücklich zu werden. Insbesondere im Kunstmärchen ergeben sich tragische Verstrickungen. Ritter Huldbrand in Fouqués *Undine* vertut aus eigenem Verschulden sein Lebensglück wie auch Bertha in Tiecks *Der blonde Eckbert*. Aber selbst noch das Scheitern verweist auf die reale Möglichkeit der Erfüllung, die es einmal gegeben hat und die im Märchen aufbewahrt ist.

Anders als die populäre Fantasy-Erzählung, die Fluchträume entwirft und alles daransetzt, die Brücken zur realen Welt abzubrechen, erzählt das Märchen von den Möglichkeiten, die wirklich werden können und sollen, wenn der Mensch nur will. Vollendung gibt es allein dort, wo das, was ist, und das, was sein könnte, einen fruchtbaren Austausch eingehen, wo die Phantasie sich öffnet und alles Beschränkende und Verengende aufhebt, wie es Caspar David Friedrichs Bilder zeigen mit ihrem Blick aus dem geöffneten Fenster in die lichtdurchflutete Weite, in das Wunder des Lebens. Das Märchen ist unsterblich wie das Leben selbst. Unerschütterlich ist der Lebensoptimismus, dass das Lebensglück jedem offen steht, wenn der Mensch nur die Natur in ihrer Ganzheit nicht aus den Augen verliert und die Glück stiftenden Lebensmöglichkeiten nicht als Anspruch, sondern als Geschenk begreift, als Vermächtnis des elementaren Lebensgrundes, der im Märchen aufbewahrt ist.

Caspar David Friedrich, *Frau am Fenster*. 1822.

Sammlungen

Bechstein, Ludwig: Märchen für Kinder. Stuttgart o. J.

Borchers, Elisabeth (Hg.): Märchen deutscher Dichter. Frankfurt/M. 1972.

Borchers, Elisabeth (Hg.): Märchen deutscher Dichter. Neue Folge Frankfurt/M. 1989.

Deutsche Märchen. Illustriert von Friedrich Hechelmann. 2 Bde. München o. J.

Gilgamesch-Epos. München, Berlin 1995.

Grimm, Brüder: Kinder- und Hausmärchen. 3 Bde. Zeichnungen von Otto Ubbelohde. 2. Aufl. Marburg 1907.

Grimm, Brüder: Kinder- und Hausmärchen. 3 Bde. Hg. v. Heinz Rölleke. Stuttgart 1980.

Hammer, Klaus (Hg.): Französische Feenmärchen des 18. Jahrhunderts. Stuttgart 1980.

Leyen, Friedrich von der (Hg.): Altägyptische Erzählungen und Märchen. Jena 1927.

Leyen, Friedrich von der (Hg.): Deutsche Märchen seit Grimm. 2 Bde. Jena 1912.

Littmann, Enno (Hg. u. Übersetzer): Die Erzählungen aus den tausendundein Nächten. 6 Bde. 2. Aufl. Wiesbaden 1960.

Musäus, Johann August: Volksmärchen der Deutschen. 2 Bde. Berlin 1920.

Ninck, Martin (Hg.): Älteste Märchen von Europa. Basel 1945.

Rölleke, Heinz (Hg.): Märchen aus dem Nachlaß der Brüder Grimm. Bonn 1977.

Rölleke, Heinz (Hg.): Der wahre Butt. Die wundersamen Wandlungen des Märchens Vom Fischer und seiner Frau. Düsseldorf/Köln 2. Aufl. 1978.

Tetzner, Lisa (Hg.): Die schönsten Märchen der Welt für 365 und einen Tag. 4 Bde. Frankfurt/M. 1979.

Wesselski, Albert (Hg.): Deutsche Märchen vor Grimm. Brünn, Leipzig 1942.

Einzelne Autoren

Andersen, Hans Christian: Märchen und Historien. 4 Bde. München 1966.

Apuleius: Der goldene Esel. Frankfurt/M. 1975.

Artmann, Hans Carl: The Best of H. C. Artmann. Frankfurt/M. 1975.

Bachmann, Ingeborg: Malina. 10. Aufl. Frankfurt/M. 1991.

Basile, Giambattista: Das Pentameron. Stuttgart 1981.

Brentano, Clemens: Werke Bd. 3. 2. Aufl. München 1978.

Calvino, Italo: Die Hose des Teufels. München 1991.

Čapek, Karel: Märchen, Berlin 1983.

Carrol, Lewis: Alice im Wunderland. Zürich 1971.

Chamisso, Adelbert von: Sämtliche Werke Bd. 1. München 1975.

Collodi, Carlo: Pinocchio. Berlin 1973

Dickens, Charles: Weihnachtserzählungen. München o. J.

Fallada, Hans: Geschichten aus der Murkelei. 6. Aufl. Berlin 2001.

Fetscher, Iring: Der Nulltarif der Wichtelmänner. Märchen und andere Verwirrspiele. Düsseldorf 1982.

Fouqué, Friedrich de la Motte: Werke. 1. Teil. Berlin o. J.

Fühmann, Franz: Anna, genannt Humpelhexe. Rostock 2002.

Fühmann, Franz: Von der Fee, die Feuer speien konnte. Rostock 2003.

Goethe, Johann Wolfgang: Romane und Novellen. Hamburger Goethe-Ausgabe Bd. VI. 5. Aufl. Hamburg 1963.

Hauff, Wilhelm: Märchen. Frankfurt/M. 1961.

Hauptmann, Gerhart: Das Märchen. Deutsche Rundschau 1941.

Hebbel, Friedrich: Sämtliche Werke Bd. 2. Berlin 1961.

Hesse, Hermann: Die Märchen. Frankfurt/M. 1995.

Hoffmann, E.T.A.: Dichtungen und Schriften. Bd. III und Bd. VII. Weimar 1924.

Janosch: Janosch erzählt Grimm's Märchen. 5. Aufl. Weinheim u. Basel 1978.

Kaschnitz, Marie Luise: Der alte Garten. Ein Märchen. Frankfurt/M. 1999.

Keller, Gottfried: Sämtliche Werke Bd. 2. 4. Aufl. München 1979.

Kyber, Manfred: Märchen. Leipzig 1928.

Maar, Paul: Der tätowierte Hund. Reinbek 1977.

Mörike, Eduard: Werke 3. Bd. Leipzig u. Wien 1909.

Novalis: Hyazinth und Rosenblütchen. Halle o. J.

Perrault, Charles: Der gestiefelte Kater und die anderen Märchen. München 1983.

Rühmkorf, Peter: Der Hüter des Misthaufens. Aufgeklärte Märchen. Reinbek 1983.

Saint-Exupéry, Antoine de: Der kleine Prinz. 18. Aufl. Düsseldorf 1953.

Salice Contessa, Carl Wilhelm: Märchen und Nachtstücke. München 1922.

Steffens, Marek Bela: Der Kater erzählt Märchen. Frankfurt 2000.

Steffens, Marek Bela: Der Straßenbahnschaffner von Venedig. 2. Aufl. Vechta 2003.

Steffens, Marek Bela: Die Welt der Buchstaben. Vechta 2004.

Storm, Theodor: Sämtliche Werke Bd. 4. Frankfurt/M. 1988.

Straparola, Giovan Francesco: Die Ergötzlichen Nächte. 5. Aufl. Leipzig o. J.

Tieck, Ludwig: Phantasus. 3 Bde. Berlin 1911.

Ungern-Sternberg, Alexander von: Braune Märchen. Hamburg 1966.

Volkmann-Leander, Richard von: Träumereien an französischen Kaminen. Düsseldorf u. Zürich 2000.

Wiechert, Ernst: Märchen 2 Bde. München 1946/48.

Wilde Oscar: Erzählungen und Märchen. Frankfurt/M. 1997.

Wilde, Oscar: The happy Prince and other Tales. 7th Impression. London 1910.

Nachschlagewerke

Antti, Aarne/Stith Thompson: The Types of the Folktale. 3. Aufl. Helsinki 1961.

Bächtold-Stäubli, Hanns (Hg.): Handwörterbuch des deutschen Aberglaubens. 10 Bde. Berlin 1927–42.

Beitl, Richard (Hg.): Wörterbuch der deutschen Volkskunde. 3. Aufl. Stuttgart 1974.

Lurker, Manfred (Hg.): Wörterbuch der Symbolik. 2. Aufl. Stuttgart 1983.

Mackensen, Lutz (Hg.): Handwörterbuch des deutschen Märchens. 2 Bde. Berlin/Leipzig 1930/1940.

Ranke, Kurt (Hg.): Enzyklopädie des Märchens. Handwörterbuch der historischen und vergleichenden Erzählforschung. Berlin/New York 1975 ff.

Scherf, Walter: Lexikon der Zaubermärchen. Stuttgart 1982.

Literatur zum Märchen

Bausinger, Hermann: Formen der Volkspoesie. 2. Aufl. Berlin 1978.

Beit, Hedwig von: Symbolik des Märchens. Versuch einer Deutung. 3 Bde. 4. Aufl. Bern 1971.

Benz, Richard: Märchen-Dichtung der Romantiker. Mit einer Vorgeschichte. Gotha 1908.

Bettelheim, Bruno: Kinder brauchen Märchen. München 1977.

Bolte, Johannes/Polivka, Georg: Anmerkungen zu den Kinder- und Hausmärchen der Brüder Grimm. 5 Bde. Neudruck Hildesheim 1963.

Bolte, Johannes/Polivka, Georg: Anmerkungen zu den Kinder- und Hausmärchen der Brüder Grimm. 5 Bde. Neudruck Hildesheim 1963.

Bolte, Johannes: Name und Merkmale des Märchens. Helsinki 1920.

Brackert, Helmut (Hg.): Und wenn sie nicht gestorben sind ... Perspektiven auf das Märchen. 2. Aufl. Frankfurt/M. 1982.

Freund, Winfried: Das Märchen. Hollfeld 2003.

Freund, Winfried: Deutsche Märchen. München 1996.

Fromm, Erich: Märchen, Mythen und Träume. Zürich 1956.

Jolles, André: Einfache Formen. 5. Aufl. Halle 1972.

Karlinger, Felix (Hg.): Wege der Märchenforschung. Darmstadt 1973.

Lenz, Friedel: Bildsprache der Märchen. 3. Aufl. Stuttgart 1976.

Leyen, Friedrich von der: Das deutsche Märchen und die Brüder Grimm. Düsseldorf/Köln 1964.

Leyen, Friedrich von der: Das deutsche Märchen. 3. Aufl. Leipzig 1930.

Lüthi, Max: Es war einmal ... Vom Wesen des Volksmärchens. 6. Aufl. Göttingen 1983.

Lüthi, Max: Märchen. 7. Aufl. Stuttgart 1979.

Mackensen, Lutz (Hg.): Das deutsche Volksmärchen. Leipzig 1935.

Nitschke, August: Soziale Ordnungen im Spiegel der Märchen. 2 Bde. Stuttgart 1976/77.

Ranke, Kurt: Betrachtungen zum Wesen und zur Funktion des Märchens. In: Studium Generale 11 (1958). S. 647–664.

Röhrich, Lutz: Märchen und Wirklichkeit. 4. Aufl. Wiesbaden 1974.

Rölleke, Heinz: Die Märchen der Brüder Grimm. Eine Einführung. 3. Aufl. München 1992.

Schmidt, Kurt: Die Entwicklung der Kinder- und Hausmärchen der Brüder Grimm seit der Urhandschrift. Halle 1932.

Schmidt, Leopold: Die Volkserzählung. Berlin 1963.

Schödel, Siegfried (Hg.): Märchenanalysen. Stuttgart 1977.

Schumacher, Hans: Narziß an der Quelle. Wiesbaden 1977.

Stumpfe, Ortrud: Die Symbolsprache der Märchen. 3. Aufl. Münster 1975.

Tismar, Jens: Kunstmärchen. Stuttgart 1977.

Vries, Jan de: Betrachtungen zum Märchen, besonders in seinem Verhältnis zur Heldensage und Mythos. Helsinki 1954.

Wesselski, Albert: Deutsche Märchen vor Grimm. Einführung und Anmerkungen. Brünn 1942.

Wesselski, Albert: Versuch einer Theorie des Märchens. Reichenberg 1931.

Woeller, Waltraut: Der soziale Gehalt und die soziale Funktion des deutschen Volksmärchens. Berlin 1955.

Wührl, Paul-Wolfgang: Das deutsche Kunstmärchen. Heidelberg 1984

Personenregister

Werkregister

Das Werkregister umfasst Titel von Märchen und Büchern; literarische Märchen und Bücher mit Autorenangabe. Märchentitel bitte auch unter »der/des, die, das, Geschichte vom« u. ä. suchen

S. 8, 163
Emil Zbinden, Illustrationen zu Wilhelm Hauff: *Märchen.* Büchergilde Gutenberg, Frankfurt/M. 1961. S. 12–13, 407.

S. 9, 19
Bayerische Staatsbibliothek, München.

S. 10, 16
Musée du Louvre, Paris.

S. 11
Aus: *Gilgamesch-Epos.* Illustrationen von August Ohm. Mit einem Vorwort von Hanns Theodor Flemming. Deutscher Kunstverlag München Berlin 1995. S. 109.

S. 12 (beide)
Aus: Altägyptische Erzählungen und Märchen. Ausgewählt und übersetzt von Günther Roeder. Jena 1927. S. 32.

S. 14
picture alliance/akg images/Erich Lessing.

S. 17
Bibliothèque nationale de France, Paris.

S. 20, 21, 22
Scherezade. Illustration von Juri Trnka. In: *Märchen aus Tausendundeinernacht.* Verlag Werner Dausien, Hanau 1961. © 1961 Artia Praha. S. 7.

S. 25
Federzeichnung von Josef Hegenbarth in: Giambattista Basile: Das Pentameron. Alt-italienische Märchen und Fabeln. © 1981 Magnus-Verlag Essen. S. 199.

S. 26, 37, 155 unten
Archiv DuMont Literatur und Kunst Verlag.

S. 29 oben
Farbiger Titelholzstich zu *Französische Feenmärchen des 18. Jahrhunderts* von Georg Hirsch. Parkland Verlag, Stuttgart 1980. © Rütten & Loening, Berlin. Schutzumschlag.

S. 29 unten, 132, 157
Illustrationen von Tatjana Hauptmann, in: Das große Märchenbuch, Diogenes Verlag, Zürich 1987.

S. 30, 33
Fritz Kredel, Illustrationen in: *Deutsche Märchen vor Grimm.* © Rudolf M. Rohrer Verlag, Brünn, Leipzig 1938.

S. 31
Illustration von Emil Zbinden in: J. K. A. Musäus: Volksmärchen der Deutschen. © Büchergilde Gutenberg. Frankfurt/M., Wien, Zürich 1965. S. 14.

S. 32
Holzschnitt zum *Schatzgräber* nach J. K. A. Musäus. Berlin 1920. S. 378.

S. 34
Hans Dudeldee. Aus: *Kindermärchen von Albert Ludwig Grimm.* Heidelberg 1809. S. 35.

S. 35
Hanau, Historisches Museum.

S. 38, 85, 89
Illustrationen von Erik Richter in: *Grimms Märchen in einer Auswahl.* Nicolaische Verlagsbuchhandlung. R. Stricker, Berlin o. J.

S. 39
Aus: Annette von Droste-Hülshoff, hg. von Bodo Plachta, Ludwig Reichert Verlag, Wiesbaden 1997.

S. 40
Verwaltung der Staatlichen Schlösser und Gärten Hessens, Bad Homburg v. d. H.

S. 41
Illustration von F. Reitz zu Ludwig Bechsteins *Der kleine Däumling.* In: *Märchen für Kinder.* Ferdinand Carl Loewes Verlag, Stuttgart o. J. S. 139.

S. 42
Frontispiz von Ernst Schneidler in: *Deutsche Märchen seit Grimm.* Hg. Paul Zaunert, Eugen Diederichs Verlag, Jena 1912.

S. 45
Die schönsten Märchen der Welt für 365 und einen Tag. Titelblatt zum Monat Januar. Gesammelt und herausgegeben von Lisa Tetzner. © Sauerländer Verlag AG, Aarau/Schweiz.

S. 46
Schack-Galerie, München.

S. 47, 91, 110
Illustrationen von Lutz Grumbach zu Novalis: *Hyazinth und Rosenblütchen.* Hrsg. Forschungsstätte für Frühromantik und Novalis-Museum Schloss Oberwiederstedt, 1996. Verlag Janos Stekovics, Halle.

S. 48
Illustration von Julius Höppner zu Fouqués *Undine.* Artistische Anstalt Gustav W. Seitz, Wandsbeck.

S. 49
Zeichnung von Emil Preetorius zu Adelbert von Chamisso: *Peter Schlemihls wundersame Geschichte,* Insel Verlag, Frankfurt/M. 1973.

S. 50
Lisbeth Zwerger, Illustration zu E.T.A. Hoffmann: *Nussknacker und Mausekönig.* Edition Neugebauer, Basel.

S. 51, 101
Illustrationen von Friedrich Hechelmann zu E.T.A. Hoffmanns Märchen *Klein Zaches genannt Zinnober.* Kunstverlag Weingarten 1978.

S. 52
Ulrike Mühlhoff, Illustration zu *Kalif Storch*, in: *Biblio-*

thek der schönsten Märchen – Wilhelm Hauff, Die Karawane. © 1996 Annette Betz Verlag im Verlag Carl Ueberreuther, Wien – München.

S. 55, 56, 148/149
Illustrationen von Gerhard Ulrich in: Alexander von Ungern-Sternberg: *Braune Märchen.* Gala Verlag, Hamburg, 1966. S. 143, 178.

S. 58, 95, 111
Illustrationen von Ioan Cozacu in: Theodor Storm: *Die Regentrude.* Altberliner Verlag, Berlin. 2. Aufl. 1990.

S. 62
© Suhrkamp Verlag, Frankfurt/M.

S. 65
Schutzumschlag (unter Verwendung der Handschrift des Autors) von Rainer Winter zu Erich Kästner: *Der tägliche Kram.* © Atrium Verlag, Zürich.

S. 67
Umschlagbild zu: Janosch erzählt Grimm's Märchen. Beltz und Gelberg. 5. Aufl. 1978. © Beltz Verlag Weinheim und Basel 1972.

S. 68
Umschlagbild zu Marie Luise Kaschnitz: *Der alte Garten. Ein Märchen.* Insel Verlag, Frankfurt/M. 1999.

S. 70
Illustration von Jacky Gleich zu Franz Fühmann: *Von der Fee, die Feuer speien konnte.* Hinstorff-Verlag, Rostock 2003.

S. 71
Umschlaggestaltung von Horst Janssen zu Peter Rühmkorff: *Der Hüter des Misthaufens. Aufgeklärte Märchen.* Rowohlt Verlag, Reinbek 1983.

S. 72
Illustration von Georges Lemoine in Hans Christian Andersen: *Der standhafte Zinnsoldat.* Middelhauve Verlag, Köln 1984.

S. 73, 137, 146, 176 oben
Zeichnungen von Gerhard Oberländer in: *Andersens Märchen.* 3 Bde. Büchergilde Gutenberg. Frankfurt, Wien, Zürich S. 52. © Ellermann Verlag, München und Hamburg.

S. 75
Walter Crane, Frontispiz zu Oscar Wilde, *The Happy Prince and other Tales,* David Nutt, London 7. Aufl. 1910.

S. 77
Illustration von Susanne Jansen zu: *Die Hose des Teufels. Ein italienisches Märchen nacherzählt von Italo Calvino.* Carl Hanser Verlag, München, Wien 1993. S. 27.

S. 78
Zeichnung von Antoine de Saint-Exupéry zu *Der kleine Prinz.* Karl Rauch Verlag Düsseldorf, 18. Aufl. 1953.

S. 79
Josef Čapek, Illustration zu Karel Čapek: *Märchen,* Aufbau Verlag, Berlin und Weimar 1983. S. 237. © Nachlass Karel Čapek.

S. 81
Illustration von Renate Seelig in: *Das Buch der Märchen.* Ravensburg 1995. © Büchergilde Gutenberg, Frankfurt am Main, Wien 1995.

S. 82
Zeichnung von Theodor Hosemann, in: *Deutsche Bilderbogen,* Nr. 71.

S. 87 oben, 93, 109 beide, 116, 120, 122, 134, 148, 160, 161
Zeichnungen von Otto Ubbelohde in: *Kinder- und Hausmärchen, gesammelt durch die Brüder Grimm,* Marburg 1907.

S. 83, 108
Illustrationen von Friedrich Hechelmann in: *Deutsche Märchen,* Bd. 1. © Deutscher Bücherbund, Stuttgart, Hamburg, München. S. 84, S. 145.

S. 84
Illustration von Otto Speckter zu *Der Froschkönig.* Aus: Münchener Bilderbogen, Nr. 193.

S. 87 unten
Illustration von Franz von Pocci zu *Blaubart.* Aus: Münchener Bilderbogen, Nr. 95.

S. 90
Illustration von A. Adamo zu *Tischleindeckdich.* Aus: Münchener Bilderbogen, Nr. 795.

S. 96
Umschlaggestaltung von Angelika Fritsch zu Ulf Diederichs: *Who is who im Märchen.* Deutscher Taschenbuchverlag, München 1995.

S. 97, 164
© Gruppo Editoriale Fabbri, Milano.

S. 99, 159
Illustrationen von Svend Otto S. in: *Die schönsten Märchen der Gebrüder Grimm,* Lappan Verlag, Oldenburg 2000. S. 36, 11.

S. 102, 173
picture-alliance.

S. 103
In: *Rumpelstilzchen. Ein Märchen der Brüder Grimm mit Zeichnungen von Edward Gorey.* © Diogenes Verlag, Zürich 1977.

S. 104
Illustration von Friedrich Hechelmann in: *Deutsche*

Märchen, Bd. 2. © Deutscher Bücherbund, Stuttgart, Hamburg, München S. 432f.
S. 107, 144
Zeichnungen von Maurice Sendak in: *Märchen der Gebrüder Grimm.* Ausgewählt von Lore Segal und Maurice Sendak. Diogenes Verlag, Zürich 1974. S. 175, 233. © 1973 by Maurice Sendak.
S. 113, 165
Illustrationen von Janosch in: *Janosch erzählt Grimm's Märchen.* © 1972 Beltz Verlag, Weinheim und Basel. 5. Aufl. 1972. S. 162 gegenüber.
S. 114 oben, 129
Illustrationen von Carl Hollander zu Annie M. G. Schmidt: *Hexen und so ...* Büchergilde Gutenberg, Frankfurt/M., Wien, Zürich. S. 2, 25. © Friedrich Oetinger Verlag, Hamburg.
S. 114
Collage von Helga Ruppert-Tribian. Buchumschlag zu Iring Fetscher: *Der Nulltarif der Wichtelmänner. Märchen und andere Verwirrspiele.* Claassen Verlag, Düsseldorf 1982.
S. 117, 118
Illustrationen von Bernadette in: *Hänsel und Gretel.* Nord-Süd Verlag, Gossau Zürich, Hamburg und Salzburg 1973.
S. 119 oben
Illustration von Anastassija Archipowa, in: *Die schönsten Märchen der Brüder Grimm.* © 1998 Esslinger Verlag J. F. Schreiber. Esslingen, Wien.
S. 119 unten, 152, 167, 168
Illustrationen von Silvio Neuendorf in: *Mein erstes Märchenbuch. Die schönsten Märchen der Brüder Grimm.* © 2001 Edition Bücherbär im Arena Verlag GmbH, Würzburg.
S. 121 oben
Illustration von Ruth und Martin Koser-Michaëls in: *Das große Märchenbuch.* © 2001 bei Droemersche Verlagsanstalt Th. Knaur Nachf., München.
S. 121 unten
Batikbild von Ingritt Neuhaus in: Eugen Drewermann/Ingritt Neuhaus: *Schneeweißchen und Rosenrot. Grimms Märchen tiefenpsychologisch gedeutet.* © Walter-Verlag Olten und Freiburg im Breisgau. 1983. S. 11.
S. 124
Illustration von Binette Schroeder in: Brüder Grimm: *Der Froschkönig oder Der eiserne Heinrich. Gemalt für kleine und große Leute von Binette Schroeder.* © 1989 Nord-Süd Verlag AG, Gossau Zürich und Hamburg.
S. 126
IIllustration von Moritz von Schwind zu *Der gestiefelte Kater* in: Münchener Bilderbogen. Nr. 48.
S. 127
Ingritt Neuhaus: Batikbild zu *Das Mädchen ohne Hände. In*: Eugen Drewermann/Ingrid Neuhaus: *Das Mädchen ohne Hände.* © Walter-Verlag AG Olten, 1981. S. 22 gegenüber.
S. 128
Illustration von Anton Dietrich zum Volksbuch *Griseldis.* In: *Die deutschen Volksbücher. Wiedererzählt von Gustav Schwab.* Gütersloh und Leipzig 1880.
S. 130
Titelblatt zu *Lug und Trug. Die schönsten Lügengeschichten der Weltliteratur.* Kiepenheuer und Witsch, Köln und Berlin 1964.
S. 133, 151, 153
Illustrationen von Nikolaus Heidelbach in: *Märchen der Gebrüder Grimm.* © Beltz & Gelberg in der Verlagsgruppe Beltz, Weinheim Basel.
S. 135, 158
Illustrationen von Marcus Behmer in: *Von dem Fischer un syner Frau. Ein Märchen nach Philipp Otto Runge mit sieben kolorierten Bildern von Marcus Behmer.* © Verlag Frankfurt/M. 1976.
S. 138
© Fallada Archiv Feldberg-Carwitz.
S. 141
Zeichnung von Hans Fischer, in: *Märchenbilder. Sieben Märchen der Brüder Grimm gezeichnet von Hans Fischer.* © 1961 Artemis Verlag Zürich und Stuttgart.
S. 142
Illustration von Max von Beckerath in: *Deutsche Bilderbogen,* Nr. 215.
S. 145
Karl Ritter: Titelbild zu *Das Gespensterschiff.* Hrsg. v. Toni Schwabe. Landhausverlag, Jena 1920.
S. 147 oben
Zeichnung von Moritz von Schwind, aus: Münchener Bilderbogen, Nr. 179.
S. 147 unten
Illustration von E. Ille zu *Rotkäppchen.* Aus: Münchener Bilderbogen. Nr. 1055.
S. 150
Foto: Hans Hinz, Basel.
S. 154
Illustration zu *Die schöne Melusine* aus *Die deut-*

schen Volksbücher wiedererzählt von Gustav Schwab. Bertelsmann Gütersloh und Leipzig 1880 S. 495.

S. 155 oben
Zeichnung von Oswald Sickert, aus: Münchener Bilderbogen, Nr. 87.

S. 156
Walter Crane, Illustration zu Oscar Wilde, *The Happy Prince and other Tales,* David Nutt, London 7. Aufl. 1910. S. 41.

S. 169
Illustration von Michèle Lemieux zu *Hans im Glück.* © 1985 Ravensburger Buchverlag Otto Maier.

S. 170
Illustration von Eve Tharlet zu: *Hans im Glück.* © Michael Neugebauer Verlag/Verlagsgruppe Nord-Süd Verlag AG, Gossau Zürich und Hamburg.

S. 171 oben, 173 oben
picture-alliance

S. 171 unten
Zeichnung von Hans Baltzer in: *Hans im Glück.* Eulenspiegelverlag Berlin. © 2002 Hans Baltzer. Verlagsgesellschaft.

S. 172
Umschlag zu Bruno Bettelheim: *Kinder brauchen Märchen.* © 1977 Deutsche Verlagsanstalt, Stuttgart.

S. 173 unten
Illustration von Lisbeth Zwerger in: *Hänsel und Gretel.* © 1990 Michael Neugebauer Verlag/ Verlagsgruppe Nord-Süd Verlag AG, Gossau Zürich und Hamburg.

S. 174, 175
Illustrationen von Bernadette in: *Hänsel und Gretel.* © 1973 Nord-Süd Verlag AG. Gossau Zürich, Hamburg, und Salzburg.

S. 176 unten
Hamburger Kunsthalle.

S. 177
Staatliche Museen zu Berlin, Preussischer Kulturbesitz, Alte Nationalgalerie.

Schnellkurs Deutsche Literatur

Die Geschichte der deutschen Literatur von den »Merseburger Zaubersprüchen« bis zu »Die englischen Jahre«, von Walther von der Vogelweide bis Günter Grass

Über die verschiedenen literarischen Genres – vom Liebesgedicht bis zur Ballade, von der Novelle bis zum Roman, von der Tragödie bis zum Lustspiel

Über die literarischen Epochen und Programme, die Ziele und Hintergründe, über Ästhetik und Intention in der Literatur in den deutschsprachigen Ländern

Eine Einführung in die Welt der deutschen Literatur, so übersichtlich wie ein Lexikon, so unterhaltsam wie ein Roman, so anschaulich wie ein Bilderbuch

Von Winfried Freund, 228 Seiten mit 263 vorwiegend farbigen Abbildungen, Bibliografie und Register (DuMont Taschenbücher, Band 520)

Schnellkurs Kinder- und Jugendliteratur

Die Entwicklung der Kinder- und Jugendliteratur von den Anfängen im Mittelalter bis zur Gegenwart

Die ganze Vielfalt der Gattungen und Medien: Romane und Erzählungen, Märchen und Gedichte, Hörspiele und Comics

Die Kinderliteratur im Spiegel der Zeitgeschichte: wie haben sich die Vorstellungen von Kindheit und die pädagogischen Konzepte gewandelt?

Ein unentbehrlicher Wegweiser für Eltern und Pädagogen, für Bibliothekare und Buchhändler

Von Isa Schikorsksy, 192 Seiten mit 162 vorwiegend farbigen Abbildungen, Literaturverzeichnis und Register (DuMont Taschenbücher, Band 535)